rowohlt
BERLIN

Arkadi Babtschenko

Ein Tag wie ein Leben

Vom Krieg

Aus dem Russischen von
Olaf Kühl

Rowohlt · Berlin

Die Originalausgabe erschien 2012
unter dem Titel «Операция ‹Жизнь› продолжается»
bei Alpina Publishers, Moskau

transcript

Die Übersetzung wurde unterstützt von TRANSCRIPT,
dem Programm zur Förderung der russischen Literatur
der Mikhail Prokhorov Stiftung.

1. Auflage Januar 2014

Satz aus der Janson PostScript, InDesign,
bei Pinkuin Satz und Datentechnik, Berlin
Druck und Bindung CPI books GmbH, Leck
Printed in Germany
ISBN 978 3 87134 765 8

Inhalt

Ein kleiner, siegreicher Krieg

Der Krieg um Südossetien begann nicht, wie allgemein angenommen, in der Nacht vom siebten auf den achten August 2008, sondern schon etwa eine Woche vorher. Beiderseitigen Beschuss gab es bereits am ersten oder zweiten August, anfangs allerdings nur mit Gewehrfeuer. Georgien verfolgte eine Taktik der Zurückhaltung und war bemüht, sich nicht provozieren zu lassen. Zur Eskalation kam es, als am sechsten August ein georgischer Panzerwagen mit sechs Polizisten in die Luft flog. Die ossetische Seite erklärte, der Panzer sei auf eine Mine gefahren – einen Tag zuvor waren ossetische Zhigulis explodiert, die auf demselben Feld anrollten. Die Georgier sind bis heute überzeugt, dass der Panzerwagen abgeschossen wurde – vermutlich als Rache für die Zhigulis.

Wie dem auch sei, am siebten August setzte Georgien seine Panzerkolonnen in Richtung Südossetien in Bewegung. Wie mir der Journalist Dmitrij Steschin, der sich an diesem Tag auf georgischer Seite befand, später erzählte, hat er diese Kolonnen gefilmt, bis die Flashcard seiner Kamera voll war. Um 23.30 Uhr begann die massive Beschießung Zchinwalis, der Hauptstadt Südossetiens.

Auch Moskau hatte sich frühzeitig auf den Krieg vorbereitet, vor allem in Abchasien. Russische Bahnpioniere hatten die Sanierung der Abzweigung in die abchasische Hauptstadt Suchumi – offenbar zur künftigen Verlagerung von Technik – schon lange vor den Ereignissen begonnen. Auch Zchinwali hatte man nicht abgeschrieben – russische Truppen wurden schon 2007 in Nazran zusammengezogen. Man wartete nur auf einen schwerwiegenden Anlass, um die Armee in die Region schicken zu können.

Und diesen Anlass hat der georgische Präsident Micheil Saakaschwili Moskau zweifellos gegeben.

Nach den Worten des stellvertretenden Generalstabschefs Anatolij Nogowizyn betrugen die russischen Verluste insgesamt vierundsiebzig Gefallene, hunderteinundsiebzig Verwundete und neunzehn Verschollene. Diese Zahlen halte ich für ziemlich genau. Ist das viel oder wenig angesichts der Größe Russlands und der Vertreibung der NATO vom weichen Unterleib?

Ich weiß es nicht. Urteilen Sie selbst.

***

Das nächtliche Wladikawkaz liegt ruhig. Kaum Menschen auf den Straßen, fast keine Militärs, auch wenn Posten an den Kreuzungen stehen. Flüchtlinge sind auch nicht zu sehen. Die Cafés und Restaurants sind geöffnet wie immer. Nur die unmäßig gestiegenen Preise der Flugtickets – es ist sehr schwer geworden, überhaupt einen Flug hierher zu bekommen – zeugen davon, dass jenseits des Gebirgspasses Krieg ist. Und die um das Doppelte gestiegene Flugzeit: Man braucht fast vier Stunden statt der üblichen zwei, schon über Beslan lassen sie Militärflugzeuge vor.

Am Flughafen begrüßt mich Alan, ein Bursche von fünfundzwanzig Jahren. Den Kontakt hat mir Olga Borowa verschafft, eine Kollegin, die nach Georgien geflogen ist. Die beiden haben sich noch in Beslan kennengelernt – Alan hat bei der Geiselnahme damals Kinder aus der Schule getragen.

Unterwegs erzählt er, dass der Tunnel wohl noch nicht gesprengt und nicht besetzt sei, die Lufthoheit habe aber die georgische Luftwaffe – Jagdbomber verfolgen Maschinen mit Volkssturmsoldaten. Bis Dzhawa komme man noch, dahinter sei die Straße gesperrt. Heute sei sein Vater aus Zchinwali zurückgekehrt. Er sei mit seinem Scharfschützengewehr dorthin gefahren. Habe dreizehn Ohren mitgebracht. Das nehme ich ihm nicht ab.

Trubel in der Stadt ist einzig im Regierungsgebäude. Alle Fenster erleuchtet, die Flure verstopft von Menschen, obwohl fast Mitternacht ist, auf dem Platz eine Demonstration – etwa fünfhundert Personen. Alles Frauen. Manche am Rande des Nervenzusammenbruchs. Ich frage Alan, was sie wollen. Sie wollen Krieg.

Ich bekomme Izrail Totoonti, Berater des stellvertretenden Parlamentspräsidenten von Nordossetien, zu fassen. Er skizziert die Situation:

«Die Aushebung der Reservisten läuft, aber nicht unter Zwang, sondern freiwillig. Wir sammeln die Leute über die Wehrkreisämter. Wir nehmen längst nicht alle. Spontane Freiwilligenbewegungen versuchen wir zu stoppen. Es gibt Altersgrenzen – zwanzig bis fünfundvierzig Jahre, jeder Mann muss behördlich erfasst sein und eine Grundausbildung haben. Wenn er geeignet ist, bekommt er den Gestellungsbefehl. Die Weisung dazu stammt vom russischen Verteidigungsministerium. Ich habe diesen Ukaz nicht gesehen, aber ich glaube, es ist tatsächlich so. Das geschieht zur sozialen Absicherung: Wenn, was Gott verhüte, einem der Soldaten etwas passiert, hat die Familie Anspruch auf alle Zahlungen und Vergünstigungen. In Wladikawkaz bekommen die Leute Uniformen, die Waffen selbst werden erst in Dzhawa ausgegeben. Zum Stand Sonnabendmorgen sind ungefähr anderthalbtausend Mann losgeschickt worden. Jetzt werden Munition und Schusswaffen dorthin transportiert – Maschinengewehre, Maschinenpistolen, Granatwerfer. Was die Gefallenen angeht, haben wir keine genauen Zahlen – ich gehe von etwa hundert aus. Neben den offiziell einberufenen Reservisten gibt es auch Freiwillige. Sie werden nicht den ossetinischen Einheiten eingegliedert. Etwa dreihundert Tschetschenen sind auf dem Weg, wir werden sie vielleicht beim Wehrkreisamt von Nordossetien registrieren können. Es gibt Freiwillige aus Wolgograd, Afghanistan-Veteranen. Dreitausend Dagestaner warten auf offizielle Genehmigung – ihr Vertreter ist gerade hier und spricht mit der Regierung. Wie durchlässig die Grenze ist, kann ich nicht sagen, aber Reservisten konnten sie bislang problemlos passieren.»

Morgens um zehn am Freiwilligensammelpunkt das übliche Durcheinander. Nach Zchinwali melden sich weniger, als man hätte erwarten können, vielleicht zweihundert Mann. Überhaupt hat man in Wladikawkaz den Eindruck, dass die Leute Südossetien in jeder Hinsicht unterstützen – übrigens wird hier nicht nach Süd und Nord geteilt, man sagt einfach Ossetien, Alanien –, aber nicht den eigenen Kopf riskieren wollen. Eine Massenbewegung ist nicht zu beobachten. Die Mehrzahl der Leute fährt übrigens nicht über die Wehrkreisämter, sondern auf eigene Faust; aber auch hier kann von einem Andrang nicht die Rede sein.

Ich ziehe Uniform an und melde mich als Freiwilliger beim dritten Zug. In der Liste habe ich die Nummer zwölf.

Ich bin der Letzte. Insgesamt werden vier Züge aufgestellt. Die restlichen werden morgen losgeschickt.

Nach den Worten von Zilim Watajew, Chef des gesellschaftlichen Stabs, ist die Aushebung von Freiwilligen für Zchinwali zurzeit eingestellt. Die Weisung dazu kam in der Nacht zuvor. Offiziell sind wir jetzt eine Rettungsbrigade. Unsere Aufgabe ist, die Zivilbevölkerung zu unterstützen und bei der Evakuierung von Flüchtlingen und der Wiederherstellung der Infrastruktur der Stadt Hilfe zu leisten.

Die Freiwilligen bestehen hauptsächlich aus Osseten, wenngleich auch ein paar Kosaken mit Mützen und Peitschen dabei sind sowie der ein oder andere Russe. Drei oder vier davon mit eigener Waffe – Kalaschnikoff-Maschinenpistolen. Allgemeine Stimmung: Wir ziehen für unsere Heimat in den Kampf.

Die bemerkenswerteste Figur – ein russischer Friedenssoldat mit blauem Auge, Matrosenhemd, Barett, greller Tarnjacke und Schnapsfahne. Er war im Urlaub und versucht jetzt, zu seinen Leuten zurückzukommen. Ausländische Journalisten fliegen auf ihn wie Bienen auf den Honig. Er gibt bereitwillig Interviews. Das Gesicht Russlands, sozusagen.

Im Stab gucken sie ihn schief an, verstecken ihn aber nicht vor den Journalisten – dreht ruhig, zum Teufel, wir sind offen für die Medien. Mir als Journalist sagt das viel. Wenn die Menschen sich nicht vor Fragen drücken und nichts verbergen wollen, heißt das, sie fühlen sich im Recht.

Schon in der zweiten Tageshälfte fahren wir los. Fünf, sechs Busse. Sie kursieren ständig, auf der Hinfahrt mit Freiwilligen, Brot und – vor allem – Wasser, auf der Rückfahrt mit Frauen und Kindern. Für unseren Fahrer ist es schon die zweite Tour heute und bestimmt nicht die letzte.

Die schmale, zweispurige Straße schlängelt sich durch eine Gebirgsschlucht. Ossetien ist wunderschön. Die Berge sind niedriger als in Tschetschenien, deshalb weniger streng. Irgendwie ist mehr Leben hier, mehr Friedlichkeit. Alles begrünt. Viel Sonne.

Ab Alagir ist die Straße von Militärgerät versperrt. Die 58. Armee ist unterwegs. In voller Stärke, glaube ich. Die Kolonne erstreckt sich über hundert, wenn nicht mehr Kilometer. Viele liegengebliebene Fahrzeuge. Alles wie immer – die Technik ist in beschissenem Zustand. Ich habe etwa zehn umgekippte Fahrzeuge gezählt. Zwei zivile Ural-Laster, die zusammen vom Steilhang gekippt sind. Die Fahrerkabinen aufgeschlitzt. Das heißt, es gibt schon nichtmilitärische Verluste.

An der Grenze lassen sie jeden durch, ohne Fragen zu stellen, Hauptsache, man hat einen Pass. Die einzige Frage ist die nach Waffen. Aber nicht um sie einem wegzunehmen: Auf dem Rückweg wird man mit der Waffe nicht wieder durchgelassen.

Vor der Teufelsbrücke steht eine Raketeneinheit. Aus der Entfernung ist nicht zu erkennen, ob es sich um Iskander oder um eine Totschka-U handelt, aber es sind beeindruckende Waffen.

Der Rok-Tunnel ist verstopft. Staus in beiden Richtungen. Solange die Armee dort durchzieht, ist er für Zivilfahrzeuge gesperrt. Unsere Kolonne wird problemlos durchgelassen. Der drei Kilometer lange Tunnel ist praktisch unbelüftet. So viel Staub und Abgase, dass man die Fahrbahn nicht einmal im Scheinwerferlicht erkennt. Das Atmen fällt schwer. Zwei havarierte Selbstfahrlafetten stehen im Tunnel. Die Besatzung macht sich an den Motoren zu schaffen, die Gesichter mit Tüchern verhüllt, um die Luft irgendwie zu filtern. Lange werden sie es hier nicht aushalten. Aus der Tragödie im Salang-Tunnel, bei der mehr als zweihundert Menschen erstickten, hat niemand etwas gelernt.

Hinter dem Pass verwandelt sich die Straße in einen einzigen Stau von vielen Kilometern Länge. Wir stehen mehr, als dass wir fahren. Bei den Alanen gelten keine Verkehrsregeln. Jede entstehende Lücke wird sofort genutzt und der Verkehr völlig stillgelegt. Ein Offizier lenkt die Fahrzeuge auf den Randstreifen – eine Kolonne Krankenwagen kommt aus der Gegenrichtung. Verwundete und Flüchtlinge. Fünfundzwanzig Fahrzeuge. Alle zum Bersten voll. Soweit ich erkennen kann, sind es überwiegend Flüchtlinge. Sie werden rausgebracht auf allem, was Räder hat. Die von dort kommenden Fahrzeuge haben zumeist keine Fenster, die Scheiben sind von Splittern zertrümmert. Die Leute hängen wie Trauben an den Lkws.

***

Wenn es stimmt, dass jeder Krieg seinen eigenen Radius hat, dann beginnt der von Südossetien in Dzhawa. Das erste große Dorf hinter dem Tunnel, ein Umschlagplatz. Hier hast du das Gefühl, dass du den Kreis betrittst, die Linie überschreitest.

Alles ist verstopft von Menschen, Bündeln, Kühlschränken, Panzern, Teppichen, Ziegen, Panzerwagen, Autos, Freiwilligen, Soldaten, Taxifahrern, Bettlaken … ein einziges Shanghai. Alle brüllen, rennen, wollen los – dorthin und weg von dort –, klettern in Busse und auf Panzer, man verabredet sich, sitzt starr und verloren herum oder schläft.

In einem Laden kaufen drei Soldaten einen Sack Zwiebeln und einen Sack Tomaten. Erbost und erregt. Die Osseten nennen sie «Ossitiere», die Georgier «Nagetiere». Sie erzählen, dass sie gerade aus der Stadt kommen. Haben Kameraden aus den Kellern geholt – die Vorhut hat schon gestern versucht, nach Zchinwali zu gelangen und ist in einen Hinterhalt geraten. Die Stadt ist bis jetzt nicht genommen. Es gibt lokale Gefechte.

In den Obstgärten pflücken junge, unerfahrene Rekruten Äpfel. Schmutzig, unausgeschlafen, hungrig. Rufe vom Panzerdeck treiben sie zusammen.

In Dzhawa werden die Freiwilligen angehalten. Die Transkam, die einzige Straße, die Nordossetien mit dem Süden verbindet, führt vor Zchinwali durch georgische Dörfer, und die anliegenden Höhenzüge sind immer noch vom Gegner besetzt. Da kommt man nicht durch, die Georgier schießen alles in Brand, was sich bewegt. Heute früh haben sie einen Schützenpanzer und zwei Schischigas (Gaz-66) der 58. Armee abgeschossen – nach dem Abschuss des dritten Flugzeugs unserer Flotte wurde die Luftunterstützung der Kolonnen eingestellt.

Ich erwische Zhorik in einem durchschossenen Sanitätsfahrzeug, dem die Windschutzscheibe fehlt.

«Nach Zchinwali?»

Er nickt.

«Durch den Wald?»

Er nickt.

«Werden wir da durchkommen?»

Er zuckt nur mit den Schultern.

Sehr gesprächig ist er nicht. Wir nehmen die Umgehungsstraße von Zar. Hier sagt man aus irgendeinem Grund «durch den Wald», obwohl sie über die Berge verläuft. Es ist ein ganz normaler, ungepflasterter Weg, von Panzerketten gründlich zerfahren. Die Räder wirbeln das feine Staubgemisch auf, durch die zertrümmerte Frontscheibe fliegt es direkt ins Auto. Der zentimeterdicke Staub gelangt in Augen, Mund, Nase und Ohren.

Hier sind wir in fast völliger Einsamkeit unterwegs. Wilde Ortschaften, man weiß nicht, wer dort haust. Heute Morgen – vor zehn Stunden – wurde hier, auf dieser Straße, eine Bataillonskolonne der 58. Armee in Brand geschossen. Fast vollständig vernichtet. Fünfundzwanzig Fahrzeuge. Fünf verwundete Journalisten.

In einer Kurve rammen wir beinahe einen weiteren vom Hang gestürzten Schützenpanzer. Auch hier zusammengebrochene Technik am Randstreifen. Und die Besatzung auf dem Asphalt.

Zhorik ist fünfzig. Die MP auf den Knien, finsterer Gesichtsausdruck, der Wagen voller Gerümpel. Die ganze Fahrt über hat er vielleicht zehn Worte gesagt. Er fährt so schnell er kann, um es vor Einbruch der Dunkelheit zu schaffen. Kaum zu glauben, dass er durch diesen Staub überhaupt etwas sieht. Kamikadse. Ich mag solche Kerle.

Im Laderaum ein Fernseher, in eine Decke gewickelt.

«Wozu brauchst du den Fernseher?»

«Wo soll ich sonst hin mit ihm?»

All meine Habe am Leibe ich trage.

Zwei Typen mit Maschinengewehr treten vor uns auf die Straße und halten uns an. Irgendwie zu gut ausgerüstet für

Freiwillige – die laufen immer öfter in gewöhnlicher Tarnkleidung oder Gebirgsjacken herum, die hier haben schusssichere Westen, Helme, Munitionstaschen, Plastikflaschen.

Ich schaue Zhorik an.

«Alles in Ordnung. Die sind von uns.»

Junge Kerle, um die fünfundzwanzig. Gut drauf. Sie haben in der Stadt gekämpft, sind kurz nach Hause gefahren, jetzt zurückgekommen in die vorderste Linie. Siegesstimmung, gerade erst haben sie die Stadt wieder unter Kontrolle gebracht. Auf dem Handy zeigen sie uns eine Aufnahme von georgischen Gefangenen – zehn bis fünfzehn Mann in einem Keller, wegen des Staubs konnte ich nicht viel erkennen. Aber sie erzählen, dass es mehr von ihnen gibt.

Schon an der Stadteinfahrt ein Obelisk am Randstreifen. Im letzten Krieg haben die Georgier hier einen Bus mit Kindern beschossen. Jedes Jahr wird an dieser Stelle eine Totenmesse abgehalten. Solche Sachen.

***

Zchinwali liegt wie ein dunkler, toter Fleck in einer Senke zwischen den Bergen. Schon von weitem erkennt man, wie stark es zerstört ist. Luftwaffe, Artillerie, die Grad-Waffen haben ganze Arbeit geleistet. Gestern soll noch alles gebrannt haben. An manchen Stellen schwelt es bis jetzt.

Immer wieder hämmern die Haubitzen, werden Scharfschützen aktiv. Die Haubitzen dürften von uns sein, sie beackern die umliegenden Hügel. Die Scharfschützen eher nicht – die schießen von den Hügeln aus auf die Stadt.

Ich bitte Zhorik, den Stab der Friedenstruppen zu suchen. Er erklärt sich bereit, wenn auch ungern – offensichtlich kann er sich nur schwer dazu durchringen, uns nachts durch die zerstörte Stadt zu kutschieren. Zu leicht wird man hier beschossen; wer in den Kellern sitzt, weiß man nicht.

Kaum haben wir die lädierten Panzer erreicht, setzt erneut die Artillerie ein. Die Geschosse pfeifen über unsere Köpfe hinweg und schlagen etwa anderthalb Kilometer weiter ein. Ein intensiver Schusswechsel beginnt.

«Verflucht, weg hier.»

Wir springen in den Sanitätswagen und verdrücken uns … in die Nachbarstraße. Zu ihm nach Hause.

Das Haus ist mehr oder weniger unversehrt. Zwar ohne Fenster und Türen und von Splittern gezeichnet, aber es steht noch. Zhorik wohnt allerdings nicht dort, er übernachtet bei einem Nachbarn auf der anderen Straßenseite – der hat einen Keller.

Dem Nachbarn ist nur der Keller geblieben. Zwei Raketeneinschläge – eine flog in den Hof, die andere zielgenau ins Haus. Auf dem Hof ein ausgebrannter Lada 110, im Haus schwelt es noch immer – die Glut, die von der Zimmerdecke fällt, krempelt die Nüstern auf, wie in einer guten Sauna, man muss sich ducken. Im Licht eines Streichholzes steigen wir die Treppe hinunter.

Der Keller ist eher eine unterirdische Speisekammer. Eng und klein. Alles vollgestellt mit Kompottgläsern – nach hiesigen Maßstäben ein Reichtum. Sonst nichts; kein Wasser, kein Licht, keine weiteren Lebensmittel. Die Menschen ernähren sich ausschließlich von der humanitären Hilfe, die von Freiwilligen gebracht wird – jeder, der nach Zchinwali fährt, lädt sein Auto voll, auch die russische Armee.

Am schlimmsten ist der Wassermangel. Die Rohrleitung ist schon zwischen den Mauern zerschossen, dort plätschert ein kräftiger Wasserfall heraus. Kaltes Wasser, schmackhaftes … Man will endlich trinken.

Zwischen den Gläsern ein Holzgestell mit Matratze für eine Person, Tischchen und Kerze.

«Guten Abend», grüße ich.

«Was heißt hier gut? Das haben sie geschafft, die Schweinehunde. Die ganze Stadt in Trümmern.»

Der Hausherr – ein Mann von sechzig Jahren. Intelligent. Anders als die Jugend spricht er ungezwungen und fehlerfrei Russisch. Und ohne Mutterflüche.

Man bietet mir an zu bleiben, aber ich will lieber auf die Suche nach den Friedenstruppen gehen. Ich will Zhorik Geld geben – nimm, schließlich musst du tanken. Er nimmt es nicht. Ist aber hin- und hergerissen, sieht aus, als würde er gleich in Tränen ausbrechen. Ich lege das Geld auf die Bank und gehe. Wenn ich niemanden finde, komme ich zurück, verspreche ich.

Bei den Panzern ein Zug Volkssturm. Es sind nicht zwei Panzer, sondern drei. Einen hat der Sekretär des Sicherheitsrats von Südossetien, Anatolij Barankewitsch, persönlich abgeschossen. Von ihm ist nicht mehr geblieben als die Raupenkette, ein Stück Stahlplatte mit zwei Walzen, und Bodentrichter. Der von der Explosion abgesprengte Turm hat das Vordach des Hauses aus zwanzig Meter Höhe durchschlagen. Der Rest ist in kleinen Fetzen in einem Umkreis von zweihundertfünfzig Metern niedergegangen. Die beiden anderen sind von der Explosion des ersten Panzers detoniert.

«Ej, Arkan, dort ist der georgische Panzerfahrer», zeigt man mir mit den Füßen. «Der dient jetzt als Hundefutter. Willst du fotografieren?»

Leichenschänder habe ich nie gemocht. Über den Tod macht man keine Witze. Ich habe das alles nicht miterlebt. Habe ich das Recht? Am Ende entschließe ich mich doch zu den Aufnahmen. Schließlich bin ich genau deshalb gekommen. Moralisieren kann man in Moskau. Ich mache ein paar Fotos. Im Blitzlicht erkennt man noch einen menschlichen Brustkorb ohne Körper. Rote, verschmorte Haut straff über den Rippen.

Weiter in die Stadt hinein soll ich mich nicht wagen – eingenommen sei sie schon, aber die endgültige Säuberung stehe noch aus. Über unseren Köpfen rascheln wieder Geschosse, gehen am Stadtrand nieder. Die Alanen bieten an, bei ihnen im Keller zu übernachten. Vermutlich die beste Lösung. Aber erst muss ich noch das Tor mit dem Emblem der Friedenstruppen hundert Meter weiter überprüfen.

Hinter der Tür sind schon Leute. Ein halber Zug Volkssturm.

«Jungs, wo sind die Journalisten, wisst ihr das nicht?»

«Liefen noch in der Stadt rum …»

«Und das Pressezentrum, der Stab oder wenigstens irgendein Kommando?»

«Dort, das erleuchtete Haus. Alles dort.»

Am Eingang gut zehn Offiziere. Ich stoße sofort auf Wladimir Iwanow, den Pressesekretär der Friedenstruppen. Er ist zu Tode erschöpft. Er trägt meinen Namen in sein Heft ein.

«Woher?»

«Von der *Nowaja Gazeta*.»

«Oh, die kennen wir. Wieder die Armee mit Scheiße übergießen, was? Was wirst du schreiben?»

«Keine Ahnung. Ich werde schreiben, was ich sehe.»

«Na egal … Wegjagen werde ich dich nicht. Zieh los.»

Man führt mich in die Kantine. Gibt mir einen Teller Weizengrütze, Fleisch und ein Ei. Tee gibt es nicht. Ich hätte in Wladikawkaz eine Kiste Mineralwasser kaufen sollen. Aber wer konnte das wissen.

Ich setze mich zu einem Major an den Tisch, der ebenfalls völlig am Ende ist. Er erzählt, wie sie zwei Tage lang beschossen wurden.

«Viele Gefallene?»

«Ja.»

«Wie viele?»

Der Major windet sich: «Das Bataillon existiert nicht mehr …»

«Also wie viele? Dutzende? Hunderte?»

«Dutzende. Zwei Schützenpanzer standen auf der Straße. Sie hatten den Befehl, nicht das Feuer zu eröffnen. Sie verbrannten. Dort waren fünfundzwanzig Mann. Und dann noch welche …»

Offiziell spricht man von achtzehn Gefallenen. Spätere Angaben gehen auf elf runter.

Den Schlafplatz richte ich mir auf dem Kantinenboden ein. Es ist kühl, aber der Raum wirkt stabil – Betondecke über dem Kopf, feste Wände. Ich breite meine Matratze in einer Ecke aus, lege mich hin, lockere für die Nacht nur die Schnürsenkel. Meine Flanke versuche ich mit einem Tisch zu schützen – er ist stabil, mit Metallbeinen. Sorgen macht mir das Fenster – bei einer Explosion können Glassplitter fliegen, aber dann sehe ich genauer hin und stelle fest, dass schon längst keine Scheiben mehr darin sind.

***

Nachts nimmt ein Scharfschütze einen Soldaten auf dem Abort ins Visier. Mit dem einzigen Erfolg, dass der Soldat sich einmal richtig erleichtert.

***

Schon am frühen Morgen fährt Wladimir eine Gruppe Journalisten zum Filmen durch Zchinwali. Getötete friedliche Zivilisten, die Zerstörung der Stadt, das Krankenhaus mit Verwundeten, Vergabe von Wasser durch die russische Armee. Unsere Antwort auf Chamberlain, kurz gesagt.

Bei Tageslicht sieht man, dass die Stadt nicht so stark zerstört ist, wie es ursprünglich schien. Kein Vergleich mit Grozny. Aber abgekriegt hat mehr oder weniger jedes Gebäude etwas. Die Straßen sind übersät von Eisenteilen, Ästen, Ziegelsteinen oder sogar Mauerstücken. An manchen Orten strömt Wasser. Hier und da Erschossene und verbrannte Fahrzeuge. Und Krater, Krater, Krater …

Humanitäre Hilfe wird in der Nähe des Bahnhofs geleistet, vor einem Hotel. Hier sind bis jetzt Kinder zu finden. In den Wänden Einschusslöcher, auf dem Boden Schrott, Glassplitter, irgendwo ist eine hängende Decke heruntergestürzt, überall Zementstaub. Brandgeruch. Am Registrierungsstand Brotscheiben und leere Wasserflaschen. Die Evakuierung läuft, Lastwagen werden mit Flüchtlingen beladen.

Auf dem Fensterbrett ein Fernsehgerät. Die Olympischen Spiele. Alles grell und bunt. Die Moderatorin verzückt. Die Kommentatoren verzückt. Die Leute teuer gekleidet, lächelnde Gesichter, aufgeblasene Wangen. In welcher Welt leben diese Menschen?

An der Stadtausfahrt erneut zwei abgeschossene Panzer.

Ein Stück weiter, an der Kurve, verbrennen zwei Volkssturmsoldaten die Leiche eines gefallenen Georgiers. Nicht aus Hass. Ihnen gefällt selbst nicht, was sie da tun. Aber die Hitze lastet, niemand beerdigt die Leichen, und schon wabert Gestank durch die Straßen.

Die Beugemuskeln sind stärker als die Streckmuskeln; wenn sie sich verkürzen, verkrümmt sich der Körper zu einem gespannten Bogen. Vom Feuer ist der Bauch des Gefallenen aufgebläht wie ein Ballon. Der Mann will nicht brennen, sie legen Zweige ins Feuer. Bislang sind nicht einmal die Beine verbrannt.

Fotografieren? Nein. Ach, zum Teufel … Ihr habt eure Sorgen, ich habe meine. Das hier müssen alle sehen. Ich stelle mich auf den Bordstein und fotografiere in Großaufnahme. Mit Augenhöhlen und allen Einzelheiten. Rotes, angebranntes Fleisch kriecht ins Objektiv.

Empfindungen? Absolut keine. Wie schnell sind alle moralischen Verbote in mir abgestumpft. Das ist das Abscheulichste – dass man den Tod wie einen Job betrachtet.

Zerstörungen wollen wir im Bezirk der Schule Nr. 12 aufnehmen. Fünf, sechs fünfgeschossige Plattenbauten am Stadtrand. In einem Hauseingang Geheul. Man ruft uns dorthin. Keiner der Journalisten will gehen.

«Wozu seid ihr dann hergekommen?»

«Okay», ich spucke die Zigarette aus, «los.»

In zwei Wohnungen drei in Bettlaken verschnürte Menschen: Eduard Gaglojew, Zalima Gaglojewa-Tibilowa, Dina Kadschojewa. Fotos von oben. Das ist alles. Mehr ist nicht geblieben. Sie haben versucht, in Pkws aus der Stadt zu fliehen, sind erschossen und verbrannt worden.

Dieser Bezirk wurde anfangs von Grad-Geschützen bearbeitet, dann rückte die Infanterie ein – die Frauen erzählen, wie sie in den Kellern saßen, über ihren Köpfen gingen die Georgier vorbei, und sie konnten nur beten, dass kein Säugling schreien würde. Acht Menschen sind in diesem Haus gestorben.

Ich schätze, diese Zahlen kommen hin – die Grad hat weniger eine Spreng- als eine Splitterwirkung, die Häuser sind stark beschädigt, aber keines von ihnen so sehr, dass man von Dutzenden Leichen unter den Trümmern sprechen müsste. Von Tausenden Toten kann nicht die Rede sein. Nach meiner Schätzung sind es in diesem Bezirk hundertfünfzig, zweihundert, dreihundert Menschen. Keine Tausende.

Ich versuche nicht, irgendjemanden zu verteidigen oder zu entlasten. Die Beschießung einer Stadt mit Massenvernichtungsmitteln ist fraglos ein Verbrechen. Aber ich versuche, objektiv zu bleiben. Über Tote spekuliert man nicht.

Auch von Massenhinrichtungen oder ethnischen Säuberungen kann hier nicht die Rede sein. Auf die friedlichen Bewohner hat man einfach keine Rücksicht genommen – wer starb, starb, richtiger gesagt, je mehr starben, desto besser, aber was Russland in Tschetschenien angerichtet hat, gab es hier nicht: keine Filtrierpunkte, kein Tschernokosowo und nicht das berüchtigte Folterbüro ORB-2. Vielleicht reichte die Zeit dafür einfach nicht. Aber es bleibt eine Tatsache.

Ebenso wie am folgenden Tag keine Massenhinrichtungen und Massaker an Georgiern auf der Transkam stattfanden. Vielleicht weil sie alle schon weg waren. Aber auch das ist eine Tatsache. Wenngleich man alles gründlich geplündert und in Brand gesteckt hatte.

Wobei, immerhin – die drei mit einem Bettlaken Gefesselten. Immerhin, der Keller, in dem sich friedliche Menschen versteckten und in den von oben, von der Treppe her, die Georgier schossen. Immerhin, der Leichnam eines Achtzehnjährigen in einer Garage, von einem Scharfschützen erschossen, der nicht wissen konnte, auf wen er zielte. Immerhin, der von einem Panzer zu einem Fladen zerquetschte Lada Samara. Immerhin, meterlange Splitter der Grad, überall verteilt.

Auf dem Rückweg kommen wir am Standort eines Bataillons Friedenstruppen vorbei. Die Kaserne ist praktisch niedergerissen. Die verbrannten Schützenpanzer stehen weiterhin da – nicht nur zwei, drei. Gefeuert haben sie bis zuletzt nicht. Ein weiterer drinnen. Dazu der Panzer an der Kaserne. Die Georgier haben mit direktem Feuer draufgehalten, es gelang ihnen sogar, in den Standort einzudringen – sie näherten sich von der Seite des Fahrzeugparks und schossen aus Panzerkanonen. Brannten alles bis auf die Fundamente nieder. Hier hat ein grausamer Kampf stattgefunden. Die Friedenstruppen schickten Scharfschützen aufs Dach und beschossen die Infanterie. Als es im glutheißen Keller nicht mehr auszuhalten war, wagten sie den Ausbruch. Sie hatten gerade die erste Kette der Angreifer durchbrochen, da stießen sie schon auf die zweite. Durchbrachen auch sie. Dabei, heißt es, sei ein Mann gefallen. Verwundet wurden mehr oder weniger alle. Sie zogen sich in ein Gehölz zurück und hielten die Rundumverteidigung, bis die Armee anrückte.

Ich bitte Wladimir anzuhalten, damit ich die Schützenpanzer aufnehmen kann. Er ist unwillig: «Wozu das? Haben sie doch schon auf allen Sendern gezeigt.» Ich verstehe ihn. Wladimir ist ein guter, offenherziger Mensch. Er macht nur seine Arbeit. Der Führung ist nicht an einer objektiven Beleuchtung der Ereignisse gelegen. Gewünscht ist Agitprop – Bilder von der Aggression der Georgier, von getöteten Kindern, von der zerstörten Stadt. Dass die 58. Armee mit nur einem einzigen Bataillon in Marschkolonne einmarschiert ist, soll möglichst nicht erwähnt werden. Dass die Georgier fast zwei Tage lang die Lufthoheit innehatten, wird verschwiegen. Die Zahl der Getöteten wird nicht genannt. Verbranntes russisches Militärgerät soll besser nicht gefilmt werden. Getötete georgische Militärs sollen auch nicht gezeigt werden.

Die Korrespondenten vom Ersten Fernsehkanal interessieren sich für Lagerstätten mit den Leichnamen friedlicher Bewohner. Kinder am besten. Diese Sensationsgier ist so unübersehbar, dass sogar die uns begleitende ossetische Journalistin aus der Haut fährt: «Hört auf mit dem Unsinn! Was für Leichen? Die werden alle von ihren Verwandten abgeholt und begraben! Kein Wort mehr von Leichen!»

An der Mauer einer Schule liegt ein georgischer Soldat. Der Leib ist aufgedunsen, Kopf, Brust und Arme sind von der Hitze vollkommen schwarz geworden. Ein schwer erträglicher Geruch. Gut, dass ich seit dem Morgen nichts gegessen habe.

In der benachbarten Straße noch einer, neben einem weiteren ausgebrannten Panzer. Der Kopf durchstochen, eine Plastiktüte darübergezogen – damit man nichts sieht. Im umgekippten Helm daneben etwas Rot-Graues. Nicht weit davon noch fünf Leichen – jemand durchsucht sie der Reihe nach, mit abgewandtem Kopf. Er will die Papiere.

Ein Stück weiter noch einer. Auf dem Platz dann verbrannte Panzerfahrer. Dort bereits viel Volks, außerdem Soldaten und Volkssturm. Sie knipsen. Ich selbst fotografiere inzwischen ungehemmt, aus verschiedenen Blickwinkeln. Das Brustbein eines der Fahrer ist nicht mehr zu erkennen, über Nacht haben die Hunde es völlig zerbissen. Ich spüre überhaupt nichts mehr. Pfeif drauf.

An einem Pfosten das Schild: «Moderne Geisteswissenschaftliche Universität. Moskau. Zweigstelle Zchinwali.» An der Modernen Geisteswissenschaftlichen habe ich studiert. Bachelor für Internationales Recht. Lustig.

***

Insgesamt habe ich an diesem Tag sieben abgeschossene georgische Panzer und etwa dreißig Leichen gezählt. Dem Gestank nach zu urteilen liegen im Dickicht noch ein paar mehr. Dort hat unsere Luftwaffe die Georgier beharkt.

Zerpflückte Technik. Verbrannte Häuser. Das Krankenhaus überfüllt. Kinder auf Lastkraftwagen. Zhorik im Keller. Die Leiche in der Garage. Verbrannte Frauen in Stoffsäcken. Ein verbrannter georgischer Fuß in einem Panzer. Die brennende Leiche eines Georgiers. Fünfundzwanzig bei lebendigem Leib in Schützenpanzern verbrannte Soldaten. Zum Teufel, warum immer alles verbrannt? Hitze. Staub. Wenn es wenigstens Wasser gäbe … Russland im Krieg mit Georgien. In welchem Albtraum hätte man sich das je vorstellen können?

Ich springe auf den Panzerwagen zu den Jamadajew-Leuten und fahre zur Säuberung. Der Bildredakteur unserer Zeitung, Artem, gebürtig aus Tiflis. Ich komme mit dem Panzer zu dir, Artem! Und du empfange mich mit der Panzerbüchse …

Da haben sich ein paar Dumme gefunden.

***

Das tschetschenische Bataillon «Wostok» war schon vor drei Monaten in Zchinwali. Dieses Mal ist es am neunten August gekommen. Es hat den beherrschenden Gipfel «Pauk» eingenommen und die georgischen Sondereinheiten von dort vertrieben. Jetzt machen sie sich wohl daran, die georgischen Dörfer entlang der Transkam zu säubern und die Reste der dort verschanzten georgischen Armee zu vertreiben.

Die Stadt ist gerammelt voll von russischer Technik, sie verteilt sich jetzt auf die Positionen. Aber der Großteil ist immer noch auf dem Weg.

Sulim Jamadajew steht neben einem metallicfarbenen Minibus des Modells Barguzin mit getönten Scheiben. Ziemlich groß, etwa fünfunddreißig Jahre, das Gesicht von Pulvernarben übersät, wie nach einer Granatenexplosion in unmittelbarer Nähe. Ruhig, nicht auffahrend, wenngleich leicht posierend. An der Brust der Heldenorden.

In einer nicht sehr großen Kolonne setzen wir uns in Bewegung. Fallschirmjäger aus Pskow, 693. Regiment, selbstfahrende Artillerie, Panzer.

Der getötete Georgier ist noch immer nicht verbrannt – die Leiche liegt weiter an der Kurve. Die Bauchmuskeln sind durchgebrannt, und aus der Leiste ragt ein Knäuel verschmorter gelber Gedärme hervor. Der Geruch aus dem Dickicht ist ganz und gar übelkeiterregend geworden.

Die Luftwaffe bearbeitet derweil das Vorgebirge in Georgien. Die Jagdbomber werden sofort von Raketen begrüßt – zwei, drei, vier Stück. Das ist ein ernstzunehmender Angriff, Rauchspuren schwärzen den halben Himmel. Bestimmt wieder die ukrainischen «Buki». Sie verfehlen ihr Ziel. Doch von nun an steigen die Raketen ununterbrochen auf.

«Ja! Abgeschossen!» Auf dem neben uns fahrenden Motorschlitten springen sie auf, reißen die Köpfe hoch, starren in den Himmel. Ich gucke auch. Gegen die Sonne ist kein bisschen zu erkennen.

«Was ist dort?»

«Abgeschossen! Am Schwanz zerbrochen! Die Piloten haben sich rauskatapultiert – beide …»

In der Richtung, aus der die Raketen kamen, steigt eine schmutzig weiße Rauchsäule auf. Abgestürzt … Ich erwarte, dass wir uns sofort zu den Piloten aufmachen, doch das ist nur im amerikanischen Kino so – Rettungsaktionen und «Schwarze Falken». In der russischen Wirklichkeit: abgestürzt, na und?

Unterwegs verbrannte und zerstörte Pkws. Viele davon. Einer platt gewalzt von einem Panzer. Dann kommen ausgebrannte Schützenpanzer. Es sind unsere. Die besagten, von der 58. Armee, die in einen Hinterhalt geraten waren. Ich zähle insgesamt vier. Die übrigen sind offensichtlich an der Abzweigung nach links gefahren und erst dort in Flammen aufgegangen.

Von Zeit zu Zeit geraten wir in die Reichweite von Leichengeruch. Wenn wir in so einem Dunstkreis stehen bleiben, füllt eine klebrige Substanz Mund, Nase und Lungen.

Im Gebüsch noch zwei Leichen. Nicht von uns.

Das «Wostok» fährt auf drei Schützenpanzern, drei Motorschlitten und zwei Kamaz-Lastern. Die Motorschlitten und ihre Fahrer wurden von der russischen Armee gestellt. Die Schützenpanzer sind Beutestücke – die Georgier haben sie während der Säuberungen zurückgelassen. Auf der Panzerung steht mit weißer Farbe: «Tschetschenen», «Jamadajew-Leute», «Wostok».

Gemeinsam mit Tschetschenen auf einem Panzer zu fahren ist gelinde gesagt ungewöhnlich. Ich versuche, mich aus den Gesprächen herauszuhalten. Vom ersten Eindruck her sind es die reinsten Räubertypen: bärtige Gesichter, grüne Stirnbinden. Sie rufen: «Allahu akbar!»

Die Alanen begrüßen die Tschetschenen als Befreier. Ein alter Mann hat eine Fünfzig-Liter-Flasche Wein angeschleppt. Die russische Armee, ganz im Gegenteil, schaut unfreundlich. Antwortet nicht auf Zurufe. Im besten Falle blickt sie uns gleichgültig nach, öfter aber feindselig. Ganz selten, dass mal einer der Rekruten lächelt.

Neben mir sitzen: Wacha mit Bart und grüner islamischer Mütze; Artur mit Goldkronen anstelle der Vorderzähne; Ibrahim, ein finsterer Scharfschütze mit dem Gesicht eines Banditen; und Chitryj, ein drolliger junger Kerl. Alle ganz jung, keiner über dreißig, alle sind 2003 ins Bataillon gekommen und haben noch keinen Krieg erlebt. Mit Chitryj werde ich besonders rasch warm.

Es gibt aber auch welche, die schon im Ersten Tschetschenienkrieg gekämpft haben. Mit denen rede ich nicht.

Den Namen eines anderen Burschen kann ich beim besten Willen nicht verstehen. Kumyk von Nationalität, spricht er nur Russisch, aber das Dröhnen des Motors übertönt alles.

«Hör mal, hast du den Hadschi Murat überhaupt gelesen?», fragt er. «Genauso heiße ich. Nur Gadschi.»

Da hast du die Kinder der Berge. Gleich wird er dich nach dem Dualismus des Wolkonskij fragen. Den Hadschi Murat habe ich nicht gelesen.

Zwei Wagen überholen uns. Auch darauf bärtige Männer mit grünen Binden. Die Tschetschenen grüßen einander unterkühlt. Die Beziehungen sind sichtlich angespannt.

«Wer sind die?», frage ich Wacha.

«Kadyrow-Leute. Das Bataillon ‹Zapad›. Sind auch hier ...»

Mehr war vom «Zapad» nicht die Rede. Später sagte einer von Jamadajews Vertretern, dass die Kadyrow-Leute nicht nach Georgien gegangen seien: Sie hätten auf alles gespuckt und seien mit den Worten «Das ist nicht unser Krieg» wieder abgehauen.

Der Motorschlitten will nicht geradeaus fahren, ruckelt immer wieder. Der Fahrer fummelt ständig am Motor. Schließlich geht er endgültig kaputt. Und wir sind gerade mal drei Kilometer weit gekommen.

Ich steige in einen anderen um. Den Fahrer lassen wir mit dem Fahrzeug zurück. Er ist nicht der Einzige. Die Kolonne fährt weiter, wie Schlammfetzen von der Raupenkette fliegt versagendes Material von ihr ab und bleibt am Straßenrand liegen. Der nächste Panzer ist nur dreihundert Meter entfernt. Ganz in der Nähe eines weiteren ausgebrannten Schützenpanzers.

Bei diesem Motorschlitten ist der Antrieb in Ordnung, dafür gibt es Probleme mit den Bremsen – sie blockieren sofort. Wir werden auf der Panzerung herumgeschleudert wie Socken in der Waschmaschine. Dafür ist unser Fahrer ein toller Kerl – Anton Tocha.

«Dein eigenes Fahrzeug oder von der Armee?»

«Meins.»

«Wieso dann in so einem Zustand?», frage ich geradeheraus, weil ich sehe, dass er den Wagen liebt.

«Aaah», winkt Tocha ab. Die technischen Mängel kompensiert er durch seine Fahrkünste. Tocha ist Zeitsoldat, aber auch erst etwa zwanzig Jahre alt. Anderthalb Jahre hat er schon gedient, bleiben noch weitere anderthalb.

«Diesel gibt's auch nicht», brummelt er. «Und die Tanks schalten nicht immer um.»

Wir versuchen, die vorbeifahrenden Tankwagen anzuhalten, aber sie hören nicht – für die Abgabe von Treibstoff ist ein Befehl nötig.

Hetagurowo, ein großes ossetisches Dorf, das letzte vor der georgischen Enklave, erreichen wir ohne Probleme. Das Dorf ist aufgegeben, alle Häuser sind zugesperrt, die Bewohner über alle Berge. Erst war es von den Georgiern aus Minenwerfern beschossen worden, nach den Georgiern beharkten es unsere Leute mit der Grad. Offensichtlich ging alles auf die Ortsränder, denn man sieht keine Zerstörungen, die Hauptstraße ist absolut unversehrt. Nur leer. Und die Kirche steht noch.

Wir durchstöbern die Höfe, suchen nach Brunnen. Niemand betritt die Häuser. Einen Brunnen finden wir ein Stück weiter. In Eile nehme ich Wasser auf, die Kolonne setzt sich schon in Bewegung. Es werden gerade mal siebenhundert Gramm. Für jeden nur ein Schluck.

Als wir schon fast abfahren, taucht die Aufklärung auf – vom Ende der Kolonne. Rechtzeitig. Was immer hier jemand hätte in die Luft jagen wollen, sie hätten es längst in die Luft gejagt.

An der Kolonne auf und ab fährt ein Offizier auf einem gepanzerten Truppentransporter, auf der Suche nach den Artilleristen.

«Männer, wo sind die Selbstfahrlafetten?»

«Weiß der Teufel. Irgendwo waren sie.»

«Mist, hab doch gesagt, das ist nicht unsere Kolonne!»

Mit einem Wort, alles so wie immer. Keine Funkverbindung, keine Geländeorientierung, kein Verständnis der Lage und der Aufgaben. Hetagurowo – wo liegt das überhaupt? Ist der Gegner hier oder nicht? Sind unsere Leute hier oder nicht? Ja, weiß der Teufel, Genosse Fähnrich.

Hinter dem Dorf aufgegebene Posten der Friedenstruppen. Offene Schützengräben, ordentliche Zelte, gehisste Flaggen, aber keine Menschenseele. Zwei Hubschrauber geben Geleitschutz und beschießen die Heuhaufen am Wegrand. Für alle Fälle offenbar. Das beruhigt ein bisschen. Obwohl eine dauerhafte Luftunterstützung nach wie vor fehlt.

Furchtbarer Staub. Die graue Substanz sträubt die Haare wie im Raureif. Zwischen den Zähnen knirscht es. Ich ziehe die Kapuze über und lasse den Mückenschutz herunter. Das hilft ein bisschen.

Wir kommen nur mühsam voran. Zehn Minuten fahren, eine halbe Stunde Stillstand. An einem kaputten Bewässerungsgraben können wir endlich einmal anständig trinken. Das Wasser ist sauber, auch wenn es über die Erde fließt – der Graben muss ganz in der Nähe aufgebrochen sein.

«Männer, vielleicht trinken wir Wein?», schlage ich vor.

«Ja, hör mal, natürlich trinken wir!» Ruslan, ein ossetischer Volkssturmmann, springt auf und klettert in die Fallschirmspringerluke, um die Flasche zu holen. «Wein muss kalt getrunken werden! Warm schmeckt er nicht mehr!»

«Nein. Später. Nach den Kämpfen.» Das sagt Terek, der Kommandeur des Zuges.

«Gut, wenn nicht, dann nicht», füge ich mich.

«Wieso nicht! Wir trinken jetzt gleich! Ich stoße mit dir an!»

Ruslan holt die beschlagene Flasche. Da läuft einem das Wasser im Mund zusammen. Kühler Wein … Schön säuerlich … Wir schneiden eine Plastikflasche auf, Ruslan gießt ein.

«Na, Männer, auf den Frieden.»

Ich nehme ein paar Schlucke. Der Wein ist jung, er arbeitet noch. Aber lecker. Ich reiche Ruslan den Becher.

«Nimm es weg», sagt Terek.

«Wieso weg? Was zum …»

Terek packt ihn am Schlafittchen, schlägt ihm den Becher aus der Hand. Die Flasche knallt mit dem Boden auf die Panzerung und zersplittert. Ruslan steht da. Guckt wortlos. Dann beginnt er auf Ossetisch zu fluchen. Manchmal wechselt er halblaut ins Russische: «In deinem Land kannst du rumkommandieren, du Möchtegern-Rambo! Das hier ist mein Zuhause …»

Niemand mischt sich ein. Keiner greift zum Messer. Alle tun so, als wäre nichts geschehen. Nur Artur fragt beschwichtigend: «Was motzt du, Ruslan?»

«Ich motze nicht, er motzt. Sind hier eingefallen …»

***

Wir stehen lange. Vor uns irgendein Dorf. Hinter uns Platanen, etwa zwei Kilometer entfernt die langen weißen

Gebäude eines Kuhstalls. An der Kurve sieht man, wie die Spitze der Kolonne in die Straße einzieht.

Alles geht ganz schnell. Am Kuhstall blitzt das grelle Licht eines Schusses auf, gefolgt von der Detonation. Fetter schwarzer Rauch kriecht über die Bäume. Dann noch ein grelles Blitzlicht und eine zweite Detonation. Kein Granatwerfer, sondern etwas Ernsthaftes. Der Rauch über den Platanen verdichtet sich. Scheiße, verdammte! Haben sie etwa getroffen?

Wir rasen ins Dorf. Von dort kommt uns unsere Technik entgegen, in Eile, angeschlagen. Ihr folgt, in kurzen Sprinteinlagen, die Infanterie. Auf dem Feld eine Batterie Selbstfahrlafetten, die auf zwei Ziegelsteinkasernen links ballert. Da fliegen die Fetzen. Über den Kasernen weht die georgische Flagge. Die Panzer schießen aus der Fahrt. Dort, wo es brennt, wird jetzt ordentlich geschossen. Ein Kampf entflammt. Der Krieg ist los. Boogie-Woogie geht ab.

Wir laufen den Graben entlang zur Kreuzung. Kurz vor der Einfahrt gabelt sich die Straße – eine führt geradeaus, eine nach links und eine nach rechts, am Wasserturm vorbei. Rechts steigt fetter Rauch auf.

Ein großer Teil des Bataillons hat schon das Dorf erreicht, unsere Gruppe ist die letzte. Wir laufen zur Pumpstation. Geraten in die Feuerzone. Hier kann man schon Splitter abbekommen. Ich sehe einen, der direkt auf meinen Kopf zufliegt. Ein Schritt zur Seite: «Achtung, Splitter!»

Er fällt zu Boden, springt ein paarmal hoch und prallt von Ruslans Schienbein ab. Ein ordentlicher Kawenzmann. Hätte töten können. Der nächste geht drei Meter weiter rechts nieder. Wir zerstreuen uns. Im Liegen-Laufen-Modus bewegen wir uns robbend am Graben entlang. Ist das ein Beschuss, ist es eine Panzerschlacht? Man weiß es nicht. Sehr starkes Feuer von beiden Seiten. Detonation, Gesicht auf den Boden, ein Heulen und das Rascheln zerrissenen Eisens über dem Nacken, dann fünf, sechs Sekunden verharren, rasch aufrappeln und weiterlaufen, bis zur nächsten Explosion.

Vom Graben aus kommen wir noch hundert Meter weiter, dann fliegen die Splitter so dicht wie in einem Sturzregen. Einer trifft mich im Fallen an der Hüfte. Ein heftiger Schlag. Aber offenbar keine echte Verwundung, nur ein Kratzer.

Vor uns der Kuhstall. Unter Gewehrfeuer liegen wir bisher wohl nicht, man sieht auch keine Bewegung, aber ein Stück weiter im Dorf tobt ein heftiger Kampf. Die Tschetschenen bearbeiten den Kuhstall und das Gebüsch aus MP-Granatwerfern. Neben mir Artur. Er setzt die Waffe aufs Knie und schießt im Steilfeuer. Dann wirft er sich hin, lädt nach und rollt sich ein wie ein Igel, wenn heulend das nächste Geschoss explodiert. Das Geknall der Granaten geht im allgemeinen Lärm unter.

Ich versuche, etwas ins Bild zu bekommen. Mach den Berichterstatter, Zeit zu arbeiten. Kurzer Sprint, hinwerfen, die Sohlen von jemandem, entsetzensweite Augen, aus dem Unkraut erhebt sich kurz ein Kopf und schießt eine Salve ab.

Vom Graben aus hat man keine Sicht. Wir müssen weg von hier, sie zerquetschen uns, knallen uns ab wie die Spatzen.

Wir versuchen, noch ein Stück weiter an die Kreuzung heranzukommen. Nein, sie sehen uns doch – gezieltes Feuer. Am Wasserturm sind wir mitten in ihrem Visier. Die

Geschosse gehen vielleicht zwanzig Meter entfernt von uns nieder, nicht weiter. Nur der Damm rettet uns. Wir werfen uns dahinter und rühren uns nicht mehr. Den Kopf nicht heben. Unter solch einem Feuer war ich noch nie. Ich versuche, den Kopf mit den Armen zu schützen, spüre dennoch geradezu körperlich, wie viel weicher menschliches Fleisch als Eisen ist. Es schlägt einfach durch. Auch am Kopf. Ich bekomme Angst.

Wir hören Schreie. Ein Verwundeter. Zwei tragen einen Dritten. Noch eine Salve. Erde im Mund. Die Luft gespickt von Metall. Ringsum Schmatzen und Staubfontänen. Ich springe auf und renne zwischen den Detonationen hindurch. Es ist Terek. Beindurchschuss. Ein zwei Münzen breites Loch. Die Abschnürbinde ist angelegt, doch das Blut sprudelt in starken, gleichmäßigen Stößen.

«Kannst du einen Verband anlegen?», fragt Artur oder Wacha.

«Kann ich! Her mit dem Verband!»

Unter dem Beschuss ist es schwer. Hier ist kein Damm mehr, wir liegen auf freiem Feld. Wieder deckt man uns ein. Ich weiß nicht, was ich schützen soll: den Fotoapparat, meinen Kopf oder Terek. Irgendwie bekomme ich den Verband angelegt, wickle auch Gras mit herum. Das Bein ist gebrochen, offensichtlich ein Knochendurchschuss.

«Er muss rausgetragen werden!», ruft wieder Artur oder Wacha.

«Lad ihn mir auf! Leg ihn mir auf den Rücken!»

Es geht nicht. Jetzt wird es richtig heftig. Grad-Geschosse oder ein Kassetten-Granatwerfer, oder sie schießen aus zehn Rohren gleichzeitig. Alle zwanzig Sekunden dröhnt es, einer nach dem anderen. Die Erde kocht. Erdschollen fliegen fünfzig Meter in die Luft. Der Planet wird aufgeschlitzt. Leere im Inneren. Die Zeit verschwindet. Aus und vorbei, Schluss … Verschissen.

Als es still ist, heben wir die Köpfe. Alle sind unverletzt. Halb robbend, ziehen wir Terek an den Armen. Er ist schwer. Versucht uns mit dem gesunden Bein zu unterstützen. Dann schleppen wir ihn stückweise fünf bis sieben Meter, mehr ist zwischen den Detonationen nicht zu schaffen. Aber das Feuer ist nicht mehr so stark.

Der Motorschlitten ist in der Nähe – Tocha, der Mordskerl, hat es hierher geschafft!

«Tocha! Tocha! Fahrer! Schlittenfahrer, wo bist du?!»

Unter der Raupe hat er sich versteckt. Der Motorschlitten heult auf, wendet und fährt rückwärts auf uns zu, auf den Erdhügeln hüpfend. Als es noch zwei Meter bis zu Terek sind, brüllen wir aus Leibeskräften. Ich springe auf und stemme mich erst mit den Armen, dann mit der Schulter gegen das Heck. Terek liegt vor mir, und ich finde keinen Haltepunkt. Als hätte ich den Schlitten sonst aufhalten können … Das Fahrzeug schiebt mich zurück, ich drohe unter die Raupe zu geraten.

Halt! Halt, verflucht! Halt, verdammte Scheiße!!!

Tocha ist dann doch ein guter Fahrer. Er hat ein tolles Gespür für seinen Wagen. Die Raupe kommt achtzig Zentimeter vor Tereks Kopf zum Stehen. Ich weiß nicht, was er selbst mitgemacht hat – ich schaue ihn nicht an.

In der Fallschirmspringerluke befinden sich Munitionskisten – wie immer wild übereinandergestapelt, kein Zentimeter frei. Nichts als scharfe Kanten. Ich werfe ein paar davon raus, wir heben Terek mit einem Ruck hoch und legen ihn in die Nische. Der Unterschenkel des durchschossenen Beins bricht, er stöhnt. Wieder eine Serie von Detonationen. Wenn sie jetzt nur nicht das Feuer auf uns richten. Wir sind auf dem Präsentierteller, hinlegen geht nicht. Wenn wir jetzt nur wegkommen! Sie schießen uns ab! Wir schaffen es nicht. Ich werfe mich mit dem Wanst auf die Panzerung, mache mich ganz flach: Los, los, fahr!

Die Sanitäter stehen einen halben Kilometer entfernt. Wir rasen in gerader Linie über das Feld, der Schlitten springt auf den Erdhügeln in die Luft. Die Detonationen erreichen uns nicht. Ein Satz auf die Straße, Kurve nach links, und Staub hinter uns.

Verflucht, dieser Krieg. Das ist mein letzter. Ja, schön wär's.

Wir jagen an der Infanterie vorbei. Untertellergroße Augen starren aus dem Unkraut. Ich setze mich auf, winke ihnen zu, der Arm bis zum Ellbogen voller Blut. Ob ich ihnen damit Mut mache?

Gleich hinter uns fangen sie an, die Verwundeten aus der Schlacht zu holen. Sechs Mann werden auf einem Schützenpanzer gebracht. Alle von der Infanterie. Fast alles Rekruten. Einer verbrannt. Sie nennen ihre Namen – Gefreiter Sawelin aus Rjazan ist der Erste. Er bittet um eine Zigarette und etwas zu trinken. Ich zünde eine Zigarette an und setze sie ihm zwischen die Lippen. Mit Wasser ist es schwieriger. Der zweite hat einen schmalen Schlitz von sieben Zentimetern Länge an der Hand. Arterie durchschnitten. Dickes Blut quillt hervor. So ein Geruch in der Luft … wie von frisch geschlachtetem Vieh, wie im Fleischerladen. Der dritte wird getragen – Beine durchschossen. Der vierte … Den vierten hat ein ordentlicher Splitter in die Brust getroffen, er hat das Gewebe zerschnitten und hätte fast die Lunge erreicht. Ein großes, klaffendes Loch. Rotes Fleisch. Aber der Junge geht aus eigener Kraft – noch unter Schock –, und die Lunge ist, so scheint es, unversehrt. Glück gehabt.

Man legt die Verwundeten an den Raupen ab. Schneidet, verbindet, spritzt, legt Schnürverbände an. Dunkles Blut sickert in den Staub.

Ich fotografiere. Der Apparat ist von Tereks Blut befleckt.

Ein seltsamer Krieg. Ich, ein Russe, Veteran beider tschetschenischen Feldzüge, in Georgien, in Südossetien, in einem georgischen Dorf, hole den Kommandeur einer tschetschenischen Spezialeinheit, Offizier der russischen Aufklärung, aus georgischem Panzerfeuer. Wenn mir das 1999 jemand prophezeit hätte.

Terek ist schon neu verbunden, hat Schmerzmittel gespritzt bekommen. Ich gehe zu ihm: «Na?»

Er lächelt selig: «Alles okay. Tut weh.»

Promedol macht froh. Ich klopfe ihm auf den Arm. «Und Wein haben wir jetzt doch nicht getrunken. Tut mir leid, dass es so gekommen ist.»

«Macht nichts. Alles okay. In Moskau holen wir das nach …»

An der Kreuzung ist es schon ruhig. Der Kampf ist beendet. Man sieht keinen einzigen Menschen. Keine Bewegung. Die Panzer schweigen. Die Selbstfahrlafetten schweigen. Die Siedlung ist wie ausgestorben. Wer ist dort? Unsere Leute, die Georgier?

«Wir müssen zurück, Tocha, hier haben wir nichts verloren.»

«Dann los», stimmt er gern zu. Ein Pfundskerl.

Unterwegs nehmen wir Jurij Kotenok vom *Roten Stern* auf. Er ist sichtlich nervös.

«Arkascha, wir beide fahren gerade in die größte Scheiße …»

«Ich weiß. Pass auf, wir lassen den Motorschlitten hier stehen und gehen zu Fuß. Wenn die Luft rein ist, rufen wir ihn. Verstanden, Tocha?»

Vor uns wird Staub aufgewirbelt. Aus dem Dorf kommt etwas angefahren. Auf Raupenketten. Staubt direkt auf uns zu. Auf der Panzerung haben wir nichts als zwei Muchas.

«Jurij, ich bin ein Kind des Lichts, ich kann keine Waffe mehr in die Hand nehmen …»

«Bist du gläubig, oder was?»

«Nein. Journalist.»

Jurij guckt verständnislos. «Dann gib her. Ich mach es. Wie funktioniert so was?»

Wie es funktioniert? Ja, weiß der Teufel, wie so was funktioniert. Das Raupentier ist schon ziemlich nah. Hat es durch die georgischen Kasernen geschafft, ohne beschossen zu werden. Wir müssen zum Graben laufen. Ob man mit einer Selbstfahrlafette einen Panzer abschießen kann?

«Also, wie funktioniert eine Mucha?»

«Eine Mucha? Ah, eine Mucha! Also, du ziehst den Keil raus, hebst die Latte, wenn du höher richtest, hebst du sie an, wenn nicht, drückst du so ab. Hauptsache, du verwechselst die Schussrichtung nicht, hier ist der Pfeil. Und jetzt, los zum Fahrzeug! Tocha, als Erstes werden sie die Motorschlitten in Brand schießen. Pass auf, dass du nichts abkriegst. Lauf zwanzig Meter zur Seite und wirf dich zu Boden.»

Wir kommen nicht mehr dazu wegzulaufen. Aus dem Staub taucht ein Schützenpanzer mit Infanteristen an Bord auf. Es sind unsere Leute – man erkennt sie an den schmuddeligen Fressen. Sie halten an. Irgendein Offizier.

«Das Dorf ist noch nicht eingenommen. Wir ziehen uns zurück. Wohin wollt ihr? Sagt euren Leuten, in zehn Minuten setzt die Artillerie ein – ich bin auf dem Weg zu den Selbstfahrlafetten, für die Zielkorrektur.»

Das Bataillon zieht sich zurück. Führt zwei zerknitterte Kerle mit sich. Kriegsgefangene. Georgische Reservisten. Einem von ihnen ist durch einen Schlag mit dem Gewehrkolben über dem Auge ein faustgroßer Bluterguss gewachsen, eine wilde Geschwulst.

Wie sich herausstellt, heißt das Dorf Zemo-Nikosi. Dort sind noch Infanterie und Korrespondenten – Orhan Dschemal von *Russkij Newsweek* und ein Kamerateam von *Ren TV* unter Leitung von Andrej Kuz'minov. Bald darauf ziehen auch sie ab. Völlig unnötig sind sie in Zemo-Nikosi eingedrungen; wie sich herausstellt, hat niemand Weisung erteilt, die georgischen Dörfer zu säubern. Sie wollten nach Gori. Haben sich ganz einfach verirrt. Deshalb sind sie auch in Marschkolonne dort reingegangen. Mitten im Dorf wurde die Kolonne in zwei Hälften zerschnitten – mit Panzerabwehrraketen schossen sie zwei Panzer ab, einen Schützenpanzer und einen Ural. Der Hauptteil blieb im Dorf, ein weiterer Teil zog auf einer anderen Straße weiter und blieb dort. Das Bataillon «Wostok» kam bis zu den Panzern, weiter nicht, wegen der Selbstfahrlafetten. Hinter den Panzern saß ein georgischer Richtkanonier. Als er getötet war, hörte das Feuer sofort auf.

Die Artillerie bearbeitet Zemo-Nikosi dann doch nicht. Wir ziehen uns einen halben Kilometer zurück und schlagen ein Lager am Graben auf.

Ergebnis des Kampfes: neun Tote und acht Verwundete. Davon zwei Tschetschenen – Terek und Ibrahim, beide an den Beinen – und sechs Soldaten.

Zwei in Zeltplane gewickelte Leichen werden auf der Panzerung transportiert.

Über den Kasernen weht nach wie vor die georgische Flagge. Wieso hat man sie eigentlich nicht von Anfang an gesehen?

***

Die Gefangenen werden mit dem Gesicht nach unten abgelegt, ihnen werden die Hände gefesselt. Ich trete dazu.

«Jungs, was werdet ihr mit ihnen machen?»

«In den Kamaz kommen sie! Fracht 200 machen wir aus ihnen!»

Zum Teufel. Das hätte noch gefehlt. Ich gehe zu Jamadajew.

«Sulim, ich bitte dich, schneid ihnen nicht die Kehle durch …»

Jamadajew ist völlig perplex: «Bist du verrückt geworden? Wer hat das vor?» Ganz offensichtlich ist er verblüfft von meiner Bitte.

Ich gehe zu den Gefangenen zurück. Die gucken mich an wie gehetzte Hunde: «Was ist, werden wir sterben?»

«Nein.»

«Wir dürfen am Leben bleiben?»

«Ja.»

Es sind gewöhnliche Bauern. Der eine wurde neben dem getöteten Richtkanonier gefangen genommen – als sein Leibwächter gewissermaßen, aber ein Krieger ist er nicht, das sieht man sofort. Der zweite zog stockbesoffen durch das Dorf, mit einer Granate in der Hand, und brüllte, Saakaschwili sei ein Idiot. Die Osseten wollen die Gefangenen treten, aber die Tschetschenen nehmen sie sanft zur Seite – lasst das. Sie geben ihnen zu essen, Zigaretten, Wasser. Ihre Kriegsgefangenen geben sie auf keinen Fall in die Hände der Osseten, die würden sie sofort erschießen.

Die Propaganda, der zufolge die Russen marodieren und die Tschetschenen allen die Köpfe abschneiden, sind beides Lügen, nur aus unterschiedlichen Gerüchteküchen. Die russische Armee verhält sich äußerst korrekt gegenüber friedlichen Bewohnern. Orhan erzählt, sie hätten sich in einem Dorf, in dem sie unter starken Beschuss gerieten, auf die Keller verteilt. In den Kellern Gläser mit Kompott. Sie öffneten eins. An die Stelle legte ein Tschetschene hundert Rubel: «Damit kein Arschloch nachher behaupten kann, ich wäre ein Marodeur.»

Die Einstellung zu den Kriegsgefangenen ist genau dieselbe wie zu Beginn des Ersten Tschetschenienkrieges. Man lebt mit ihnen, isst das Gleiche wie sie, teilt mit ihnen. Da ist noch kein Hass. Und man muss mit diesem ganzen Affentheater aufhören, bevor es beginnt.

***

Der Graben – trübes, dreckiges Wasser, langsam treibend. Die Leute sitzen am Ufer. Alles staubig, dreckig, verrußt. Vereinzelt zieht es sie zum Wasser. Ich kann mich nicht überwinden, mich zu waschen. Kann Tereks Blut nicht von meiner Hand waschen. Es geht nicht. Da ist eine Starre. Völlige innere Leere. Der ganze Körper tut weh, die Hände zittern, die Beine sind schwer wie Blei. Einfach nur sitzen und sitzen. So wie immer nach dem Kampf.

Das Blut ist getrocknet, ich ziehe es in langen Streifen ab.

Ein Sanitäter kommt mit Verbänden vorbei, zeigt auf mein Bein. Das Hosenbein voller Blut. Das rechte. Kein Wunder, mit dem rechten Bein habe ich immer Pech. Es ist noch nie passiert, dass ich irgendwo war und mir kein Loch im rechten Bein geholt hätte. Ich schaue hin. Nein, keine Verwundung, nur die Haut abgeschürft. Das ist nicht mein Blut.

Neben mir zwei Fotokorrespondenten. Von irgendwelchen internationalen Agenturen.

«Ein feiner Kerl.» Ein Tschetschene zeigt auf einen von ihnen. «Im Keller wollte er die Maschinenpistole halten.»

Andrej Kuz'minov fordert alle auf, die Akkus und SIM-Karten aus den Handys zu entfernen. In dem Dorf habe sich das ausgeschaltete Mobiltelefon in seinem Netz von allein eingeschaltet, es waren georgische Worte zu hören, und dann sei der Punkt unter Artilleriefeuer geraten. Dieses sensible Gerät heißt Initiator. Ein eingeschaltetes Handy anzupeilen und dessen Koordinaten zu beschießen ist eine Kleinigkeit.

«Ach was, Blödsinn, das alles», sage ich aus irgendeinem Grund.

«Kein Blödsinn», wendet einer der Tschetschenen ein. «Auf dem Gipfel Pauk war es genauso.»

«Da drüben ist der Wasserturm, siehst du?», zeige ich mit der Hand. «Was soll man da anpeilen, wenn man einfach einen Beobachter auf den Turm setzen kann. Der sieht uns doch wie auf dem Tablett. Wenn sie wollten, hätten sie uns längst beschossen. Sie wollen nicht. Deshalb haben sie uns auch gehen lassen. Nur ins Dorf wollen sie uns nicht reinlassen.»

«Hör mal, Brüderchen, du bist nicht dort gewesen», fängt Kuz'minov an. «Du bist nicht mit uns im feindlichen Feuer gerobbt …»

«Ist er doch», unterbricht ihn Ruslan. «Ist er. Und hat uns sehr geholfen.»

Ich schaue Ruslan an. Hm. Toller Kerl. Ich hab ihn mit dem Wein auflaufen lassen, und er setzt sich für mich ein. Hätte ich nicht erwartet. Danke.

«'tschuldige, dass das mit dem Wein so gekommen ist.» Ich klopfe ihm auf die Schulter.

«Macht nichts», wiederholt er Tereks Wendung. «Wir holen das nach.»

Ich stehe auf und gehe mich waschen.

***

Die Nacht verbringen wir auf freiem Feld. Ich kann nicht einschlafen. Die Jagdbomber fliegen ununterbrochen Angriffe gegen irgendetwas in Georgien. Die Detonationen erhellen den Himmel in einer Serie mächtiger, langer Lichtblitze. Aber kein Laut dringt herüber, es ist zu weit weg. Ich stelle mir vor, was die Kinder dort jetzt empfinden müssen. Stelle mir vor, was sie in Zchinwali empfunden haben.

Von links, aus Richtung Zchinwali, nähert sich im Scheinwerferlicht eine Kolonne. Jemand sagt, das sei das 71. Regiment. Im Stab scheint man doch von uns zu wissen. Sie haben Verstärkung geschickt.

Und rechts, von georgischer Seite, in Zemo-Nikosi, werden Panzer zusammengezogen. Nach den Geräuschen zu urteilen eine Division. Das Dröhnen hört seit vier Stunden keine Minute lang auf. Was wird dort morgen sein? Der Kursker Bogen?

Die Panzer beschießen die vorbeifliegenden Suchoi aus dem Flugabwehr-MG. Aus reiner Alberei. Die Flugzeuge sind überhaupt nicht zu sehen, sie fliegen in großer Höhe. Aber die Panzer sind gleich nebenan, vielleicht fünfhundert Meter entfernt.

Im Dorf selbst flackern drei-, viermal kurze Schusswechsel auf, oder die beiden Lager bearbeiten den Raum zwischen sich mit dem Feuer. An der Kreuzung gerät ein Haus in Brand. Munition explodiert darin. Gleich nebenan.

Bei den Reservisten ist bislang alles ruhig, mir aber ist gar nicht wohl in meinem Kamaz. Auf der Bank, zwei Meter über der Erde, hinter Brettern – ein Splitterfang. Außerdem sind wir die Ersten in dieser Richtung. Ein ganzes Stück hinter uns die Artilleristen, kurz davor die Panzer, vor uns niemand. Die Infanterie hat wohl nicht einmal Sicherung aufgestellt.

Noch ein Mann klettert in den Kamaz. Ein Tschetschene.

«Friert ihr nicht, Leute?»

«Na, heiß ist es nicht gerade ...»

Das hätte ich besser nicht gesagt. Sofort streift er seine Jacke ab und reicht sie mir.

«Hör mal, ich nehme deine Jacke nicht. Ich soll hier nur schlafen, du musst noch vier Stunden Wache stehen.»

«Nimm, nimm. Ich such mir gleich einen Schlafsack. Ihr könnt euch überhaupt alles nehmen, was ihr findet.»

Alle meine Versuche abzulehnen beantwortet er mit einem eindeutigen «Njet». Ich habe meine Meinung über die Jamadajew-Leute geändert. Das ist keine Armee, sondern eine Familie. Anreden der Art «Trottel, komm mal her» sind hier undenkbar. Geblieben sind nur die, die nicht zu Kadyrow gegangen sind. Alle kämpfen großartig, auch wenn viele Junge dabei sind, für die das der erste Kampf war. Sie waren vielleicht eine Spur verängstigt, aber egal – sie schreiten auch unter Panzerfeuer voran.

Im Bataillon sind nicht nur Tschetschenen. Da sind Kalmücken, Kumücken, Russen und sogar Georgier. Dolmetscher.

Es sind drei Russen. Einer von ihnen ist «Schnee». Sein Spitzname. Schnee ist Offizier der Hauptverwaltung für Aufklärung GRU, abkommandiert zum Bataillon «Wostok». Er wurde aus Moskau als Berater hergeschickt, um alle Gerüchte darüber zu ersticken, dass das «Wostok» lediglich Jamadajews persönliche Bande sei. Jetzt ist es gewissermaßen eine vollwertige Unterabteilung der GRU. Schnee hat es schwer im Bataillon. Chef oder nicht Chef, aus Moskau oder nicht, Berater oder kein Berater – hier basiert alles nur auf der persönlichen Autorität. Schnee muss diese Autorität erst noch erringen. Im Dorf bewegte er sich aufrecht, bückte sich nicht unter dem Feuer und warf sich nicht hin. Einen Gefangenen verhörte er ebenso – aufrecht stehend. Und der sagte aus.

Schnees Gruppe zog als erste in Zemo-Nikosi ein. Und kam als letzte wieder raus. Und holte die Infanterie nach – ungefähr einen Zug.

Im Fahrzeug ist es dunkel. Niemand knipst eine Taschenlampe an. Der Junge wühlt in seinem Rucksack, versucht seine zu finden. Und fängt plötzlich an zu reden.

«Ich war bei Sulim Zugkommandeur. Meinem Befehl unterstanden vierundfünfzig Mann. Als die Reibereien mit Kadyrow begannen, liefen einundfünfzig Mann sofort zu ihm über. Ich blieb mit dreien zurück. Man versprach mir einen neuen Lada 2110 und einhunderttausend Kröten dafür, dass ich ebenfalls überwechsle. Ich lehnte ab. Da holten sie meine Frau. Dann holten sie mich. Hielten mich zwei Wochen lang fest. Brachten mich irgendwohin. Führten mich in einen Hof. Dort lagen auf einem Tisch schon die Instrumente ausgebreitet. Handschellen, Knüppel. So ein mit Nägeln gespickter Schlagstock. Sie wollten von mir wissen, wohin ich für Sulim die Leichen gebracht hätte. Ich weiß von keinen Leichen. Dann stecken wir dir gleich diesen Knüppel in den Arsch. Macht ruhig, ich weiß von keinen Leichen. Sie schnallten mich mit den Handschellen fest und schlugen mich mit dem Knüppel. Auf die Nieren. Dann ließen sie mich laufen und gaben mir einen Tag, um wiederzukommen und ihnen den Ort zu zeigen. Es gelang mir, meine Frau zu befreien, ein Onkel von ihr arbeitet bei der OMON. Ich brachte sie nach Dagestan und versteckte sie. Ich selbst lebe jetzt auf der Basis in Gudermes, gehe nie raus. Ich bin Waisenkind, habe keinen Clan. Die Adresse meiner Frau haben sie trotzdem rausbekommen. Haben sie gezwungen, schriftlich auf eine Anzeige zu verzichten. Das habe ich auch getan. So ist das mal ...»

Er redete lange, erzählte in allen Einzelheiten. Wir saßen da, hörten mit offenem Mund zu. Als wir aus dem Fahrzeug sprangen, konnte ich nur noch fragen: «Und wie heißt du?»

«Issa.»

***

Mitten in der Nacht beginnen die Gefangenen zu brüllen. Man hat ihnen die Hände zu straff gefesselt, das tut höllisch weh, und sie halten es nicht mehr aus. Tatsächlich, wenn die Blutzufuhr zu lange unterbrochen wird, kann das eine

Gangrän mit sich bringen. Jemand von den Tschetschenen sagt, sie sollen die Schnauze halten. Andrej Kuz'minov geht hin und nimmt ihnen die Fesseln ab – sie kommen sowieso nicht weg, die Wache mit der MP sitzt gleich daneben. Die Gefangenen fangen lauthals an zu stöhnen, reiben die Hände im Gras – die Handgelenke sind taub. Dazu die Kälte. Andrej gibt ihnen seinen Pullover und eine Schachtel Zigaretten. Eine improvisierte Verhörkomödie beginnt, geführt von Andrej. Er redet mit ihnen wie mit Kindern, baut es aber geschickt auf. Ich schalte das Diktiergerät ein:

«Wann bist du Reservist geworden? Wann haben sie dir diese Marken gegeben?»

«Ich weiß, die Marken, ja ...»

«Wer hat sie dir gegeben?»

«Saakaschwili ...»

«Was, Saakaschwili persönlich ist gekommen?»

«Ich bin schlecht Russisch.»

«Gleich werde ich dich den Tschetschenen übergeben, dann sprichst du nicht nur Russisch, sondern Tschetschenisch, Kerlchen. Willst du das? Vielleicht reden wir lieber endlich Russisch.»

«Ich bin kein Reservist.»

«Wie heißt du?»

«Sasa.»

«Und er?»

«Tamas.»

«Sasa, frag jetzt mal den Tamas. Ist er Reservist?»

Sie reden Georgisch.

«Was sagt er?»

«Er kann nicht sprechen Russisch.»

«Na, dann soll er Georgisch sprechen, und du übersetzt.»

«Wenn du Reservist nicht gehen, du vier Jahre von Saakaschwili. Gefangenis.»

«Und was sollt ihr machen? Was ist euer Befehl?»

«Befehl wer gegeben? Er. Saakaschwili.»

«Er selbst? Oder kam ein georgischer Offizier, wahrscheinlich, oder?»

«Ja, ja.»

«Wo ist er, dieser georgische Offizier, Sasa? Wann ist er gekommen?»

«Letztes Jahr.»

«Seit letztem Jahr seid ihr Reservisten?»

«Ja.»

«Und Waffen hat man euch gegeben?»

«Ja.»

«Und wo sind eure Waffen, Jungs?»

«Dort gelassen. Nicht zu Hause, dort. Wo er war. Der Offizier.»

«Und der Offizier lebt wo?»

«In der Stadt.»

«Und wie heißt diese Stadt?»

«Na, diese … Gori oder so. Terani (*unverständlich*) … Dort ist er geblieben. Er war, ich war kein Reservist.»

«Und die Panzer sind wo, Sasa?»

Sie sprechen Georgisch.

«Er sagt, es gab keine Panzer.»

«Keine Panzer? Und was war heute, haben sie da mit Erbsen aus Blasrohren auf uns geschossen? Was hattet ihr für einen Befehl?»

«Nu, wie Baubataillon, solche Armee ungefähr.»

«Und was habt ihr gebaut?»

«Nu, so gearbeitet, Spaten.»

«Schützengräben ausgehoben?»

«Graben, ja.»

«Und wo habt ihr gegraben?»

«Weiß nicht. Er ist Reservist. Eine Woche war er. Und zurück. Sagen, dass nicht in amerikanischer Uniform. Niemand kommt in dieses Dorf.»

«Nein, Kinder ... Ihr wollt einfach nicht reden. Hör zu, Sasa, wir rücken morgen vor, ja?»

«Ja.»

«Und du glaubst, du kannst hier bleiben? Dich im Kamaz wund liegen?»

«Ja.»

«Nein, mein Lieber. Du gehst als Erster. Unsere Soldaten werden morgen stürmen, und du gehst als Allererster. Auf dem ersten Panzer. Ihr werdet unsere Führer sein. Wir schnallen dich vorn auf einen Schützenpanzer, dich und Tamas, und eure Leute werden euch als Erstes in Brand setzen. Hast du gesehen, wie heute der Panzer gebrannt hat?»

«Ja.»

«Morgen wirst du in genau so einem Panzer brennen. Bis zum Tageslicht sind es noch ein paar Stunden, ein paar Stunden habt ihr noch zu leben. Willst du das?»

«Ja, ja!»

«Wirklich?»

«Ja! Ich will!»

«Also, morgen geht's los.»

Versteht sich von selbst, dass niemand irgendwo festgebunden wird. Ich stelle mir vor, was für ein Bild das für die ganze Welt gäbe: Russen rücken hinter einem Schutzschild aus Geiseln vor – friedlichen Bewohnern. Den ganzen

Tag mit gefesselten Händen bei dreißig Grad Hitze in einer Autokarosserie rumzuliegen ist da noch ein Zuckerlecken.

Die Komödie beginnt von neuem: «Also jetzt, wo sind die Panzer, Sasa?» – «Spaten hat Saakaschwili gegeben.» Alle gackern halblaut. Wenigstens eine Art Unterhaltung. Aber mir reicht es jetzt: «Gibt es Waffen im Dorf?»

«Ja.»

«Was für welche?»

«Maschinengewehre, Granatwerfer, Maschinenpistolen.»

«Wie viele?»

«Bei den Reservisten.»

«Werden sie morgen wieder schießen?»

«Ja.»

«Wo sind die Feuerpunkte? Wo die Gräben?»

«Keine Gräben. Dort sind Bäume. Auf den Bäumen sind diese … haben sie gestanden. Die Siedlung.»

«Von wo aus haben sie geschossen?»

«Siedlung.»

«Wie viele Reservisten?»

«Dreihundert.»

«Und alle haben Waffen?»

«Ja.»

«Mir scheint, du lügst.»

«Siedlung. Auf die Bäume. Dort.»

Das ergibt überhaupt keinen Sinn. Schnee haben sie sowieso schon alles gesagt, was sie wussten – und das war, angeblich, so gut wie nichts –, mehr kriegt man nicht aus ihnen heraus. Und Schnee wird seine Informationen nicht teilen. Er ist insgesamt sehr zurückhaltend gegenüber der Presse.

Ich will trotzdem versuchen zu schlafen. Ich höre, wie die Gefangenen wieder gefesselt werden.

«Nicht zu fest?»

«Nein.»

«Wirklich in Ordnung? Pass auf, sonst verlierst du deine Hände.»

«Ist gut so.»

Tamas ist so mutig geworden, dass er sogar um Wodka bittet – offenbar hat er einen höllischen Kater. Ob er völlig durchgedreht sei, antwortet man ihm. Du lebst, niemand schiebt dir Nadeln unter die Fingernägel, du hast Zigaretten bekommen, einen Pullover, also sitz ruhig und muck nicht auf. Eure Leute haben heute den ganzen Tag auf uns geballert. Und morgen werden sie es wieder tun.

Dreihundert Reservisten mit Granatwerfern. Immerhin …

***

Die Panzer werden die ganze Nacht hindurch zusammengezogen. Und gegen Morgen setzen sie sich in Bewegung. Zuckendes Scheinwerferlicht kriecht die Straße entlang zur Kreuzung und auf die Brücke. Und auf der Brücke steht irgendein Schweinehund und winkt ihnen mit der Taschenlampe. Verfluchte Reservisten! So eine Sauerei haben sie sich ausgedacht!

Ich springe auf und laufe, irgendwohin. Die Jamadajew-Leute kommen mir entgegengerannt. Ich mache kehrt und laufe ihnen hinterher. Irgendjemand wirft sich zu Boden und nimmt die Verteidigungsposition ein. Mit der Maschinenpistole. Ich laufe zurück. Die Brownsche Bewegung nimmt zu. Waffen sind nicht vorhanden. An die Panzerfahrer scheint niemand zu denken. Hinter der Straße stehen vermutlich schon die Reservisten mit ihren Granatwerfern.

Der erste Panzer lässt seine Motoren und Raupenketten aufheulen und dreht in unsere Richtung.

Ich greife mir zwei Muchas. Werfe sie sofort wieder hin. Ich darf doch nicht, verdammt, ich darf nicht, bin jetzt ein Kind des Lichts, ich darf keine Waffen mehr in die Hand nehmen! Wo ist Jura? Er darf!

Der zweite und, so scheint es, der dritte Panzer brechen durch die Obstgärten und rollen direkt auf Jamadajews Stab zu. Dort ist alles still. Sie haben sich verschanzt.

Der erste Panzer heult auf und ruckelt voran.

Zwischen Graben und Straße sind etwa zwanzig Meter Land. Man braucht nicht mal zu schießen. Sie werden mit ihren Raupenketten alles zu Mus zerquetschen.

Ich lege mich in eine Erdmulde. Neben mir Artur mit dem Maschinengewehr. Hilfloser Gesichtsausdruck, aber kein Entsetzen. Sogar eine Spur Erleichterung – immerhin ein MG, wenigstens irgendetwas … irgendetwas …

Der zweite Panzer kommt zwischen den Obstbäumen herausgekrochen, rollt auf einen Erdhuckel und bleibt stehen.

Niemand schießt.

An der Kreuzung sind Flüche zu hören. Die Luke des Panzers fliegt auf, jemand springt herunter. Ein Mann mit Taschenlampe geht auf ihn zu. Sie sprechen Russisch.

«Panzerwaffe?»

«Ja, ja …»

Sie fallen sich in die Arme.

Die eigenen Leute.

Wie sich herausstellt, gehören diese fünf Panzer zu jenem ersten Teil der Kolonne, der gestern im Dorf abgeschnitten wurde. Sie waren es, die sich mit MGs bemerkbar gemacht haben, und unsere Leute haben ihnen mit Raketen geleuchtet und sie über Funk herausgelotst.

Das Dorf ist leer, die georgische Armee ist abgerückt, wenn jemand geblieben ist, dann nur die Reservisten in den Kasernen, aber auch die geben kein Lebenszeichen von sich. Fallschirmjäger sind auch nicht mehr hier. Doch irgendwo im Dorf treiben sich noch fünf von unseren Schützenpanzern herum.

Später erzählte ein Kamerad:

«Wir suchten auf den Feldern. Fanden die Kolonne. Schlossen uns am Ende an. Wir fahren. Plötzlich macht die Kolonne halt, der Kommandeur springt vom Führungspanzer herunter und kommt auf mich zu. Ich traue meinen Augen nicht, er trägt eine NATO-Uniform. Ich gebe Befehl, auf den Führungspanzer zu halten, reiße meine MP hoch und ziele auf ihn. Er hat alles verstanden. Geht auf die Knie, legt die MP hin und bekreuzigt sich. Einen Tank hätte ich in Brand setzen können, danach wäre mir nur der Held der Russischen Föderation geblieben – posthum. ‹Pass auf›, sage ich. ‹Du gehst nach rechts, ich nach links, und wir haben uns nie getroffen.›»

In der Morgendämmerung wagen sich die Schützenpanzer heraus. Sie setzen auf der Furt über den Wassergraben über.

***

Am Morgen, gleich nach Sonnenaufgang, ist die Aufklärung des 71. Regiments gekommen und unverzüglich im Dorf eingerückt. Solange sie dort sind, frühstücken wir. Das letzte Mal gegessen habe ich ... Bei den Friedenstruppen war das. Vorgestern Abend – einen Teller Grießbrei und ein Ei.

Jemand zieht eine Proviantpackung der NATO heraus. Lecker, aber sinnlos. Zwei Hauptgerichte, Reis mit Gemüse und Gemüseragout. Vegetarisch. Kein Gramm Fleisch. In den Ergänzungspaketen Schokolade, Konfitüre, Gebäck, Pralinen, Süßigkeiten. Bei der Hitze geht das noch, im Winter kann man sich davon nicht ernähren.

Man hat auch fast keinen Appetit. Trinken will man schon ... Die Hitze beginnt fast sofort mit dem Sonnenaufgang, die Temperatur steigt von Minute zu Minute. Russland hat mehr Wasser als Festland, aber ein paar Wassertransporter zu füllen, das gelingt uns irgendwie nicht.

Ich schaue mir an, was mit meinem Apparat fotografiert worden ist. Gestern habe ich ihn abgegeben und mit einem Ohr noch gehört: «Kopf hoch! Heb deinen Kopf!» Dann habe ich selbst ein paarmal geknipst. Ich wusste nicht, wie die Tschetschenen meine Aktion bewerten würden, deshalb ging ich, als Sulim gesagt hatte, dass er niemanden enthaupten würde, zu den Gefangenen, setzte mich in die Hocke, grölte laut: «Heb den Kopf!», und fotografierte, um dabei zu flüstern: «Pass auf. Ihr werdet nicht umgebracht. Keine Angst.»

Und genau das ist zu sehen. Georgische Kriegsgefangene in Großaufnahme: auf dem Boden liegende, gefesselte Männer, das Gesicht zur Kamera gereckt. Ein Anblick totaler Schicksalsergebenheit. Wie kurz vor der Erschießung.

Mit solchen Speicherkarten in Gefangenschaft geraten. Wer nimmt mir dann ab, dass ich Journalist bin, verflucht? Ich fahre auf dem Panzer einer Kriegspartei, in Uniform, die Hosen mit Blut verschmiert, und auf dem Fotoapparat Erschossene. Wer will da noch von Neutralität reden?

Rasch lösche ich alles. Schade – der Pulitzer-Preis wäre mir sicher gewesen.

Neben mir Chitryj. Er reinigt seine Maschinenpistole. Über Nacht ist seine Fröhlichkeit verflogen.

«Hauptsache keine Panzer heute», sagt er. «Ich mag keine Panzer. Mir wird übel davon.»

Ich sehe ihn an. «Hast du was Weißes?»

Er zeigt mir den Lappen, mit dem er die MP reinigt.

Den binde ich mir um.

***

Wasser, Wasser, Wasser … Kein Wölkchen am Himmel. Die Zikaden zirpen. Die Hitze ist nicht so drückend wie in Tschetschenien, aber fünfunddreißig Grad werden es sein. Im Graben eine trübe, dreckige Flüssigkeit. Der Kadaver eines Kalbes treibt darin. Ach, scheiß drauf. Wir trinken davon, füllen die Kanister und Behälter. Desinfektionstabletten hätten wir von den Sanitätern mitnehmen sollen. Im Dorf gibt es bestimmt einen Brunnen. Höchste Zeit …

***

Einen wiederholten Sturm gab es nicht. Die Kolonne machte kehrt und zog in Richtung Zchinwali. Gute Stimmung bei allen. Nach Hause! Die Infanterie lacht. Auf den Schützenpanzern die Trophäen – NATO-Kunststoffhelme prangen auf den Suchscheinwerfern.

Dann stellt sich heraus, dass wir wieder eine Kurve verpasst haben. Nach etwa zwei Kilometern heißt es umdrehen und direkten Kurs auf Gori nehmen. Zum Teufel …

Wir bewegen uns erneut in Marschordnung. Ohne Aufklärung. Ohne Luftunterstützung. Ohne alles.

Jamadajew steckt seine Nase nicht vor die Kolonne. Er überlässt es den Föderalen, die Feuerpunkte mit den eigenen Soldaten aufzudecken. Und den Föderalen ist es auch scheißegal. Kanonenfutter haben wir einen Waggon voll, die Weiber werden neues gebären.

Dann ist die Luftwaffe aufgetaucht und bearbeitet jetzt Zemo-Nikosi in unserem Rücken. In der Nähe des Kuhstalls raucht es wieder. Die Artillerie schießt über unsere Köpfe hinweg auf eine zwanzig Kilometer entfernte Anhöhe. Das ist Gori. Wie sich herausstellt, befinden wir uns schon in Georgien. Ich nehme das Dragunow-Scharfschützengewehr von Ruslan. Durch den Sucher sieht man den Mobilfunkturm auf dem Hügel und die Geschützbunker darunter, von wo aus die Selbstfahrlafetten gestern geschossen haben. Jetzt steigt dort fetter Rauch auf. Sie sind entdeckt worden …

Unterwegs halten wir an jeder Pfütze an. Die Infanteristen krabbeln wie die Ameisen von der Panzerung und stürzen sich auf das Wasser. In den Pfützen das Gleiche wie überall – eine Mischung aus Lehm und Erde.

Ein paar einzeln stehende Höfe, die Hinterhöfe irgendeiner Siedlung, eine Traktorstation. Alles verlassen. Keine Menschenseele. In den Gärten brechen die Zweige unter der Last der reifen Pflaumen. Unter den Ketten platzen Tomaten. Die Äpfel sind beinahe reif. Der Wein wächst in gerader Linie bis zum Horizont. Alles liebevoll gepflegt, sorgfältig angebaut. Und kein Mensch.

***

Der Marsch nach Gori geht ohne einen einzigen Schuss vor sich. Obwohl der erste Teil der Kolonne kämpfend hierhergelangt ist und im Vorfeld eine Bataillon Georgier vernichtet hat. Die versuchten, hinten herum mit ein paar Jeeps zu entkommen, wurden aber von Schützenpanzern und angerückten «Krokodilen» abgefangen und in Brand geschossen. Auf der Straße qualmen nun verbrannte Lkws. Ringsum Leichen. Einer der Soldaten ganz jung, vielleicht zwanzig, zweiundzwanzig Jahre. Die Hände zur Brust erhoben. Kleinkindhaltung. In der NATO-Uniform erinnert er an einen Spielzeugsoldaten. Der zweite mit dem Gesicht nach unten im Graben. Dem dritten ragen die zerschmetterten Beine aus dem verkohlten Rumpf. Das Geschoss muss direkt unter ihm explodiert sein. Zerfetztes Fleisch in einer Pfütze aus verbranntem Benzin.

Ich fotografiere ... Wem nutzt das alles? Wozu?

Zwei Jeeps sind noch fahrtüchtig. Die Jamadajew-Leute nehmen sie sich.

In Gori selbst rückt die Armee nicht ein. Sie macht in zwei bis drei Kilometer Entfernung halt, in den Gärten einer Siedlung. An einem Hauseingang steht eine betagte Frau. Sie guckt. Niemand beachtet sie. Die Häuser werden nicht geplündert, die Leute nicht terrorisiert. Man betritt das Dorf nicht einmal.

Neben der Station ein Lager für aufgegebene Technik und Munition. Noch zwei Lastwagen im Trophäenlager. Berge von Müll auf der Erde. Ich greife mir einen Rucksack, einen kleinen Teppich und zwei warme Jacken. Wann das hier alles zu Ende ist, weiß man nicht, und schlafen muss ich irgendwie.

In dem Obstgarten wurde gestern auch eine große Kolonne von Reservisten gestellt. Fünfzig Fahrzeuge, heißt es. Wie viel Mann, weiß ich nicht. Ich gehe nicht fotografieren. Mein Bedarf an verbrannten Menschen ist gedeckt. Zu viele Leichen in diesen drei Tagen.

***

Die Armee wartet auf den nächsten Befehl. Ich gehe zu Jamadajew: «Sulim, ein kleines Interview, wenn du erlaubst.»

«Mach los.»

Ich schalte das Diktiergerät ein: «Sulim, was meinen Sie, hat Russland seine Truppen zu Recht einmarschieren lassen?»

«Russland ist zu Recht einmarschiert, ganz klar. Mehr noch – man hätte keine vierundzwanzig Stunden abwarten sollen, nachdem die Bombardierung der Stadt begonnen hatte. In der Zeit sind Zivilisten gestorben. Sind Friedenssoldaten gestorben. Aber die Führung hat richtig gehandelt, ganz klar. Sie sehen selbst, seit gestern befinden wir uns in Georgien. Zchinwali wird nicht mehr bombardiert. Jetzt haben wir den Feuereinstellungsbefehl erhalten, warten auf weitere Anweisungen.»

«Wofür kämpft das Bataillon ‹Wostok› hier?»

«Wir sind als Friedenstruppen hier. Das ‹Wostok› beteiligt sich schon seit anderthalb Jahren an Friedensmissionen. Vorher waren wir im Libanon. Ich selbst war am Achten noch im Lazarett, hätte mich zwei Wochen erholen sollen. Aber jetzt bin ich bei meinen Leuten, das gehört sich so, ganz klar. Probleme wird es keine geben. Wenn wir Befehl bekommen, Tiflis einzunehmen, tun wir das.»

«War es nötig, georgisches Territorium zu betreten, was meinen Sie?»

«Ja, es war nötig. Unserem Präsidenten wird es so leichter fallen, mit ihnen zu verhandeln. Sie bombardieren doch sonst selbst … Man muss sie zur Feuereinstellung zwingen, ganz klar. Wir zwingen sie dazu, den Krieg zu beenden. Wir erfüllen den Befehl des Verteidigungsministeriums und des Oberkommandierenden.»

Am nächsten Tag wird Sulim Jamadajew erfahren, dass er aus dem aktiven Dienst entlassen sei.

Wenn Jamadajew ein Verbrecher ist, belastet von «Samson» und den Vorfällen in Borodzinowskaja, wie hatte man ihn dann mit der aktiven Armee in den Kampf für Russland schicken können? Und wenn er für Russland kämpft, wie konnte er russlandweit zur Fahndung ausgeschrieben sein?

Was sucht ihr noch, hier steht er, vor Gori. Kommt und holt ihn euch. Und macht endlich eine eindeutige Aussage. Bislang sieht es wieder so aus, als würde Russland seine eigenen Leute im Stich lassen und sich aus dem Staub machen.

***

Unbestreitbares Gefühl, dass der Krieg zu Ende ist. Siegesstimmung, daran zweifelt niemand mehr. Ob Saakaschwili zurücktritt oder nicht, ist nicht mehr wichtig. Zur militärischen Hauptbasis Georgiens sind es zehn Minuten Fußmarsch, falls notwendig, wird sie problemlos eingenommen werden. Die georgischen Einheiten weichen kampflos zurück. Die russische Armee schlägt sich um Welten besser. Die Männer sind ruhig, bereit und fähig zu kämpfen. Die Georgier haben eine gute technische Ausrüstung, aber keine Kampfmoral. Sobald es zur direkten Feindberührung kommt, weichen sie zurück. Offenbar weil sie den Sinn dieses Krieges selbst nicht ganz verstehen. Sie sind nicht bereit, für das eine Georgien zu sterben. Vielleicht wollen sie einfach nicht kämpfen. Wäre die Kolonne nicht an Zemo-Nikosi vorbeigekommen, hätte man sie nicht angerührt, das ist klar. Aber einfach so wollten sie uns auch nicht in ihr Land lassen.

Überhaupt, wenn in Zemo-Nikosi Tschetschenen gestanden hätten – auch ohne Panzer, nur mit Maschinenpistolen –, hätten wir nicht bis zum Morgen überlebt. Neun Gefallene für so einen Irrtum, da kann man von Glück reden, wie zynisch das auch klingen mag.

In jedem Fall liegt Russlands Sieg auf der Hand. Genauso offensichtlich ist, dass Russland eine neue Taktik gewählt hat – die Taktik der direkten, harten Gewalt. Auf die Meinung der anderen wird gepfiffen. So wie in Afghanistan. Fallen Schüsse aus einem Dorf, so wird es von Luftwaffe und Artillerie beharkt. Mit dieser Politik geht uns Georgien immer mehr verloren. So wie Georgien Ossetien und Abchasien immer mehr verliert.

Mit jedem neuen Präsidenten beginnt bei uns ein neuer kleiner, siegreicher Krieg. Vielleicht sollte man die Wahlen einfach ganz abschaffen?

***

Meine Füße sind in ekelerregendem Zustand. Bis zur Unförmigkeit geschwollen, aus den Blasen tritt Eiter mit Blut, wie aus der Tube. Ein kleiner Zeh ist schwarz geworden, der Nagel fast abgefallen. Der rechte natürlich. Den Nagel abreißen? Ich brauche ihn ohnehin nicht.

Und das nach zwei Tagen. Vom Durst vielleicht. Ich bin zu leicht für den Krieg im Süden. Mein Organismus macht nicht mit. Orhan zum Beispiel, der ist groß, hat viel Flüssigkeit im Leib. Mein Kräftevorrat reicht gerade mal für eine Stunde. Ich pumpe mich mit dieser lehmigen Brühe voll, kotze fast und bin dennoch als Einziger halb bewusstlos.

Chitryj reicht mir einen Verband. Die Bäume sind spärlich gesät, es gibt fast keinen Schatten. Die sterilen Wattebäusche stecke ich in die Packung zurück, für später.

Wenigstens eine Stunde schlafen. In diesen vier Tagen habe ich nicht viel Schlaf bekommen. Zhorik rast wie verrückt. Auf der Straße verbrannte Lkws. Bettlaken mit Fotografien. Ein roter Rumpf humpelt hinter dem Auto her und streckt seine Knochen aus. In einem Keller rissige Lippen: «Wie gut er ist ... Bleib doch noch, wenigstens Wasser trink ... Wässerchen ... Hier sind alle tot, du störst nicht.» Zwei halbe Leichen mit Maschinengewehr: «Bleib doch ... Du bist jetzt mit uns.» Wozu bin ich hier? Bin ich nicht schon genug herumgekommen? Orhan? Auch verbrannt? Wann? Nein, er lebt. Ich rüttle an seiner Schulter. Er will ebenfalls weg.

Wir gehen zu Sulim – bitten um einen Beutejeep nach Zchinwali, der ist ja sowieso nicht offiziell registriert. Jamadajew lehnt ab. Zurück sind es fast dreißig Kilometer, und niemand ist hinter uns. Aber gleich fährt etwas, die Gefallenen zu holen, sagt er.

***

In einem Hubschrauber fünf Verwundete. Die kommen zu den acht, die gestern abgeschickt wurden. Insgesamt also schon dreizehn. Die Panzerfahrer haben eine verbrannte Besatzung hergebracht – zwei Leichen, mit Zeltplane bedeckt.

Weitere drei trägt die Infanterie heran. Der Propeller lässt die Decke aufflattern. Zum Teufel … Wieder verbranntes Menschenfleisch. Hand- und Fußknochen ragen daraus hervor. An den Händen nicht einmal Knochen, eher Knöchel – solche ganz kleinen. Bei einem ist die Speiche aus dem Gelenk gerissen.

Diese drei sind aus einer Mucha beschossen worden. Sie konnten gerade noch aus einem brennenden Schützenpanzer springen und rannten schon in Richtung Obstgarten, als sie unter direkten Beschuss gerieten. Der Erste ist noch am besten erhalten, wenigstens Arme und Beine sind erkennbar. Aus einem schwarzen Kohleklumpen blitzen betäubend weiße Zähne heraus.

Von dem Zweiten sind vielleicht anderthalb Meter geblieben – ein verschmorter Klumpen mit fünf Stummeln. Wo der Kopf war und wo die Arme waren, kann man nicht mehr unterscheiden.

Der Dritte ist in einen Sack gewickelt.

Unter der Zeltplane ragen Unterschenkel heraus. Sie schaukeln mit den Bewegungen des Fahrzeugs. Ich kann keine Unterschenkel mehr sehen.

Mit den Leichen fliegt ein Schwarm Fliegen in den Hubschrauber. Eine von ihnen kreist die ganze Zeit vor meinem Objektiv und stört mich dabei, die brennenden georgischen Dörfer an der Transkam zu fotografieren.

Und der Geruch … Schade, dass man das in der Zeitung nicht wiedergeben kann. Jetzt, da ich dies schreibe, sind meine Hosen vom Blut der Verwundeten befleckt, und die Uniform stinkt nach angebranntem menschlichem Fleisch. Dieser Geruch ist unglaublich aufdringlich – im Zivilflugzeug wurde ich schief angesehen. Aber beschreiben kann ich ihn nicht. Obwohl ich möchte, dass alle, die von der Größe Russlands reden, ihn riechen. Damit sie ihn von da an überall spüren – im aufgegossenen Tee, in der Zigarette, an den Fingern, die sie halten, im Wasserglas, in der Zahnpaste, in den Haaren des eigenen Kindes ...

Es war immer mein Traum, Kindermärchen zu schreiben, aber seit neun Jahren schreibe ich darüber, wie aufgedunsene Leichen riechen, die bei Hitze auf den Straßen einer zerstörten Stadt liegen.

Gott sei Dank konnte ich ihre Gesichter nicht sehen. Sie hatten keine mehr.

***

Die Armee erklärt, nur Zeitsoldaten seien in Ossetien einmarschiert. Lüge! Zwei Drittel der Zeitsoldaten waren Rotzbengel, die gerade mal ein halbes Jahr gedient hatten. Und etwa ein Drittel überhaupt Wehrpflichtige. Warum wurde in Zemo-Nikosi ein Laserzielgerät für Raketen gefunden, warum verfügt die georgische Armee über Mobilfunk-Störgeräte, weshalb hatte der Richtkanonier ein Telefonpeilgerät, weshalb hatten sie sogenannte Initiatoren – und wir schicken wieder nur achtzehnjähriges Menschenmaterial in den Kampf? Weshalb war von zwei Schischigas im Sanitätsbataillon nur eine fahrtüchtig, während die andere am Seil geschleppt werden musste? Sechs Stunden mussten die Verwundeten warten, bis sie weggebracht werden konnten! Sechs Stunden! Die ganze Zeit schmorten sie bei dreißig Grad ohne Wasser in den Fahrzeugen – bis die Jamadajew-Leute die Sache in die Hand nahmen. Dabei waren nur sieben, zehn Kilometer zurückzulegen.

Weshalb gab es keine Aufklärung? Weshalb keine Luftunterstützung? Weshalb ist man so idiotisch in Zemo-Nikosi einmarschiert, wie die Brigade von Majkop vor dreizehn Jahren auf den Bahnhofsvorplatz in Grozny – einfach weil sie sich verirrt hatten? Zum vierten Mal auf die gleiche Heugabel getreten! Weshalb gab es keine Funkverbindung zwischen den Einheiten? Weshalb kein gemeinsames Kommando? Weshalb?

Wo ist das versprochene groß angelegte Programm zur Aufrüstung? Wo ist die Berufsarmee? Wo die Nanotechnologie? Wo sind die Informationssysteme, wo die Peilgeräte, wo ist die elektronische Kampfführung, wo das Überlagerungs-Wärmesichtgerät, das seit fünf Jahren an der MVTU entwickelt wird und Ziele hinter einer meterdicken Betonwand erkennen soll, aber erst einmal (!) in den Export gehen soll? Wo ist euer beschissenes Navigationssystem «Glonass», das die Kurve nach Zemo-Nikosi richtig angezeigt hätte, und nicht die Sterne? Wo ist der BTR-90, wo der Panzer «Schwarzer Adler», wo der Hubschrauber «Schwarzer Hai», wo der Jagdbomber «Berkut», wo der BMD-4, wo der «Tiger», wo der «Schiffer», wo der «Msta-S», mit denen ihr auf den Paraden so angebt? Wo ist das Maschinengewehr «Kord», wo die MP «Abakan», wo der Komplex «Vintorez», wo der Panzerverteidigungskomplex «Arena», vor sechzehn Jahren entwickelt und seit sechzehn Jahren mit keinem einzigen (!) Exemplar vom Verteidigungsministerium angekauft – dabei holen die Amerikaner ihn bei uns mit Dampfern ab? Die «Arena» ist gerade für den Schutz von Panzern vor Raketen gedacht. Wäre sie einsatzbereit gewesen, hätte das Leben von drei Jungs in diesem Zemo-Nikosi gerettet werden können! Wo ist sie? Wo sind die neuen Granatwerfer, von denen allen auf RTR die Ohren dröhnten? Wo sind die Drohnen, die Nachtleuchten, die RLS-Radargeräte? Wo sind die unfallsicheren Motorschlitten? Warum war der letzte Verwundete, den ich bergen musste, ein kleiner Leutnant, der bei Dzhawa verunglückt war – an seinem Motorschlitten hatten bei dem Gefälle schlicht die abgenutzten Bremsen versagt! Wo sind die Mullbinden, die Abschnürverbände, wo ist das Promedol? Wo sind wenigstens die Helme? Und wo ist das Geld, das für all das bestimmt war?

Wo sind die Generäle? Wo die Kommandeure jeglicher Couleur, wenn doch hier Geschichte geschrieben wird? Wo ist Medwedjew auf seinem Schimmel? Wo Nowogizyn mit dem Säbel in der Hand? Wo ist überhaupt irgendwer?

Und wo, verdammte Scheiße, gibt es frisches Wasser?

***

Russland stand nur eine Variante offen – reingehen, den eigenen Friedenstruppen Entsatz bringen, Friedenstruppen an der Grenze stationieren und stop. Wozu zum Teufel dann noch in Georgien einmarschieren? Wozu Gori bombardieren? Und vor allem – wozu wieder mal junge Burschen in den Krieg hetzen?

Georgien entschied, dass Ossetien zu Georgien gehören soll. Georgische Männer griffen nach den Maschinenpistolen und zogen in den Kampf für ihr Vaterland.

Ossetien entschied, dass es nicht länger zu Georgien gehören will. Ossetische Männer griffen nach den Maschinenpistolen und zogen in den Kampf für ihr Vaterland.

Nur Russland schickte seine Jungs in den Krieg.

Südossetien ist insgesamt hundert Kilometer lang und anderthalb Kilometer breit. In Russland sind sechzig Prozent der Fläche unbesiedelt. Ohne Ossetien sind wir nicht überlebensfähig, keine Frage. Für diese hundert Kilometer wurden vierundsiebzig Leben geopfert.

Alles ist so wie immer. Die ganze Welt kämpft mit russischen Waffen, nur Russland kämpft mit seinen Jungs. Ein sturer Staat, der Leichen aneinanderreiht wie Eisenbahnschwellen.

***

Ich schaue mir diese Leichen an – unsere Leichen, von unseren Jungs – und ertappe mich plötzlich bei dem Gedanken, dass der Preis für den Sieg gar nicht allzu hoch ist. Schließlich haben wir gesiegt. Die Burschen haben heldenhaft gekämpft.

Das Schrecklichste ist, dass ich wirklich so denke. Ich habe keine Angst. Ich verliere nicht den Verstand. Ich bedecke mein Haupt nicht mit Asche. Ja, sie haben Pech gehabt … Was kann man machen? Das ist Krieg. Aber wir haben gesiegt!

Nein, sagt doch, neun verbrannte Klumpen am Tag – ist das zu viel dafür, dass wir endlich wieder von den Knien hochkommen? Die bösen Amerikaner nicht in Georgien reinlassen? Ist das nicht wahr?

***

Man könnte ganz Georgien mit Luftabwehrgeschützen vollstellen, Russland würde das nicht kratzen. Russland ist nicht der Irak. Um Russland zu erobern, müsste man die gesamte Bevölkerung Europas und Amerikas mobilisieren. Aber die Welt hat sich verändert. Kein Hitler, kein Stalin und kein Tschingis Chan wäre heute dazu in der Lage. Die

Menschen wollen keinen Krieg. In ihrer Masse wollen sie Bier trinken, fernsehen und nichts denken. Sie haben verstanden, dass man all das mit Geld erreichen kann.

Nehmen wir an, Georgien wird NATO-Mitglied, führt Englisch als zweite Amtssprache ein und den Dollar als zweite Währung, lernt «America the Beautiful» und spricht Bush heilig. Ja, und? Ein Wirtschaftsembargo besteht bereits, Handel und Verkehr sind unterbrochen.

Wozu also dieser Krieg? Was ist das Ergebnis? Wer hat dadurch gewonnen? Russland? Medwedjew hat kein einziges seiner Ziele erreicht. Saakaschwili hat er nicht gestürzt, die NATO hat er in den Kaukasus gelockt, sich ein Pulverfass vor seine Haustür geholt, sich das Image eines Aggressors zugelegt, einen kleinen kalten Krieg begonnen, das Land um zehn Jahre zurückgeworfen – und Menschen geopfert!

Man schützt seine Bürger nicht, indem man fremde Bürger umbringt und ihr Gebiet besetzt. Es wäre ziemlich seltsam, wenn die Türkei in Tschetschenien türkische Pässe verteilen würde, um dann Naltschik zu bombardieren und ihre Truppen in Krasnodar einmarschieren zu lassen.

Im Ergebnis wird Georgien in die NATO fliegen wie eine Panzerfaust auf den Flügeln der Liebe, und statt der afroamerikanischen Instrukteure werden wir im Kaukasus Tomahawks und Bradleys haben, im Schwarzen Meer Linkor-Kanonen und Stützpunkte auf der Krim.

Einen weitsichtigeren Politiker kann man sich schwer vorstellen. Wie kann man es überhaupt schaffen, eine anfängliche Gewinnposition mit so guten Karten zu vermasseln?

Hat Ossetien vielleicht gewonnen? Zchinwali zerbombt,

Hunderte Gefallene, die Posttraumatische Belastungsstörung bei hundert Prozent der Bevölkerung, Armut, Arbeitslosigkeit, die im Verein mit dem Hass unausweichlich zum Banditentum und zur neuerlichen Eskalation des Konflikts führen wird, internationale Isolation und die einzige Verbindung zur Welt – wieder durch den Rok-Tunnel.

Und Georgien? Niederlage, Gesichtsverlust, verlorene Militärtechnik, getötete Menschen, russische Panzer vor Tiflis, vollständiger und endgültiger Verlust von Abchasien und Ossetien. Geld für die Wiederaufrüstung und neue Panzer werden sie bekommen. Aber wozu das? Panzer wollen ja eingesetzt werden. Hat Georgien es nötig, Aufmarschplatz für das Ringen zweier Welten zu sein? Was bleibt von ihm übrig, wenn Putin und Rice sich dort die Köpfe einschlagen? Es gab doch schon Korea, Vietnam, Afghanistan, Jugoslawien … Wozu Amerika einen Spannungsherd in Georgien braucht, ist klar, aber Georgien selbst?

Im Ergebnis haben nur vier Menschen Dividenden aus diesem Krieg geschlagen: Medwedjew (sofortiger Anstieg des Ratings von vierzig auf achtzig Prozent), Saakaschwili (Unterstützung des Westens), Kokoity (eigenes Fürstentum und uneingeschränkte Selbstherrschaft) und McCain (das verstehe ich nun überhaupt nicht – wo ist Georgien und wo bitte McCain?).

Niemand dieser Leute hat gekämpft. Keins von den Kindern dieser Leute hat gekämpft. Kein Verwandter dieser Leute ist bombardiert worden.

Alle anderen – Tausende und Abertausende – haben verloren.

Das war ein Krieg zwischen dem persönlichen Ehrgeiz dieser vier.

Kinder, vielleicht nehmt ihr nächstes Mal einfach ein Lineal und messt auf der Toilette nach?

***

Man versteht nicht, was Georgien mit dem Beschuss erreichen wollte. Es gab keinen Sturm von Zchinwali, kein anschließendes Halten der Stadt. Sonst würde sie heute ganz anders aussehen. Die georgische Armee war entweder absolut unfähig zu einem Sturm, oder, was wahrscheinlicher ist, diese Aufgabe wurde ihr nicht gestellt – Zchinwali stand leer. Nur die Vorhut betrat die Stadt. Sie kutschierte mit einem Dutzend Panzer herum, setzte die Straßen in Brand, zog sich dann auf die Höhen zurück, und als die russische Armee kam, zogen die Georgier vollständig ab.

Möglicherweise hat Saakaschwili in Vorahnung des Krieges tatsächlich beschlossen, den ursprünglichen Schauplatz von Georgien nach Ossetien zu verlagern und währenddessen die eigene Bevölkerung zu mobilisieren. Auf jeden Fall sind aus militärischer Sicht keine anderen logischen Gründe zu erkennen. Zchinwali wurde von drei Panzerbataillonen und sechshundert bis zweitausend Infanteriesoldaten erreicht. Es ist unmöglich, eine Stadt mit einem einzigen Regiment einigermaßen lange zu halten.

Die südossetische Armee war ebenfalls völlig unfähig zu Kampfhandlungen. Von den siebzigtausend Einwohnern der Republik Südossetien waren dreihundert geblieben, um die Stadt zu verteidigen. Dreihundert! In zerstreuten Gruppen ohne gemeinsames Kommando. Eduard Kokoity, der fünfzehn Jahre lang die antigeorgische Hysterie gepflegt hat, floh beim ersten Schuss, ließ seine Leute im Stich, die er so fanatisch in den Krieg getrieben hatte.

Der Krieg trug lokalen Charakter, auch wenn die einzelnen Brennpunkte sehr intensiv waren. Aber in all diesen Brennpunkten kämpften Russen. Der einzige Kampf in der Stadt wurde um das Bataillon Friedenssoldaten ausgefochten. Dafür, dass Südossetien als monoethnische Republik leben konnte, mussten russische Jungs ihr Leben lassen.

Nein, zu Georgiern und Osseten habe ich die gleiche Einstellung – eine gute. Aber wozu das Katastrophenministerium in Südossetien, die Psychologen, die humanitäre Hilfe, Geld, Haushalt, Flüchtlingslager, Transport … Während bei uns – was bekommen unsere Leute? Wo sind die Psychologen für die Mütter unserer Soldaten, wo sind das Geld und die humanitäre Hilfe? Wo die Beileidsbekundungen und Ehrenbezeigungen? Wo werden wenigstens die Gefallenen ohne Scherereien identifiziert, nach Hause gebracht und bestattet?

Die russischen Flüchtlinge aus Tschetschenien leben bis heute in Baracken – eigentlich kann man das nicht mal Baracken nennen, es sind faulige Sperrholzhütten. Die nächstgelegene Siedlung liegt keine hundert Kilometer von Moskau, an der Istra. Ich bin dort gewesen.

Jetzt strömen auch noch die Milliarden hierher. Wieso hat Europa in jedem Dorf unser Gas, aber dem Großvater meiner Frau, einem Kriegsinvaliden, kann man seit nunmehr zehn Jahren keins ins Dorf legen? Wieso fanden sich für die Gasleitung nach Zchinwali 740 Millionen Rubel, für ihn aber, der im Krieg das Augenlicht verloren hat, nicht einmal zehntausend? Wieso sind Haushaltsgelder nach Zchinwali geflossen, während Dima Lachin, der in Tschetschenien beide Beine verloren hat, gerade mal 2300 Rubel Rente vom Vaterland bekam, wo er doch allein für die Katheter schon mindestens 4500 Rubel bezahlen muss? Dima Lachin ist inzwischen gestorben.

***

Der erste «kleine, siegreiche» Krieg bei uns begann 1905. Das ist hundert Jahre her. Und nichts hat sich geändert. Nach wie vor eine Sklavenarmee, die erst ganz zuletzt an ihre eigenen Soldaten denkt. Immer noch das gleiche großmannssüchtige Imperium mit einer viehischen Einstellung zu den eigenen Menschen, mit keiner anderen Macht als der gottgegebenen. Und die gleiche Bereitschaft, das Leben der Kinder für Glauben, Zar und Vaterland zu opfern.

Im Übrigen muss man sagen, dass Dmitrij Medwedjew in fünf Tagen das erreicht hat, was seinem Vorgänger fünfzehn Jahre lang verwehrt blieb. Er hat einen neuen Nationalgedanken entdeckt. Genauer gesagt, den alten wiedergefunden – sich selbst opfern, damit es den Feinden schlechter geht. Und Feinde sind alle ringsum. Russland hat wie bisher zwei Verbündete – Armee und Flotte.

Das ist die Denkart des neunzehnten Jahrhunderts.

Ich erinnere mich nicht, welcher Weise gesagt hat: Wir sind nicht deshalb so wütend, weil wir schlecht leben. Wir leben so schlecht, weil wir so wütend sind.

***

Von Dzhawa fahre ich zurück nach Zchinwali. Die Straße ist frei. In den georgischen Dörfern an der Transkam steht alles in Flammen. Eine Euphorie des Zerstörens und Plünderns. Die Rache ist immer grausam.

Man transportiert Stühle, Schränke, Tische, Regale, Matratzen, Kissen, Kühlschränke, Kübel mit Fikussen, fährt

Motorroller, Fahrräder, schleppt halb kaputte Autos an Stahlseilen ab, fährt auf Kotflügeln, in Karosserien, auf Dächern … Einer fährt einen Traktor Marke Belorus nach Zchinwali, mit Kübel, aber ohne Deckel. Zwei Krieger versuchen, einen Hammel in den Kofferraum ihres Zhiguli zu stopfen. Fünf Mann treiben mit vereinten Kräften eine Kuhherde in Richtung Roki.

Was sie nicht mitnehmen können, verbrennen sie. Die Häuser stehen ausnahmslos in Flammen. Rauch hängt über der Straße, streckenweise fahren wir wie durch Nebel. Der bittere Brandgeruch kratzt die ganze Zeit in der Kehle. Auf dem Asphalt Haustrümmer, Schiefer von den Dächern. Verendete Kühe. An einer Stelle stehen zwei abgeschossene Ikarus.

Sämtliche von den Georgiern neu errichteten Gebäude – das Kino, die Handelszentren, es scheint, sogar das Schwimmbad – sind in Grund und Boden geschossen, abgebrannt. Das ist kein Marodieren, das ist ein Kreuzzug – alles Georgische ausrotten, damit keine Spur davon bleibt. Hier wird im Augenblick das Fundament für einen neuen, großen Krieg gelegt. Die Praxis zeigt, dass die Probleme immer dann beginnen, wenn eine Republik monoethnisch wird. In Georgien leben Georgier, Armenier, Zigeuner, Russen, Juden. In Südossetien nur Osseten. In Abchasien nur Abchasier. In Tschetschenien nur Tschetschenen.

Dieser Massenexodus wirkt unheimlich. Eben lebten hier noch Menschen, jetzt sind nur tote Dörfer übrig.

In Zchinwali habe ich ganz andere Menschen gesehen als hier in Tamarascheni. In Zchinwali waren die Menschen zerknittert, unrasiert, kaum zu einem Wort fähig – bereit zu sterben. Und es waren nicht viele. In Tamarascheni tragen die Leute neue, makellose Tarnanzüge, sie kommen, um fremde Häuser niederzubrennen und auszuplündern. Und es sind viele.

So ist es immer. Die Nähe des Todes macht die Menschen reiner. Und Tapferkeit grenzt an Dreck.

Am Randstreifen, neben seinem niedergebrannten Haus, sitzt ein georgischer Greis mit blutigem Kopf. Meiner Meinung nach der einzig übriggebliebene Georgier aus allen vier Dörfern.

Auf die Frage, warum friedliche Georgier nicht in ihre Häuser zurückkehren sollten, sie leben hier doch seit vielen Jahrzehnten, enden alle Gespräche.

Unangetastet geblieben ist nur die Tankstelle von Lukoil. Tanken ist dennoch schwierig, es ist die einzige Station vor dem Gebirgspass.

***

Orhan ist schon im Stab. Kurz nach meinem Abflug kam das offizielle Chiffriertelegramm über die Einstellung des Krieges. Jamadajew wurde zu einer Besprechung gerufen. Orhan fuhr mit ihm.

Wir erwischen ein Auto zurück nach Dzhawa, von dort nach Wladikawkaz. Von Geld ist keine Rede.

Am Zoll interessiert sich ein FSB-Beamter unbekannten Ranges und Namens lange dafür, wie ich nach Südossetien gelangt bin und warum ich keinen Grenzstempel im Pass habe. Je tiefer die Etappe, desto fetter die Generäle. Und misstrauischer als Rambo. In Zchinwali hat niemand auch nur einmal meine Papiere kontrolliert. In Dzhawa wurde ich viermal angehalten. Einmal vom «Kommandeur eines südossetischen Panzerbataillons». Offenbar wegen meines

Beuterucksacks. Aber nach Zchinwali hat er mich nicht mitgenommen. Das war nicht seine Richtung.

Dem FSB-Mann erklärte ich, wie es war: Ich bin als Freiwilliger gekommen. Ich muss sogar irgendwo auf eurer Liste stehen. Und warum Sie mir keinen Stempel gegeben haben, das müssen Sie Ihre Leute fragen. Wenn Sie wollen, rufe ich beim FSB in Moskau an und frage, wer damals Dienst hatte. Sie führten mich bei Nacht im Gebirge hinaus, steckten mir den Pass zu – und tschüs.

Orhan war mit Geheimdiensten unterwegs und wollte sie nicht beim Namen nennen. Er weigerte sich auch, sein Telefon auszuschalten. Ihn hielten sie fest.

Die Leute, die mich zum Zoll gebracht hatten, waren schon weitergefahren. Mein Mobiltelefon war ausgegangen. Nachts ohne Handy an der Straße zu stehen hat keinen Sinn. Ich beschloss, in ein Hotel zu fahren und von dort aus Rabbatz zu machen – schließlich musste ich meinen Kameraden irgendwo rausholen. Ich hielt einen hundertjährigen, klapprigen Mercedes mit zwei finsteren Insassen an. Wie Marodeure sahen sie nicht aus. Sie wollten wohl in den Krieg, haben ihn aber nicht gefunden. Russisch verstanden sie kaum, nur einfache Redewendungen. Mir hörten sie mit offenen Mündern zu, brachten mich aber nicht ins Zentrum, sondern setzten mich am Stadtrand ab.

Ich halte ein Taxi an. Der Fahrer interessiert sich lebhaft dafür, was jenseits des Passes los ist. Er ist uneingeschränkt aufseiten Russlands, der Armee und des Krieges. Aber mir knöpft er die doppelte Summe ab.

Vorwürfe sind da zwecklos. Die Menschen lernen sehr schnell, wie sie am Krieg ein bisschen verdienen. So war das immer. Auch in Tschetschenien.

Im Hotel ist kein Zimmer frei. Ich verabrede mich mit Tamik im Moskwitsch. Ein toller Kerl. Er geht für mich und erkundigt sich. Wir ziehen durch die Stadt – alles vernagelt, wir fahren zum Flughafen – alles geschlossen. Schließlich brechen wir hastig nach Mineralnyje Wody auf. Bis zum Abflug bleiben weniger als vier Stunden. Tamik rast wie ein Irrer. Weckt mich nur an den Kontrollposten. Ich reiche ihm meinen Pass, er regelt die Sache, und wir fahren weiter.

Eine Stunde vor Abflug kommen wir an. Erst im Boardingbereich gehe ich auf die Toilette und stelle fest, dass ich noch immer die weiße Armbinde trage. Ein schickes Bild: eingestaubt von Fuß bis Kopf. Schief und krumm. Halb tot. Die zerrissene Hose blutig. Stinkt kilometerweit nach verbrannten Menschen. Und dieser Verband.

Schön muss ich ausgesehen haben mitten in der Nacht in Wladikawkaz in einem halben Tarnanzug, mit dem georgischen Beuterucksack und meinen lädierten, nicht zu gebrauchenden Pfoten.

Vielleicht sollte ich das gar nicht mehr ausziehen? Guckt mal, Leute, ich komme aus dem Krieg. Ihr habt ihn doch gewollt. Riecht mal.

***

Erwischt hat es mich dann zu Hause. Zwei Tage später. Ganz plötzlich, aus heiterem Himmel. Ich verlor die räumliche Orientierung, meine Sprache verlangsamte sich, ich litt an Bewusstseinstrübungen. Wellenartig. Wie ich es nach Hause geschafft habe, weiß ich nicht mehr. Welchen Weg ich genommen habe, begreife ich nicht.

Aber Hauptsache, ich bin nicht verwundet. Auf den ersten Blick zumindest.

«Guu-ut… Guut-ten Tag … I… I… Ich hab nix getrunken! Genau. Ja. I… I… Ich … I… I… Ich kann jetzt nich… spree… echen! Etwas ist passiert … Ja. Mir tuu… tuut nix weh … Ich hab nix … getrunken …»

Armer dummer Tropf.

Und dann. In der Imbissstube. Beim Treffen mit einem Freund. Wir bestellten Bier und Kotelett nach Kiewer Art. Es wurde uns serviert. Gute Koteletts. Aus dem gebratenen Fleisch ragt ein Knöchelchen. So ein kleines.

Zu Hause zog ich die Hose aus. Zum ersten Mal seit vier Tagen. Verfluchte Scheiße! Der zweite Splitter hat das linke Knie gestreift und zwei millimetertiefe Furchen hinterlassen. Was für ein Glück ich hatte – zwei Splitter von Panzergeschossen abzukriegen und von beiden nur gestreift zu werden. Einer zehn Zentimeter über der Leiste, der andere genau am Knie. Schwein gehabt.

***

In Russland leben einhundertvierzig Millionen Menschen. Ob sich irgendjemand von ihnen einmal in dieses paradiesische, nunmehr prorussische Zemo-Nikosi verirren wird, für das neun russische Leben geopfert wurden?

Der Ermittler aus Abu-Ghraib

Den neununddreißigjährigen Tony Lagouranis lernte ich auf einem Literaturfestival in Irland kennen. 2004 war er für ein Jahr im Irak gewesen, hatte als Ermittler in dem heute weltbekannten Abu-Ghraib-Gefängnis gedient. 2001 wurde er in die Armee einberufen, diente vier Jahre lang bei der Militäraufklärung, davon ein Jahr im Irak. Dienstrang: Korporal. Stellung: Vernehmungsoffizier des 202. Bataillons der 513. Brigade der Militäraufklärung, wörtlich «Interrogator» – also einer, der Verhöre durchführt (am nächsten kommt dem im Russischen der Terminus «Ermittler», aber der Vernehmungsbeamte führt keine Ermittlungen, er verhört nur, um Informationen zu bekommen). Tony hat ein Buch darüber geschrieben, was er dort gesehen hat. Der Titel lautet «Fear up harsh», also «Spezialmethoden» oder wörtlich übersetzt: «Grausames Erschrecken».

Ich werde nichts von Abu-Ghraib und von Amerika sagen, das ist irgendwie sehr weit weg, nicht aus unserer Welt. Ich werde einfach aus unserem Gespräch zitieren. Tony sprach mit Mühe, er musste sich zur Erinnerung zwingen.

Mich erstaunte, wie sehr die Methoden und Arbeitsweisen der US-Armee in Abu-Ghraib den Methoden und Arbeitsweisen der russischen Armee in Tschernokosowo oder des NKWD in Sibirien ähnelten. Mit einer Ausnahme natürlich: Die Iraker sind keine amerikanischen Staatsbürger.

«Tony, erzähl ein bisschen von dir. Wie bist du in die Armee gekommen?»

«Ich habe Philosophie, Literatur und Kunst studiert. Interessierte mich für die arabische Sprache. Für das Universitätsstudium musste ich Schulden aufnehmen, etwa sechzigtausend Dollar. Also unterzeichnete ich einen Vertrag: Die Armee war bereit, meine Schulden zu tilgen und mir Arabisch beizubringen, dafür sollte ich fünf Jahre als Offizier und Übersetzer in der militärischen Aufklärung dienen. Als Vernehmungsoffizier. Ich konnte nicht ahnen, dass ich in den Irak kommen würde, denn den Vertrag unterschrieb ich weit vor dem elften September. Ich dachte, dass ich vielleicht nur in den USA dienen würde – als Neuling durfte man Dienstart und Region noch wählen. Aber im Januar 2004 schickten sie mich in den Irak. Anfangs nach Abu-Ghraib, dann nach al-Asad, dann Mossul, danach wieder Abu-Ghraib, Babil und Falludscha.»

«Worin bestand dein Dienst?»

«Am Anfang bildeten sie mich drei Wochen lang in den elementaren Dingen aus, im Trainingslager, in einem Kurs für den ‹jungen Kämpfer›. Danach brachten sie mir ganz speziell bei, wie man Leute verhört. Von körperlicher Einwirkung war dort nicht die Rede. Im Gegenteil, man sagte uns, wir müssten die Genfer Konvention, die Menschenrechte beachten. Sie erklärten uns nur, wie man richtig Fragen stellt, mehr nicht. Zum Beispiel darf man keine Frage mit offenem Ausgang stellen. Vom gesamten Kurs waren vielleicht zwei Tage der Frage gewidmet, wie man einen Menschen zum Reden zwingt. Aber nur in Form von Psychologie. Wenn du zum Beispiel auf dem Schlachtfeld jemanden gefangen nimmst, dann musst du sofort auf ihn eindringen – erzähl uns was, mit Hilfe deiner Information können wir den Krieg beenden, dann kommst du und kommen deine Kameraden sofort nach Hause, niemand wird mehr kämpfen müssen. Die ganze Vernehmungstechnik beruhte auf gutem Zureden. Wir hatten nicht das Recht, das Messer zu zeigen – geschweige denn, direkt damit zu drohen.»

«Und im Irak war es dann auch so?»

«Alles war ganz anders. Im Irak sagten sie uns, die Genfer Konvention, die Menschenrechte, die internationalen Folterkomitees – all das könnt ihr hier vergessen. Das einzige Papier, an das wir uns zu halten hatten, war ein Dokument des Pentagon. Es ließ uns völlige Handlungsfreiheit. Dort hieß es zum Beispiel: ‹Wir empfehlen den Einsatz von Hunden. Oder wenden Sie Stress-Zustände, Stress-Positionen an. Doch wenn Sie wollen, können Sie auch kreativ an Ihre Aufgabe herangehen.›»

«Was meinst du mit Stress-Positionen?»

«Zum Beispiel wurde ein Mann an das Kopfende des Bettes gefesselt oder zum Knien gezwungen, und das stundenlang. Oder an eine Kette gelegt. Also eine unbequeme Körperposition, in der man es nur schwer lange aushält. Aber als ich nach Abu-Ghraib kam, waren die Geschichten darüber, was dort geschah, schon an die Presse gelangt. Deshalb war es ein bisschen ruhiger geworden. In al-Asad das Gleiche. Kurz vor meinem Eintreffen dort hatte ein amerikanischer Soldat einen Gefangenen getötet, und man versuchte, irgendwelche kosmetischen Maßnahmen durchzuführen. Mit richtiger Folter hatte ich es nur in Mossul zu tun. Das waren dann schon harte Sachen. Sehr verbreitet war zum Beispiel eine Verhörmethode, bei der man dem

Liegenden mit den Knien auf die Brust stieg, damit er keine Luft mehr bekam. Oder man setzte Hunde ein, entzog den Leuten Schlaf, wandte abwechselnd Hitze und Kälte an, zog ihnen Plastiktüten über den Kopf, zog sie nackt aus ...»

«Wie verlief das Verhör? Warst du mit dem Gefangenen allein, oder waren da noch andere ausgebildete Leute?»

«Wenn wir Hunde einsetzten, war ein Hundespezialist dabei. Aber es gab niemanden, der uns speziell zur Folter ausgebildet hätte. Eine spezielle Folterausbildung gab es überhaupt nicht. Für gewöhnlich war ich allein mit dem Gefangenen.»

«Das heißt, du hast auch selbst gefoltert?»

«Ja.»

«Die Entscheidung zur Anwendung besonderer Methoden hast du auch selbst getroffen?»

«Vor Beginn des Verhörs habe ich einen Plan entworfen, nach dem es ablaufen sollte. Gewöhnlich kam die Weisung, wie das Verhör zu führen war, direkt von meinem Chef.»

«Die Leute, die ihr verhört habt – waren das Aufständische?»

«Zu fünfundneunzig Prozent waren das ganz normale Leute. Mehr noch. Wenn irgendwo eine Sprengfalle explodierte, wurden alle, die man in der Nähe aufgegriffen hatte, verhaftet. Und mir wurde Druck gemacht, dass ich verwertbare Aussagen kriege. Denn so konnte man sagen, dass sie Täter waren und man sie nicht unnütz verhaftet hatte. Das warf dann ein gutes Licht auf die Einheit, die die Leute festgenommen hatte – sie hatte ihren Kampfauftrag erfüllt.»

«Das heißt, a priori waren alle Verhafteten schuldig, und du solltest nicht die Wahrheit herausfinden, sondern sie zu dem Geständnis bringen, dass sie Aufständische waren – verstehe ich das richtig?»

«Ja, richtig. Das alles zielte nicht darauf ab, Informationen zu bekommen. Bis heute dreht sich die Debatte um die Legitimität der Folter in Amerika nicht um Effektivität oder Nichteffektivität. Sondern darum, wie man einen Menschen brechen kann, wie man seine Überlegenheit über den geschlagenen Feind zeigen kann. Du bist oben. Das reicht.

In Falludscha zum Beispiel bestand meine Arbeit darin, Leichen zu durchsuchen. Das war, als die Aufständischen die Stadt eingenommen hatten und wir sie zurückzuerobern versuchten. Ich sollte herausfinden, ob unter den Gefallenen Ausländer waren. Die Idee war, zu zeigen, wie viele Ausländer aufseiten der Iraker kämpfen. Ein politisch-agitatorisches Manöver, soll heißen, die Iraker selbst vergöttern die Amerikaner, alle Probleme kommen nur von den Söldnern. Meine Kameraden, die ebenfalls Leichen durchsuchten, verstanden den Wunsch der Führung und bemühten sich, ihre Berichte entsprechend anzupassen. Wenn zum Beispiel jemand ein aus dem Libanon importiertes Hemd trug, dann war er gleich ein Libanese. Fand man syrisches Geld in seinen Taschen, war er ein Syrer. Auf diese Weise fanden sich dort sehr viele Söldner – Algerier, Ägypter, Syrer, Libanesen ...»

«Gab es viele Gefallene?»

«Ganz Falludscha war voll von Leichen! Wir haben ... na, bestimmt fünfhundert Menschen durchsucht. Wir trugen sie alle in ein riesiges Lagergebäude, das wir auch selbst bewohnten. Einen ganzen Monat lang haben wir mit ihnen dort gehaust. Niemand machte sich Gedanken, wie man sie loswerden könnte. Die amerikanische Aufklärung hätte es natürlich am liebsten gehabt, dass in Falludscha einzig und allein Rebellen geblieben wären, die sie dann alle vernichten würden. Als wir diese Leichen durchsuchten, waren da in Wirklichkeit eine Menge Frauen, Kinder, Kleinkinder, Greise. Mit einem Wort: Zivilbevölkerung.»

«Wenn dir klarwurde, dass der vor dir sitzende Mensch kein Aufständischer war, sondern ein Taxifahrer oder ein Bauer, was hast du dann getan? Was passierte überhaupt mit ihnen danach?»

«Manchmal schrieb ich, dass der Mann unschuldig ist. Im Allgemeinen tat ich das jedoch nicht. Denn dann hätte man mir vorgeworfen, dass ich ihn zu weich behandelt habe. Wir konnten auch gar nicht festlegen, ob er schuldig oder unschuldig war, das lag nicht in unserer Kompetenz. Wir konnten nur sagen, dass er keine nützlichen Informationen bereithielt.»

«Und wenn er keine Informationen bereithielt, dann wurde er entlassen?»

«Nein. In der überwältigenden Mehrheit der Fälle hat man sie nicht entlassen, sondern schickte sie nach Abu-Ghraib weiter. Zog sie nackt aus und setzte sie in Kältekammern. In Isolationshaft verbrachten sie mehrere Monate. Entlassen wurde sehr selten jemand. Wenn jemand verhaftet war, dann war es aus, dann saß er.»

«Aber dir war schon klar, dass du Menschen vor dir hast, oder war das dein Job?»

«Das kann man so allgemein nicht beantworten. Jeder konkrete Fall war anders. Das hing vom einzelnen Menschen ab. Manchmal wurde mir bewusst, dass ich einen lebendigen Menschen vor mir hatte, und ich entschuldigte mich sogar bei ihm. Dann wieder erfüllte ich nur meine

Aufgabe, die darin bestand, Geständnisse aus ihm herauszuholen.»

«Und was war das Ziel – die Größe Amerikas bewahren, der Sieg im Krieg, die Suche nach der Wahrheit …?»

«Ich habe von Anfang an nicht an den Krieg geglaubt. Aber da wir schon einmal einmarschiert waren, dachte ich, wir sollten einen friedlichen Irak schaffen. Ihn säubern von Aufständischen, friedliche Verhältnisse schaffen, ein stabiles Leben.»

«Das heißt, du hast das für irgendein höheres Ziel getan.»

«Ja, ich hatte damals irgendein höheres Ziel, und dieses Ziel ermöglichte es mir, schreckliche Sachen mit den Leuten anzustellen. Weißt du, bis zu deinem Vortrag heute, als du von dem an den Baum gebundenen Tschetschenen sprachst, habe ich nicht darüber nachgedacht … Wir empfanden ungefähr das Gleiche – wir dachten, wir tun ihnen einen Gefallen. Ich hätte ihnen ja auch sämtliche Knochen brechen, sämtliche Organe kaputt hauen können. Aber ich habe es nicht getan. Und mir schien, dass wir die Menschen auf eine Weise auch retten. Wir machten sie ja nicht zu Krüppeln. Ein Mensch darf eine Zeitlang nicht schlafen, na und? Auch wir haben manchmal nicht geschlafen. Oder er wird der Kälte ausgesetzt – auch uns war kalt in den Schützengräben. Im Krieg wird das Wertesystem, das System von Gut und Böse auf den Kopf gestellt. Ich habe in der ersten Zeit wirklich nicht verstanden, was wir da taten. Wir dachten, wir seien gute Jungs.

Und heute, wenn ich den Menschen in Amerika erzähle, dass wir den Gefangenen Schlaf entzogen oder sie mit kaltem Wasser übergossen haben, dann bekomme ich zu hören: ‹Na ja, eigentlich ist das ja nicht so eine schreckliche Folter.› Aber tatsächlich ist es eine richtige Folter. Es hat fürchterliche Folgen.»

«Was hat dir die Augen geöffnet?»

«Es gab nicht den einen Moment der Bewusstwerdung. Das hat sich allmählich akkumuliert. Manchmal habe ich einen Menschen gefoltert und dabei gedacht: Herrgott, was tue ich hier, der ist doch unschuldig! Dann las ich ein Buch von Viktor Frankl, einem Auschwitzhäftling, der überlebt hat, Psychiater wurde und eine Theorie darüber schrieb, was mit der Psyche des Menschen in einem solchen Fall passiert, und ich begriff, dass ich das Gleiche tue wie die Nazis. Als der Skandal um Abu-Ghraib aufflog, als diese Fotos auftauchten und die Welt von all dem erfuhr, verstand ich plötzlich, dass dieses Wertesystem, in dem ich lebe, vom Rest der Welt nicht geteilt wird. Wir sind es gewohnt, von lauter Menschen umgeben zu sein, die so denken wie wir selbst. Dann auf einmal erkennt man, wie einen die anderen sehen. Ich bekam einen Schock.

Im Lager in Babil erzählte ich meinen Vorgesetzten von allem, was dort vor sich ging. Ich zählte einfach alle Körperverletzungen auf, die den Gefangenen zugefügt wurden. Sie wurden in Gruppen zusammengefasst, jeder wurde vernommen, und sie erzählten, was man mit ihnen gemacht hatte. Ich schrieb das alles auf. Und legte es dem leitenden Offizier der Marineinfanterie vor. Er war verpflichtet, das an die juristische Abteilung zu leiten. Das verbreitete sich im ganzen Lager … Doch erstens wurde meine Beschwerde überhaupt nicht zur Kenntnis genommen. Und zweitens übte man danach so einen Druck auf mich aus, dass ich wirklich Angst um mein Leben bekam. Ich fürchtete mich, auch nur in die Kantine zu gehen. Man drückte mich zum Beispiel in eine Ecke und sagte: ‹Du hältst dich wohl für oberschlau? Du feige Ratte, sympathisierst mit den Irakern … Warte nur, wir werden es dir zeigen.› Die Marines riefen bei meiner Mutter an und drohten auch ihr. Ich nahm diese Drohungen ernst, denn ich kannte diese Leute und wusste, dass das Töten ihr alltägliches Geschäft ist. Ihr Wort hatte Gewicht. Am Ende jagte man mich raus, nach Falludscha. Einen Monat später kehrte ich nach Hause zurück, in die USA.»

«Hast du irgendwie versucht zu verfolgen, was aus deiner Beschwerde geworden ist?»

«Ja, nach zwei Jahren bin ich noch mal in die Abteilung für Strafermittlungen gegangen und habe gefragt, ob es Fortschritte gebe. Was denn, Sie hatten eine Beschwerde?, wunderten die sich. Bei uns steht davon nichts. Sie hatten nicht die geringste Anstrengung unternommen, etwas aufzuklären.»

«Warum hast du angefangen zu schreiben?»

«Zu Hause bekam ich irgendwann Anfälle. Ich hatte das Gefühl zu ersticken, nicht atmen zu können, glaubte zu sterben. Ich begann heftig zu trinken. Bekam Halluzinationen, wurde von Albträumen heimgesucht, konnte nicht schlafen, ertrug keine laute Musik …»

«Wie waren die Reaktionen auf dein Buch?»

«Ganz unterschiedlich. Die Armee, die Marineinfanterie waren sehr böse auf mich, natürlich, weil sie glaubten, ich bewerfe die Armee mit Dreck. Aber manche Menschen, die bei mir waren, dankten mir dafür, dass ich die Wahrheit erzählt hatte. Insgesamt kann man die Reaktion so beschreiben: ein völlig überflüssiges, kleines Büchlein, am besten, wir verlieren kein Wort darüber. Nicht mal meine eigene Universität will mit mir reden, sie tut so, als gäbe es mich nicht.»

«Womit beschäftigst du dich zurzeit?»

«Ich bin Rausschmeißer in einer Bar.»

«Dein Arabisch hat dir also nicht viel gebracht …»

«Nein. In Washington, an der Gedenkmauer für die Vietnamveteranen, konnte ich mich eines Gedankens nicht erwehren: Das Denkmal zeugt vorbildlich vom Verhältnis des Staates zu seinen Soldaten. Eine fünf Meter hohe und dreihundert Meter lange schwarze Granitmauer mit eingravierten Namen. Es heißt, alle sind dabei. Bis zum letzten Mann. Niemand wurde vergessen.

Aber als ich an diesem wirklich beeindruckenden Denkmal stand, wollte mir eines einfach nicht in den Kopf: Wenn du deine Soldaten so sehr schätzt, warum schickst du sie dann über den Ozean zum Töten und zum Sterben, um ihnen danach Denkmäler für viele Millionen Dollar zu errichten? Wäre es nicht besser, dieses Geld für sie auszugeben, solange sie leben? Und solange die Menschen jenseits des Ozeans leben?»

Da finde ich unsere Einstellung «einen Plastikkranz vom Vaterland» aufrichtiger und unverklemmter.

Von allen Ländern, die in der Weltpolitik Gewicht haben, durchpflügen nur zwei nach wie vor das Meer mit Unterseebooten und leben in ständiger Umzingelung ihrer transozeanischen Feinde. Offensichtlich überschreitet jedes Imperium früher oder später die Grenze, jenseits deren es vom autoritären Rost zerfressen wird wie die *Titanic*. Das scheint eine historische Gesetzmäßigkeit zu sein. Erstaunlich, wie sich das Bewusstsein der Menschen in Situationen, in denen alles erlaubt ist, ändern kann. In Tschetschenien habe ich das gesehen. Es gibt offensichtlich keine Kriege, in denen es anders wäre.

Es ist frappierend, wie Propaganda die Gehirne waschen kann.

Krieg und Trug

Der Krieg riecht immer gleich – nach Diesel, Staub und ein wenig Schwermut.

Schon am Stützpunkt in Mozdok beginnt dieser Geruch. Die ersten Sekunden, wenn du aus dem Flugzeug steigst, stehst du da wie betäubt, nur die Nasenflügel beben, wie bei einem Pferd. Du witterst Steppe … Das letzte Mal, im Jahr 2000, war ich als Soldat hier. Genau unter dieser Pappel, wo jetzt die Sondereinsatzkräfte schlafen, habe ich auf eine Mitfluggelegenheit nach Moskau gewartet. An diesem kleinen Brunnen habe ich Wasser getrunken. Und dort in dem Heizraum, hinter dem «Bolschak», wurde Wodka aus lokaler Produktion verkauft, mit einem unglaublichen Fuselgehalt. Wie es aussieht, ist alles noch wie früher.

Der Geruch ist ebenfalls der gleiche. So wie er vor zwei, drei, sieben Jahren war. Diesel, Staub und Schwermut …

Wenig später bin ich Journalist und komme hierher zurück. Und ich erkenne Tschetschenien nicht wieder. Alles ist anders. Chankala, am Stadtrand von Grozny gelegen, hat sich unglaublich ausgebreitet. Das ist keine Militärbasis mehr, sondern eine Stadt, mit mehreren tausend, wenn nicht zigtausenden Einwohnern. Unzählige Einheiten, jede hinter ihrem eigenen Zaun, als Unkundiger kann man sich leicht verirren. Kantinen, Klubs, Toiletten und Saunen wurden gebaut. Säuberlich hat man schnurgerade Fußwege aus Betonplatten angelegt, alles ist gefegt, mit Sand gestreut, hier und dort hängen Plakate, und auf Schritt und Tritt begegnet man den Porträts des Präsidenten.

Es ist still wie in einer Kolchose. Die Soldaten laufen hier ohne Waffen herum, in aufrechtem Gang, nicht gebückt. Das haben sie sich abgewöhnt. Vielleicht haben sie auch nie einen Schuss gehört. Keine Anspannung in den Augen, keine Angst. Gewiss sind sie nicht einmal verlaust und haben auch keinen Hunger. Hier ist schon lange tiefste Etappe.

Überhaupt kann man sich nur die Augen reiben in Tschetschenien. Die Republik ist alles andere als ausgestorben, die verfallenen Lehmhütten sind durch neue dreistöckige Ziegelhäuser ersetzt worden, die von Wohlstand zeugen. Auf den Straßen fahren jetzt nicht nur Schützenpanzer, sondern auch Schigulis, und Reisebusse halten vor einem Café.

Am beeindruckendsten ist der Flughafen Sewernyj («Nord»). Hier ist die 46. Brigade der Truppen des Innenministeriums stationiert. Eine gemütliche kleine Welt, vom Krieg durch eine Betonmauer abgegrenzt. Eine Armee, wie man sie sich erträumt. Das Ideal. Eindrucksvolle Ordnung. Geradlinige Asphaltwege, Grünanlagen, weiße Bordsteine. Die neuen einstöckigen Kasernen sind in einer Reihe gebaut, die Kantine nach westlichem Vorbild lässt ihr halbrundes geriffeltes Dach glänzen. So wie in den US-Militärbasen, die man im Kino sieht.

Auf dem Flugfeld eine Schießanlage. Vorschriftsmäßig werden während des Schießbetriebs rote Fähnlein gehisst – Achtung, nicht betreten! Wird nicht geschossen, flattern weiße Fähnchen im Wind.

Der neue Schießplatz ist gebaut worden, um zu lernen, wie die Altstadt, die keine zwei Schritte von hier entfernt ist, zerstört werden kann.

Abends gehen unter dem Laternenlicht die Offiziere auf den Fußwegen spazieren. Wirklich, hier gibt es Straßenlaternen. Und es gibt ein Offizierswohnheim. Nicht wenige Offiziere ziehen mit ihren Frauen her. «Meine Liebe, ich muss zum Dienst, reich mir bitte mein Bajonettmesser.» Und abends: «Liebster, hattest du einen guten Tag?» – «Ja, mein Schatz. Habe zwei getötet.» Manche haben Kinder. Auch sie wachsen hier auf.

Neben der Offizierskantine ein Hotel für hochrangige Gäste. Doppelfenster, Heißwasser, Dusche. Fernsehen mit fünf Kanälen. Ein Hotel bei Grozny. Es will einem nicht in den Kopf.

Bis zum Minutka-Platz ist es nur ein Steinwurf. Und auch zu dem kreuzförmigen Krankenhaus, wo Russen ihr Leben ließen, wie auf dem Kulikowo Pole – dort ist es, gleich hinter dem Zaun.

***

Der zwiespältige Eindruck ist jetzt das vorherrschende Gefühl eines Tschetschenien-Besuchers. An jedem beliebigen Punkt scheint heute Frieden zu herrschen. Und doch auch wieder nicht. Der Krieg ist ganz in der Nähe – in Starye Agaty, wo vier FSB-Männer getötet wurden, in Grozny, wo ständig Sprengfallen explodieren, oder in Urus-Marta, wo der Krieg mit der Maschinenpistole im Hinterhalt lauert – er ist da, irgendwo dort, aber nicht hier. Hier ist es still. Hier schießen sie nur, wenn die roten Fähnchen gehisst werden.

***

Die Armee in Tschetschenien befindet sich in einer Pattsituation. Große Banden gibt es hier längst nicht mehr.

Keine Front, keine Partisaneneinheiten, keine Rebellenkommandeure.

«Bassajew und Chattab gehen schon seit drei Monaten nicht mehr auf Sendung», sagt der Befehlshaber der Tschetscheniengruppe der Streitkräfte des Innenministeriums, Generalleutnant Abraschin. «Möglich, dass sie gar nicht mehr in Tschetschenien sind. Ist auch nicht gesagt, dass sie in Georgien sind. In der Dschejrachskoje-Schlucht bei uns in Inguschetien werden sie in Ruhe gelassen.»

Im Großen und Ganzen gibt es keinen Krieg mehr in der Republik. Jedenfalls nach meinem Verständnis. Dafür herrscht eine Wahnsinnskriminalität. Ein ausgedienter Rebell, eine Autorität, sucht sich seine Bande von Ganoven zusammen, in der Regel drei bis fünf junge Männer. Das ist dann seine Gang. Sie kämpfen nicht nur gegen die Föderalen. Bekommt sie einen lukrativen Auftrag, stellt die Bande auch mal Sprengfallen auf. Ansonsten zieht sie los, raubt friedliche Bewohner aus oder kämpft mit einer anderen Bande um Erdöl. Das Geld entscheidet alles. Einen «Bullen» umzulegen ist für sie eine Sache der Ehre. Im Vorübergehen, so zwischendurch.

«Mein Mann arbeitete bei der Sondermiliz OMON», erzählt die Händlerin Chawa. «Im Sommer sind in seiner Einheit neununddreißig Mann umgekommen. Sie wurden mitten auf der Straße umgebracht, mit einem Schuss in den Hinterkopf. Vor einer Woche haben sie den Nachbarn getötet, gestern seinen Sohn. Beide waren bei der Miliz beschäftigt.»

Die Armee kann die Kriminalität nicht bekämpfen – es gehört nicht zu den vordringlichen Aufgaben eines Regiments oder einer Division, Verbrecher zu jagen. Stellt euch folgende Situation vor: Moskau hat den Raub und Diebstahl vor seiner Haustür satt, deshalb wird auf dem Roten Platz ein Regiment stationiert, das für Ordnung sorgen soll. Mit Panzern, Flak und Scharfschützen. Tagsüber streuen die Militärs mit Sand gleichmäßige Wegmarkierungen auf die Pflastersteine des Kreml und stellen Porträts des Präsidenten auf. Nachts verbarrikadieren sie sich in ihrem Lager, schießen auf alles, was raschelt, und aus ihrem Kontrollpunkt wagen sie sich nie. Wird dadurch die Räuberei in Tuschino aufhören? Und wenn dann noch der Polizeichef und der Präfekt von Tuschino ganz auf der Seite der lokalen kriminellen Autorität, des Tschetschenen Schamil, stehen und ihn bei der letzten Schießerei gegen die Bullen unterstützt haben?

Aber abziehen kann man die Truppen auch nicht – dann würde sich wiederholen, was in Chassaw-Jurt passiert ist.

«Wir sind die ganze Zeit nur mit Säuberungen beschäftigt», erzählt Fidel, Kommandeur der Sondereinsatztruppe. «Wenn wir ein Dorf regelmäßig säubern, ist es dort relativ ruhig. Bleiben die Säuberungen ein, zwei Monate lang aus, wagt man sich dort besser nicht rein. Du wolltest nach Grozny fahren? Ich rate dir gut – tu das nicht. Grozny ist schon seit einem Monat nicht gesäubert worden. Ich selbst habe Angst, dorthin zu fahren. Und von Schali halt dich auch fern – das Dorf ist brandgefährlich geworden.»

Am ersten März 2000 wurde in der Schlucht von Argun die sechste Kompanie der Luftlandedivision aus Pskow vernichtet. «Wie die ‹Sechs› umkam, ist eine Sache für sich», erzählt ein Überlebender. «Ich selbst befand mich damals in der Schlucht, zwanzig Kilometer von ihnen entfernt. Mein Bataillon stand bei Schatoj. Nachts hörten wir ihren Kampf, wir hörten sie sterben. Wir konnten ihnen nicht helfen, der Befehl zum Ausrücken kam nicht, wir warteten darauf, wir waren bereit. Zwanzig Kilometer – mit dem Hubschrauber sind es drei Minuten. Auf dem Schützenpanzer drei bis fünf Stunden. In fünf Stunden hätten wir dort sein können. Aber der Befehl kam nicht.»

Der Kampf dauerte mehr als vierundzwanzig Stunden. In dieser Zeit hätte man sogar von Kuba Entsatz schicken können. Jemand hat sie im Stich gelassen, die Luftlandetruppen.

***

Bei Anbruch der Dämmerung landen wir in Kurtschaloje. Es heißt, das sei eines der gefährlichsten Gebiete vor Ort, wenn es auch eine Ebene ist. Auch hier hat der Krieg sein Tempo erheblich verlangsamt. Der letzte Sabotageangriff in dieser Gegend ist zweieinhalb Monate her. Am 23. Dezember fuhr ein Schützenpanzer der 33. «Petersburger» Brigade auf eine Mine. Die Falle war mitten auf der Fahrbahn installiert und detonierte genau unter dem Fahrzeug.

«Jetzt geht es so einigermaßen», sagt der amtierende Brigadekommandeur, Oberst Michail Pedora. «Beschuss gab es schon lange keinen mehr. Und auch Sprengfallen werden nicht so oft gelegt – die Ingenieure der Aufklärung säubern die Straßen jeden Morgen. Etwa drei Stück im Monat müssen wir dennoch beseitigen. In der Regel am Morgen – ausgelegt werden sie nachts. Von wem? Weiß der Teufel. Einheimische bestimmt …»

Ein toter Schützenpanzer, mit Zeltplane bedeckt, steht am Rand des Hubschrauberlandeplatzes. Das Geschützrohr ist abgerissen, der Boden in einer Rosette ins Fahrzeuggehäuse gedrückt. Die scharfen Ränder des aufgerissenen Metalls biegen sich genau dort nach oben, wo die Beine des Richtschützen gewesen sein müssen.

Daneben steht noch einer, ebenfalls tot – Wochen vorher verbrannt. Auch mit Zeltplane zugedeckt. Sie sehen fast aus wie Leichen. Auch die wurden in der Hitze des Gefechts am Rand der Landebahn abgelegt und mit Zeltplane zugedeckt. Nur waren es zigmal so viele.

***

Am Ausgang des Kontrollpunkts der Brigade hängen zwei Plakate: «Soldat! Sprich nicht mit Fremden, das ist gefährlich!» und: «Soldat! Heb nichts vom Boden auf, das ist gefährlich!»

«Es kommt vor, dass der Sprengstoff sehr geschickt versteckt wird», erzählt Pedora. «Da geht ein Soldat die Straße entlang, sieht eine Schachtel oder einen Kinderfußball. Zack, kickt er mit dem Fuß danach – und in dem Ding ist ein Sensor. Schon ist der halbe Fuß weg. Um solche Überraschungseier kümmern sich unsere Spezialisten.»

Überhaupt ist niemand einfallsreicher beim Erdenken von Slogans und Plakaten als das Militär. In Chankala werden die Krieger, die zu einem Säuberungseinsatz fahren, mit einem väterlichen Gruß verabschiedet: «Gute Reise!»

***

Ich fahre und fahre durch Tschetschenien … Nein, alles nicht mehr wie früher. Vermutlich geht der Krieg wirklich zu Ende. Vermutlich hat mein soldatisches Gespür für unheilvolle Orte mich getrogen. Vielleicht sollte man hier bald ein Sanatorium eröffnen? Schließlich gibt es hier einmalige Schwefelquellen, fast sämtliche Krankheiten kann man in den Geysiren des tschetschenischen Flachlands behandeln. Als Soldat habe ich mich in Grozny von den Geschwüren geheilt, die sich vom Dreck, von der Kälte und den Nerven auf meiner Haut gebildet hatten. Nur kam man damals ausschließlich robbend an die Quelle heran, denn es wurde scharf geschossen. Jetzt sind neben den Geysiren Autowaschanlagen entstanden, die Bevölkerung macht ihr Geschäft mit dem kostenlosen heißen Wasser.

Vermutlich wird tatsächlich bald Frieden sein.

***

Im Stab der 33. Brigade befindet sich der Posten des Gefreiten Roman Lenudkin aus Petersburg. Lenudkin ist kein Scharfschütze, kein MP-Schütze und auch kein Fahrzeugführer. Lenudkin ist Computerspezialist. Sein Pentium 100 steht in einem «Schmetterling» – einem Spezialfahrzeug des Stabes – und wird von einem benzingetriebenen Stromgenerator gespeist.

Als wir starten, drücke ich das Gesicht an die Scheibe. Wieder erfasst mich dieser zwiespältige Eindruck. Dort, im nächtlichen Tschetschenien, steht jetzt ein toter Schützenpanzer. Das Blut, das aus den abgerissenen Beinen des Richtkanoniers floss, ist noch nicht von der Panzerung gewaschen. Und daneben, keine hundert Meter entfernt, sitzt der Programmierer Lenudkin im «Schmetterling» des Stabes und hackt auf seiner Computertastatur herum.

Dann schwebt der Hubschrauber über dem kleinen Landeplatz auf einer kahlen, ebenen Hügelfläche bei Nozhaj-Jurt. Ein, zwei Sekunden hält sich die Maschine in der entspannten Luft, dann kommt der Motor mit seinen dreitausend PS nicht mehr gegen die anderthalb Tonnen humanitärer Hilfe im Laderaum an. Der Rumpf beginnt heftig zu zittern, der Motor arbeitet mit merklicher Mühe. Fast ohne an Geschwindigkeit zu verlieren, schlägt der Hubschrauber auf dem Boden auf. Es knackt im Chassis, eine Stoßwelle durchläuft die Rotorblätter – als könnten sie jeden Augenblick abreißen.

«Gelandet.» Der Pilot stößt die Tür auf, setzt die Leiter an. «Hast du gesehen? Fragst du noch, warum sie abstürzen? Es gibt kaum ein einwandfreies Fluggerät, jeder Hubschrauber wird bis zum Rand vollgeladen. Das Fluggewicht ist extrem hoch, der Motor arbeitet ständig unter Maximalbelastung. Zum Schweben reicht die Leistung nicht mehr aus, so eine schwere Maschine kann sich nicht in der Luft halten. Jedes Mal ist das bei uns so – wir landen nicht, wir fallen runter. Das Gerät ist eben völlig abgenutzt. Wir fliegen dreißig Einsätze am Tag …»

***

In Grozny gehe ich zu den Aufklärern, die ich von früheren Recherchereisen kenne. Das Aufklärungsbataillon lebt isoliert von allen anderen in einem Zeltlager. Im Vergleich zu Chankala ist das hier ein Komfort wie in Chruschtschow-Plattenbauten. Für häusliche Anschaffungen hat niemand Zeit – Aufklärung, Sondereinheiten und FSB werden mit Arbeit überschüttet. Dennoch richtet man sich hier so langsam ein – ich sehe Kühlschränke, Fernsehgeräte, Tische und Stühle.

Die Aufklärer trinken Wodka. Die ersten Minuten gelten der Wiedersehensfreude. Aber alle warten nur auf meine erste Frage. Und die stelle ich: «Na, wie ist es hier?»

Schon werden die Blicke schwer, füllen die Augen sich mit Hass, Schmerz und ewig lastender Depression. Kurz darauf hassen sie schon alles, mich eingeschlossen. Mit jedem weiteren Wort steigern sie sich nur in ihren tollkühnen Wahn hinein, die Sprache beschleunigt sich zu einem hitzigen Redegalopp – schreib, Korrespondent, schreib auf.

«Sag, warum schreibt ihr nichts über die Verluste? Allein in unserem Bataillon gibt es schon sieben Gefallene und sechzehn Verwundete.»

«Der Krieg geht weiter, wir kommen nicht zur Ruhe vor lauter Streifzügen. Gerade waren wir zweiundzwanzig Tage in den Bergen. Sind eben erst zurück. Die Nacht über ruhen wir hier aus, und morgens geht's schon wieder los, zwanzig Tage in die Berge.»

«Die Bezahlung hier kannst du vergessen. Guck mal, zweiundzwanzig Tage mal dreihundert Mann – das sind schon sechshundertsechzig Manntage. Allein für diesen Streifzug. Tatsächlich kommen im Monat für die Brigade tausenddrei Kampftage raus. Dabei hat der Stab ein Limit: Maximum siebenhundert. Ich war da und hab nachgefragt.»

«Am schwierigsten wird es sein, nach Hause zurückzugehen. Was soll ich dort machen, in der Division? Pläne zeichnen? Dort braucht mich niemand, verstehst du? Ach, scheiß drauf, nur noch eine Weile dienen, eine eigene Wohnung kaufen und dann auf alles gepfiffen.»

Schon erkenne ich mich selbst in ihnen. Und wieder steht mir das Feld, immer dieses eine Feld, vor Augen. Irgendwo außerhalb der Stadt schießt eine einsame Selbstfahrlafette mit vertrautem Hämmern in die Berge. Auch die Gesprächsthemen haben sich kein bisschen geändert –

Hunger, Kälte und Tod. Ja, Mensch, hier hat sich NICHTS geändert! Ich habe mich nicht getäuscht.

Der Abgrund des Kampfgemetzels ist mit einer dünnen Eiskruste von Frieden überzogen, zum Schein. Darauf gemalt der Präsident in verschiedenen Perspektiven, zur Bequemlichkeit wurden Gehwege aus Betonplatten gelegt. Das Eis hält noch, aber es kann jeden Moment brechen.

Unter dem Eis besäuft sich seit nunmehr zwei Jahren die Aufklärung, die von ihren Einsätzen und vom Blutvergießen halb wahnsinnig geworden ist. Die Männer stoßen gegen die Eisdecke, wollen raus, Frau und Kinder mitnehmen und weit, weit weg fahren, ein neues Leben beginnen, ohne Krieg, ohne Fremde töten und die eigenen Leute schützen zu müssen. Doch sie können es nicht. Sie sind in Tschetschenien wie festgewachsen.

Und die Dedowschtschina, die Rekrutenschinderei in diesem Zeltlabyrinth, ist einfach grauenvoll; niemand wird je herausfinden, was in den Winkeln der Zeltplanen wirklich geschieht. Es versucht auch niemand. Wozu denn? Sterben ja sowieso alle. Die Patronen werden auch so in Säcken nach Grozny geschickt, und die Lazarette werden wie üblich mit zerfetztem Menschenfleisch versorgt. Angst und Hass regieren dieses Land noch immer.

Und es riecht immer noch nach Diesel und Staub.

***

Jetzt bin ich wieder in Mozdok, stehe wieder auf diesem Feld.

Sieben Jahre. Fast ein Drittel meines Lebens, nicht viel weniger. Der Mensch verbringt ein Drittel des Lebens im Schlaf. Ich – im Krieg.

Nichts hat sich verändert auf dieser Startbahn in den sieben Jahren. Und nichts wird sich verändern. Weitere sieben Jahre werden vergehen, und noch einmal sieben Jahre, immer noch werden die Zelte hier stehen, an genau dieser Stelle, dieselben Zelte, und an dem kleinen Brunnen werden sich die Menschen drängen, und die Rotoren der Hubschrauber werden sich drehen in einem fort.

Ich schließe die Augen und fühle mich wie eine Ameise. Hunderttausende sind wir, die wir auf diesem Feld stehen. Hunderttausende von Leben, so verschieden und doch so ähnlich, ziehen an meinem inneren Auge vorbei. Wir waren hier, wir lebten und starben, und die Gefallenenmeldungen wurden in alle Ecken und Enden Russlands gesandt. Ich bin eins mit ihnen allen. Und wir sind eins mit diesem Feld. In jeder Stadt, in die eine Gefallenenmeldung ging, ist ein Teil von mir gestorben. In jedem Augenpaar, in all diesen vom Krieg ausgebrannten jungen Augen, ist ein Stück von diesem Feld geblieben.

Manchmal ziehen mich diese Augen in ihren Bann, dann gehe ich zu ihnen hin. Nicht oft. Im Sommer. Wenn ein Lastwagen die stickige Straße entlangfährt und der Dieselgeruch sich mit dem Staub mischt. Und mich ein bisschen die Schwermut überkommt:

«Kamerad, gib mal Feuer … Wo hast du gekämpft?»

Dem Unrecht ein Feind bis zum letzten Tag

Am zwölften Juli 1996 stand eine Kolonne mit humanitärer Hilfe auf dem Feld in Mozdok – ein Begleitschützenpanzer und zwei Ural-Laster.

«Marschroute: Mozdok, Malgobek, Karabulak, Region Atschchoj-Martanowskij, Tschetschenien, Ort der Kampfhandlungen. Nachrichtenkompanie zu mir, auf den ersten Wagen, Eskorte an die Seiten und hinter uns», befahl Oberst Kotjonotschkin und schwang sich als Erster auf den Schützenpanzer.

Die Nachrichtenkompanie – fünf fürchterlich erschöpfte Jungs mit Maschinenpistolen – kletterte ihm hinterher. Kotjonotschkin warf ihnen eine Tüte hin: «Nehmt das, Jungs, ein Wahlgeschenk von Jelzin.» Die Tüte enthielt Bonbons in blauem Glanzpapier und Limonade.

Die Kolonne setzte sich in Bewegung.

Am Kontrollposten stand ein blutjunger Rekrut mit Helm und Schutzweste auf der nackten Haut. Mit dem Blick eines gehetzten Tieres. Der Feldwebel warf ihm eine Handvoll Bonbons zu. Der Rekrut lächelte schwach.

Die Kolonne erreichte die Hauptstraße und fuhr in Richtung Bergkamm. Auf dem führenden Schützenpanzer hielt Untersergeant Babtschenko, Kommandeur der Nachrichtenabteilung, links und rechts die Augen offen. Der Wind entriss seinen Händen blaues Bonbonpapier und klebte es an den Kühlergrill des nachfolgenden Ural. Die Kolonne passierte die Abzweigung nach Malgobek und verschwand hinter einem hohen Feld.

Sie sollte nie mehr so zurückkehren.

Uns ist nichts geblieben außer uns selbst. Alles, was wir haben, sind nur unsere Kameraden, «denn nichts geht über die Bereitschaft, das eigene Leben für die Freunde herzugeben». «Alles, was wir vom Leben wissen, ist der Tod.» Alles, was wir lieben, ist nur unsere Vergangenheit, gespenstisches Trugbild in einer tosenden Welt.

Wir haben diesen Krieg verloren, jetzt lecken wir in den Lazaretten unsere Wunden. Aber wir sind am Leben. Das bedeutet, die Operation «Leben» geht weiter. Die neue Kolonne wartet schon am Ausgang des Kontrollpunktes.

Sind alle dafür bereit?

Ich als Mahnruf

Innerhalb von zehn Jahren sind etwa eine Million Wehrpflichtiger durch Tschetschenien gegangen. Die Bevölkerung einer Großstadt. Fünfzig Divisionen, zum Töten geschult. Diese Männer kommen ins Zivilleben zurück und bringen ihre eigene Philosophie mit. Die Philosophie des Krieges. Ave Caesar, morituri te salutant – Heil dir, Caesar, die Todgeweihten grüßen dich!

Man trifft sie in den Unterführungen. In der Nähe meiner Metro sitzen jeden Morgen drei von ihnen. Auf diese drei kommen fünf Medaillen, sechs Krücken, zwei Prothesen und ein einziges Bein. Den Hass teilen sie sich auch. Hass auf die ganze Welt.

Schon seit einigen Jahren kommen sie hierher und singen ihre Lieder. Immer ein und dieselben. In ein und derselben Reihenfolge. Zuerst «Vom Himmel regneten brennende MiGs», dann «Blutrotes Tschetschenien», «Elend starben die Jungs», «Weihnachten. Tote Stadt» und dann noch irgendwelche eigenen Lieder, die niemand kennt. Sie singen schlecht, aber das schert sie nicht. Sie hassen jene, für die sie singen.

Sie sehen die Welt von unten. Nicht weil von ihrem Körper nur eine Hälfte geblieben ist. Auch von ihrer Seele ist nur die Hälfte geblieben. Sie haben es näher zum vollgerotzten Asphalt als zu den Gesichtern der Menschen. Und sie haben nicht mehr die Kraft, aufzustehen und auf ihren

Kunststoffbeinen in ein neues Leben zu gehen. Nicht einmal das Verlangen. Diese jungen Männer wollen das Leben nicht mehr im Sturm erobern. Sie wollen nur eins – dass immer Krieg sei und dass sie immer in diesem Krieg seien.

Ich sitze mit einem von ihnen auf dem Boden der Unterführung. Auf dem zerscheuerten Marmor eine Flasche Wodka, ein Soldatenbecher, eine Schachtel Zigaretten, Streichhölzer. Einziges «Mobiliar» sind eine Isomatte, ein kleines Kissen unter dem Hintern und ein Tonbandgerät. Wenn seine zwei Kameraden weggehen, bleibt er allein und spult auf dem Tonbandgerät bis zum Abend eine einzige Kassette ab – afghanische und tschetschenische Lieder. Einem Obdachlosen sieht er gar nicht ähnlich – sauber, glatt rasiert, tadellose Frisur. Der Tarnanzug gewaschen und gebügelt. Um Almosen bettelt er auch nicht – vor ihm auf dem Boden steht ein kleiner Topf, aber so, als hätte er nichts damit zu tun. Wer will, wirft Geld hinein, wer nicht, geht daran vorbei. Er pfeift drauf. Bedankt sich nicht bei Ersteren und schimpft nicht auf Letztere. Sitzt einfach da, hört Musik und raucht. Er ist gar nicht hier. Seine Kolonne wurde vor fünf Jahren aufgerieben, bei ihr ist er geblieben.

Wie er heißt, weiß ich nicht. Was hat das auch für eine Bedeutung. Er ist mein Bruder. Sie alle sind meine Brüder. Ganz Moskau unter Brüdern. In jeder Unterführung sitzt mindestens einer.

Er war es, der mich ansprach. «Wo hast du gekämpft, Bruder?»

Ich sagte es ihm. Dann begann er zu erzählen. Wo, wann, wie. Erzählte, wie ihm das Bein abgerissen wurde – sie gerieten auf einem Schützenpanzer in einen Hinterhalt, die Granate schoss neben seinem Oberschenkel auf die Panzerung. Er wurde dabei nicht bewusstlos, sah sogar noch sein abgerissenes Bein. Ich fragte nicht nach, hörte schweigend zu. Und er redete. Ruhig, ohne Hysterie.

«Ich verstehe diese Welt nicht. Diese Menschen. Wozu leben sie? Wofür? Sie sind ohne ihr Zutun geboren, sie mussten ihr Leben nicht dem Tod entreißen – lebt, Menschen! Aber was fangen sie damit an? Wollen sie vielleicht ein Medikament gegen Aids entwickeln oder die schönste Brücke der Welt entwerfen oder alle Menschen der Erde beglücken? Nein. Beschummeln wollen sie alle, möglichst viel Kohle scheffeln, mehr nicht. So viele Jungs sind umgekommen, richtige Jungs, und die spielen hier mit ihrem Leben wie mit einem Kätzchen, verstehen nicht, wozu sie auf der Erde sind. Nichtswürdige Menschen. Überflüssige. Eine ganze Welt von überflüssigen Menschen ... Nicht wir sind die verlorene Generation, sondern sie, die nicht im Krieg waren. Wenn ihr Tod auch nur einen der Jungs wieder zum Leben erwecken könnte, würde ich sie alle umbringen. Ohne eine Sekunde zu überlegen. Jeder von ihnen ist mein persönlicher Feind.»

Er steckt sich an dem Stummel seiner Zigarette eine neue an, gießt ein. Und lacht plötzlich, böse, hart, Hass lodert in seinen Augen auf.

«Hast du nie daran gedacht, dass Nord-Ost eine Vergeltung war? Transvaal – eine Vergeltung! Die Rechnung für das Festmahl zu Zeiten des Tschetschenienkrieges. Wie kann man sich amüsieren, wenn zwei Flugstunden von hier Menschen andere Menschen umbringen? Dort sterben bis heute Kinder, verstehst du? Dort herrscht Hunger, und hier sind sie bereit, siebenhundert Rubel für eine Theaterkarte auszugeben – nur zur Unterhaltung! Von dem Geld kann man dort zwei Monate leben! Ich bin kriegsversehrt, ich begreife das nicht! Es will mir nicht in den Kopf! Ihr Land führt Krieg, und sie scheißen darauf! Dann scheiße ich auch auf sie. Nicht einer von ihnen soll sterben, ohne erfahren zu haben, was Krieg ist. Ich will, dass auch sie in den Nächten schreien und im Schlaf weinen und dass sie unters Bett kriechen, wenn auf dem Hof ein Silvesterknaller explodiert, und vor Angst winseln, so wie wir gewinselt haben!

Auch sie sind schuld an unseren Toten, so wie die, die uns getötet haben, die uns in dieses Schlachthaus geschickt haben. Warum haben sie nicht gestreikt in Moskau und die Straßen gesperrt, als wir in Grozny umgebracht wurden? Erklär mir das! Warum haben sie nicht geschrien und sich die Haare gerauft, als sie im Fernsehen sahen, wie die Hunde die Leichen ihrer Kinder fraßen? Warum gab es keine Revolution, keinen Aufstand, keinen zivilen Ungehorsam? Wie konnten sie ihre Söhne ins Schlachthaus schicken und sich selbst amüsieren, leben, Bier trinken und Geld verdienen, während verwundete Tschetschenenkinder in den Kellern faulten, ihre zerfressenen Hände mit dreckigen Lumpen verbanden und die Maden in ihren Wunden krabbelten? Wie konnten sie leben, als die Keller voller Verwundeter waren und die Jungs ihre eigenen Därme um die Faust wickelten?

Auch sie sind schuld an diesen Toten. Wir sind gekommen, unseren Teil zu holen. Wir werden töten … Seid darauf gefasst.»

Sein Hass erlischt so abrupt, wie er aufgeflammt war. Wieder trübt Teilnahmslosigkeit seinen Blick.

«Überall Halbwahrheiten, Halbaufrichtigkeit, Halbfreundschaft. Ich kann so nicht. Bei denen hier, im Zivilleben, ist eine Halbwahrheit eine kleine Wahrheit, und bei uns dort, im Krieg, ist eine Halbwahrheit die große Lüge. So viele Jungs sind gefallen, und ich habe überlebt. Ich frage mich die ganze Zeit – wofür? Sie waren besser als ich, dennoch habe ich überlebt. Also doch nicht einfach so! Vielleicht habe ich nur überlebt, damit sie an uns denken? Ich als Mahnruf.»

Wieder lacht er böse.

Ich stehe auf. Schweigend. Lass ihm was zu rauchen da, Streichhölzer, den Wodka. Mehr hat keinen Sinn – bloß kein Geld. Er sieht mich nicht einmal an. Ich bin für ihn einer von «denen». Das heißt, alles was ich sage, sind Halbwahrheiten.

Saschka Lajs

Am Standort des 45. Aufklärungsregiments der Luftlandetruppen steht eine Gedenkstele. In den schwarzen Marmor sind die Namen jener Fallschirmjäger eingraviert, die in den zwei Tschetschenienkriegen gefallen sind. Als einer der letzten Namen ist der von Alexander Lajs hinzugekommen – seine Einheit hatte lange kein Geld, sich darum zu kümmern.

Immer wenn Hauptmann Wladimir Schabalin hierherkommt, bringt er die einzige im Bataillon erhaltene Fotografie von Alexander sowie frische Blumen mit. Nach alter Tradition stellt er ein Glas Wasser ab und legt ein Stück Schwarzbrot darauf. Lange steht er neben dem Denkmal und schaut innerlich in die Gesichter derer, die aus dem Krieg nicht heimgekehrt sind.

«Hier sind alle seine Daten», reicht mir der stellvertretende Bataillonskommandeur Major Agapow die Mannschaftsliste des zweiten Regiments.

Ich lese: «Alexander Wiktorowitsch Lajs, Gardeschütze, MG-Schütze, geboren in Neninka, 1982–2001 ...»

Alexander Wiktorowitsch ... Damals, im Jahr 2001, war er erst neunzehn Jahre alt. Und alle nannten ihn einfach Saschka – Saschka Lajs. Er starb am siebten August, nachdem er eine Woche im Krieg gewesen war.

«Ich habe ihn nur ein einziges Mal gesehen», sagt Major Agapow. «In Chankala, ich war damals Aufnahmeoffizier, und sein Kommando war eben erst in Tschetschenien eingetroffen. Ich kann nicht sagen, dass er mir sofort aufgefallen wäre. Nein. Ein normaler Junge, ein einfacher Soldat. Er hatte nichts Heldenhaftes an sich, er war ein Soldat wie alle anderen. Aber mir ist er aus irgendeinem Grund in Erinnerung geblieben. Wegen seines Nachnamens vermutlich. Oder weil er ein guter Mensch war. Hier, nehmen Sie die Fotografie. Aber bitte zurückgeben.»

Lajs war aus dem kleinen Dorf Neninka im Altai in den Krieg gezogen. Zehn Jahre hatte er dort gelebt. Das letzte Jahr vor dem Wehrdienst verbrachte Sascha bei Großmutter und Großvater. Seine Mutter war mit seiner kleinen Schwester und dem Stiefvater, einem Nachfahren deportierter Deutscher, nach Deutschland ausgewandert. Sie waren überzeugt, dass der Sohn ihnen nach Abschluss des Lyzeums in Bijsk folgen würde. Aber dann brach der Zweite Tschetschenienkrieg aus, und Sascha traf eine Entscheidung. Er versuchte gar nicht erst, sich vor der Armee zu drücken, obwohl er allen Grund und alle Möglichkeiten dafür gehabt hätte. Er trat seinen Dienst freiwillig an.

Heute erinnert sich seine Lehrerin Natalja Kaschirina, dass Sascha im Gegensatz zu vielen Klassenkameraden in der Armee dienen wollte: «Wissen Sie, er war kein Drückeberger. Sascha gehörte zu jenen Menschen, für die Begriffe wie Pflicht und Vaterland keine leeren Worte sind. Er wusste, dass er das Vaterland verteidigen musste. Und er ging bereitwillig zur Armee.»

Jelena Iwanowna und Alexander Iwanowitsch bekamen während seines Wehrdienstes fast jede Woche Briefe von ihrem Enkel. Sie bewahrten sie zu Hause auf und lasen sie abends beim Tee. Den letzten Brief aus Moskau, wo Alexander diente, können sie auswendig: «Guten Tag, Oma und

Opa. Wie geht es euch? Wie ist das Wetter bei euch? Bei mir ist alles gut, es ist nur unerträglich heiß. In einer Woche sollen wir nach Tschetschenien fliegen, aber ihr könnt mir an die Einheit schreiben. Die Briefe werden uns weitergeschickt. Na ja, sonst ist alles in Ordnung. Ich habe euch vor ein paar Tagen drei Briefe auf einmal geschickt, mit zwölf Fotos. Schreibt mir, ob ihr sie bekommen habt oder nicht. Davor habe ich einen Film geschickt. Gut, macht euch keine Sorgen, ich werde euch schreiben. Wenn ihr diesen Brief bekommt, werde ich schon in Tschetschenien sein, Abflug 24. Juli. Auf Wiedersehen. Euer Enkel.»

Zwei Wochen später war er tot.

***

Aus der Ehrungsurkunde für den Schützen A. W. Lajs:

«Am 7.8.2001 durchsuchte die Aufklärergruppe Lager, Bunker und Waffenverstecke. Sie führte Aufklärungs- und Suchmaßnahmen im Bereich der Siedlung Chatuni durch. Auf dem Vormarsch entdeckte der Spähtrupp eine fünfzehn Mann starke Abteilung des Gegners, die sich auf die Straße Kirow-Jurt-Agischty zubewegte, um einen Hinterhalt für die Versorgungskolonne vorzubereiten. Auf Befehl des Gruppenkommandeurs Hauptmann W. W. Schabalin stellten sich die Aufklärer einem Gefecht und eröffneten aus der Flanke ein vernichtendes Feuer auf den Gegner.»

Hauptmann Wladimir Schabalin begegne ich im Raucherzimmer des 2. Regiments.

«Erzähl mir von dem Kampf», bitte ich ihn.

Wladimir verzieht das Gesicht: «Ich denke nicht gern daran zurück.»

«Na, trotzdem …»

«Damals, am siebten August 2001, bekam die Gruppe die Aufgabe, einen Hinterhalt an einem der Pfade der Rebellen vorzubereiten. Zu jener Zeit verstärkten die Banden ihre Aktivitäten erheblich, und unsere Führung befürchtete, die Rebellen könnten versuchen, die Kolonne im Hinterland zu überfallen, die Lebensmittel und Wasser in die Einheit bringen sollte. Außerdem gab es schon Hinweise auf eine Falle, die dort angeblich vorbereitet wurde. Wir beschlossen, diese Kolonne als Köder zu benutzen und die ‹Tschechen› dadurch aus den Bergen zu locken», sagt Schabalin. «Anders hätte man sie nicht dort rausgekriegt. Selmentauzen, das ist so ein Dorf, in dem die Russen sich niemals etablieren werden. Nicht weit entfernt von der georgischen Grenze, ringsum von Bergkämmen umgeben. Dort sind Wege, auf denen man Verwundete evakuieren und Munition unbemerkt anliefern kann.

Wir zogen zur Morgendämmerung los, lange bevor die Kolonne sich in Bewegung gesetzt hatte. Laut Plan sollte die Truppe die Rebellen überholen und einen Gegenhinterhalt einrichten. Der Karte nach zu urteilen, war das nur an einer einzigen Stelle möglich.

In der ersten Tageshälfte lief noch alles wie geplant. Die Kolonne zog zur vereinbarten Zeit los, der Trupp hatte zu dem Zeitpunkt bereits die Zielregion erreicht. Die Rebellen bissen an und begannen, ihren Hinterhalt einzurichten. Man konnte davon ausgehen, dass die Kolonne, die ‹Tschechen› und die Landetruppen sich zur richtigen Zeit am richtigen Ort treffen würden. Aber …

Mit dem Krieg ist das so eine Sache, er läuft nicht immer so, wie man will. Auf jede Aktion folgen Tausende Gegenaktionen – vom unerwartet fallenden Schnee bis zu den Finten des Feindes. Man kann monatelang Befestigungen graben und Minen legen, kann die gegnerischen Positionen beschießen und beim Plänemachen Löcher in die Karten scheuern – es hilft alles nichts. Dann wieder gerätst du im unpassendsten Augenblick in die unpassendste Situation, lässt zum Beispiel gerade im Gebüsch die Hose runter, und schon schießt irgendein bärtiger Dreckskerl auf dich.»

Schabalins Gruppe bewegte sich als erster Spähtrupp vor der Abteilung. Sie kam zwanzig Minuten vor den Hauptkräften am Ausgangspunkt vorbei, und die «Tschechen» bemerkten sie einfach nicht, ließen sie ungehindert vorbei. Die Soldaten bemerkten die «Tschechen» aber ebenfalls nicht und zogen weiter geradeaus.

Sie stießen dann von der Flanke her auf die Rebellen. Alles ging sehr schnell. Der Schütze Kuzin, der als Erster im Spähtrupp ging, hob den angewinkelten Unterarm – «Tschechen!», und ließ ihn mehrere Male wieder sinken – «viele von ihnen!». Schon begann der Schusswechsel.

«Wir trafen fast Auge in Auge auf sie», erinnert sich Schabalin. «Sie hatten uns keinesfalls so früh erwartet und auch nicht aus dieser Richtung; sie bereiteten sich gerade auf den Empfang jenes Trupps vor, der erst zwanzig Minuten später kommen sollte. Ihr Kommandeur war dabei, den Kämpfern ihre Positionen zuzuweisen. Kuzin knallte ihn mit dem ersten Schuss aus seinem ‹Schalldämpfer› ab und verwundete einen weiteren. Wir wiederum hatten diese Begegnung zwar erwartet, befanden uns aber in einer äußerst ungünstigen Position – zwischen zwei Anhöhen, wie auf dem Servierteller. Der Pfad macht dort eine rechtwinklige Biegung, und wir kamen nichtsahnend aus dieser

Kurve … Dort war nicht mal Gras, um in Deckung zu gehen.»

Dem tschetschenischen Feldkommandeur war es, bevor er starb, noch gelungen, seine Leute sinnvoll zu verteilen. Die Rebellen waren in der vorteilhafteren Position. Mit drei Geschützen aus der Höhe zwangen sie die Gruppe zu Boden, während die restlichen von einer Bergkuppe rechter Hand die Aufklärer beschossen. Die Landetruppen waren also selbst in eine Falle geraten.

Das Feuer war so stark, dass man nicht einmal den Kopf heben konnte. Eine weitere Gruppe «Tschechen» von geringerer Stärke, die Positionen am Steilhang eingenommen hatten, schnitt den Rückzug ab. Der Rückzug verbat sich ohnehin – zwei Mitglieder des Spähtrupps, Sagdejew und Kuzin, waren in der vorderen Linie geblieben.

Bei den ersten Schüssen wurde Sagdejew schwer verwundet. Er hatte einen Kieferdurchschuss, die rechte Hand war verletzt, der Oberschenkel stark zertrümmert. Er konnte das Feuer nicht mehr erwidern.

«Er lag mitten auf dem Pfad, auf dem Rücken, und jeder Affe hielt es für seine Pflicht, auf ihn draufzuhalten. Wir zwangen sie mit unserem Feuer in Deckung, so gut es ging, aber wir konnten ja kaum den Kopf heben wegen der drei Mann, die auf der Bergkuppe saßen. Und trotzdem konnten wir verhindern, dass sie gezielt schießen konnten», sagt Schabalin.

Später, nach dem Kampf, zählten sie elf Löcher in Sagdejews Uniform. Eine Kugel hatte die an seinem Riemen hängende Granate F1 getroffen, hatte deren hartes Gehäuse aber nicht durchschlagen können.

Die Gruppe wurde vom gegnerischen Feuer flach zu

Boden gezwungen. Lange konnte das nicht mehr so gehen. Über Funk forderte Schabalin die Artillerie an. Die ersten Geschosse flogen zu weit. Schabalin korrigierte das Feuer und drängte auf diese Weise, ohne das zu wollen, die «Tschechen» an sich heran. Die Rebellen wollten aus dem Artilleriefeuer heraus und kamen so der Gruppe immer näher. Die Aufklärer bereiteten sich auf den Nahkampf vor.

«Sie waren schon verdammt nah. Die ‹Tschechen› hörten sogar meine Gespräche über Funk, also auch die Antworten von der anderen Seite. Man sagte mir: ‹Halt aus, wir sind schon unterwegs!›, und die brüllten zur Antwort: ‹Los, los, komm schon, wir zeigen dir, was Nahkampf ist!› Zwischen uns lagen vielleicht fünfzehn Meter, nicht mehr.»

Auf diesen Metern befanden sich der verwundete Sagdejew und Kuzin, eingezwängt in einem Felsspalt. Die Rebellen forderten ihn auf, sich zu ergeben, aber er schrie zurück, ein Russe ergebe sich nicht, und bewarf sie mit Handgranaten.

«Sie hatten bald raus, dass ich der Kommandeur der Gruppe bin, und hielten ganz gezielt auf mich», erinnert sich Schabalin. «Ich weiß noch, sie schossen Granaten ab, mich rettete nur ein Erdhügel vor meinem Kopf, die Granaten prallten daran ab und detonierten auf der anderen Seite. Die Lage war äußerst kritisch. Lange konnten wir hier das Feuer nicht mehr erwidern, aber abziehen konnten wir auch nicht – die ‹Tschechen› hätten sonst Sagdejew und Kuzin getötet. Ich befahl Lajs, sich auf einen Sprint vorzubereiten.»

Im nächsten Augenblick vollbrachte Alexander Lajs seine Heldentat.

Ob ihm klar war, dass das seinen sicheren Tod bedeutete?

Wahrscheinlich schon. Es muss ihm klar gewesen sein. Eine Heldentat wird nicht unbewusst getan. Aber er überlegte nicht. Er tat einfach, was er tun musste. Für Angst war keine Zeit mehr, weniger als eine Sekunde blieb ihm zum Leben – so viel, wie der Scharfschütze im Gesträuch brauchte, um den Abzug zu drücken.

Und die Zeit reichte ihm. Er erhob sich auf ein Knie und deckte seinen Kommandeur.

«Ich begriff damals gar nichts», fährt Schabalin fort. «Lajs befand sich rechts von mir, und ich hatte ihm befohlen, sich auf einen Sprint vorzubereiten. Aber was heißt schon vorbereiten, man konnte ja nicht zum Start in die Hocke gehen. Halb lag er, halb saß er auf einem Knie und gab lange Feuerstöße ab. Dann erhob er sich für eine Sekunde und setzte sich wieder. Drehte sich zu mir und sagte: ‹Ich bin verwundet.› Ich bemerkte noch das Blut auf seinen Lippen. Und sagte zu ihm: ‹Halt noch eine Weile aus, gleich lösen wir dich ab.› Da begann er wieder zu schießen, gab noch etwa vier Feuerstöße ab. Dann schleppte unser Arzt ihn nach hinten und begann unter dem Feuer, ihn zu verbinden.»

Die Kugel war unterhalb der Kehle eingedrungen. Sascha blieb noch eine Weile bei Bewusstsein, und Schabalin hatte sogar die Hoffnung, dass die Verwundung halb so schlimm wäre wie anfangs gedacht, alles würde gut ausgehen. Dann zupfte der Arzt Schabalin am Ärmel: «Ich kann das Blut nicht stillen, er hat eine innere Blutung.» Sascha wurde rasch ohnmächtig und starb bald darauf.

«Er war tot. Und es war Zeit für das Kommando ‹Vorbereiten zum Nahkampf›. Die ‹Tschechen› rückten immer näher. Hätten wir ein Fell im Nacken gehabt – es hätte zu Berge gestanden. Da war so ein Gefühl. Nicht einmal Angst, eher eine Art Wut. Gemischt mit Angst natürlich.»

Zum Nahkampf kam es nicht. Die Rebellen sammelten ihre Toten und Verwundeten ein und rückten ab. Verfolgt hat man sie nicht – es galt, den eigenen Verwundeten und den Leichnam des MG-Schützen Alexander Lajs zu evakuieren.

***

Während ich diese Zeilen schreibe, ertappe mich bei dem Gedanken, dass ich ihn nicht Alexander nennen kann. Für mich ist er Saschka. Wir hätten uns ohne weiteres auf den Straßen Tschetscheniens begegnen können. Er hätte in einem der Schützenpanzer gefahren sein können, die der Journalistengruppe Deckung gaben, zu der ich hätte gehören können. Und wir hätten zusammen eine rauchen können, ich hätte ihn «Bruder» genannt und ihn bestimmt geduzt. Sie alle sind für mich Saschkas, Lechas, Andrjuchas …

***

Die Rebellen zogen rasch ab, wie auf Kommando. Der Kampf endete so unerwartet, wie er begonnen hatte. Auf dem Pfad lagen der verwundete, wie durch ein Wunder am Leben gebliebene Sagdejew und der gefallene Lajs, der gerade ein Wunder vollbracht hatte.

Die Kameraden, die damals in seiner Nähe waren und ihn schießen gesehen haben, sagten anschließend, es sei Lajs doch gelungen, den Scharfschützen zu töten, der ihn erschoss.

Später, nach dem Kampf, teilten die FSB-Leute mit, die Soldaten der Landetruppe hätten fünf Rebellen vernichtet.

Jedenfalls seien am nächsten Morgen so viele frische Gräber in den umliegenden Dörfern aufgetaucht.

***

Aus der Ehrungsurkunde:

«Für die vorbildliche Erfüllung der Soldatenpflicht, für Selbstaufgabe, außergewöhnliche Tapferkeit und Heldenmut, für die Verdienste um Staat und Volk, die er im Zuge einer Operation zur Terroristenbekämpfung im Nordkaukasus unter lebensgefährlichen Bedingungen unter Beweis gestellt hat, wird dem Schützen Alexander Wiktorowitsch Lajs der Titel eines Helden der Russischen Föderation zuerkannt.»

Heute zeigt Wladimir Schabalin bei der Erinnerung an die Ereignisse keine Erregung mehr. Nur seine Hände verraten ihn – er kann sie nicht ruhig halten, knetet in einem fort sein blaues Barett.

«Kann das eine verirrte Kugel gewesen sein? Nein. Er wusste doch, dass er nicht aufstehen durfte … Und überhaupt, dieses Gerede davon, hätte man dies, hätte man jenes. Natürlich hätte man das auch verhindern können. Das heißt, er hätte mich nicht decken müssen. Das war doch eine spontane Entscheidung. Da muss man in ihn hineinsehen, nicht in mich. Muss ganz einfach seine Tat beurteilen. Er stand auf und hat mich gedeckt. Fertig. Hätte er mich nicht gedeckt, wäre die Gruppe nicht verloren gewesen, da war noch der stellvertretende Kommandeur, und die Soldaten wussten, was sie zu tun hatten. Es war nicht so, dass man den Kommandeur vergöttern würde, hüten wie einen Schatz, die einzige Rettung. Das Ganze war ordentlich organisiert. Der Soldat hat einfach getan, was er getan hat. Ein guter Mann, bestimmt. Überhaupt diese Jungs – niemand von denen hat gekniffen. Kuzin hat sich bis zuletzt gewehrt, hat alle Granaten geworfen – er hatte sieben Stück –, er hätte sich ja auch verstecken oder gar ergeben können. Mein Funker, der Doktor, der stellvertretende Kommandeur – alle haben sie gekämpft. Und Lajs auch …»

Der Titel eines Helden der Russischen Föderation wurde Alexander Lajs posthum zuerkannt. Damit ließ der Staat es bewenden. Niemand aus der Administration des Präsidenten machte sich die Mühe, Alexanders Verwandte ausfindig zu machen und ihnen die Urkunde zu übergeben. Erst zwei Jahre später holten die Soldaten der Landetruppen gemeinsam mit Journalisten des Programms «Das vergessene Regiment» Saschkas Mutter aus Deutschland und überreichten ihr in der Einheit den Goldenen Stern ihres Sohnes.

Damals traf sie auch Wladimir Schabalin.

«Seinerzeit lief so ein Film, ‹Verbrannt in Kandahar›», sagt er. «Dort wird von einem verwundeten Offizier erzählt, der von einem Soldaten gerettet wird. Der Offizier bringt später den Leichnam dieses Soldaten nach Hause, und die Angehörigen fragen ihn: ‹Warum bist du am Leben, und er ist tot?› Deshalb fürchtete ich diese Begegnung, ich hatte Angst, ich bekomme diese Worte zu hören. Aber wir haben uns sehr gut verstanden. Wir halten bis heute Kontakt. Ich bin jetzt für sie bestimmt auch so eine Art Angehöriger. Ich muss doch jetzt zwei Leben leben …»

Mit einem Ruck wirft er sein Barett auf die Bank und schaut mir direkt in die Augen.

«Weißt du, das war nicht der erste Soldat, den ich in dem Krieg verloren habe. Und jener Kampf war nicht der schlimmste. Und dennoch … Jenes Mal war alles anders. Früher sind die Jungs im Kampf gefallen und hatten keine Wahl, aber da … Das war eine Selbstopferung. Heute bin ich der Meinung, dass er das nicht hätte tun sollen. Es wäre besser gewesen, der Scharfschütze hätte mich getroffen. Glaub nicht, ich wäre lebensmüde oder selbstmordgefährdet. Aber was hab ich schon von diesem Leben? Ich habe nichts erreicht – habe keine Wohnung, kein Geld, bin nicht bei guter Gesundheit. Drei Einsätze im Krieg und vier Sterne auf der Schulter. Und Perspektiven gleich null. Das ganze Leben hier, auf den Schulterstücken. Und weiter?»

Schabalin spricht nicht gern offen darüber, dass er jemandem sein Leben verdankt. Am siebten August feiert er nicht seinen zweiten Geburtstag, sondern das Gedenken an den Soldaten, den er nicht hat schützen können. Es ist ein Tag der Trauer. Und jedes Jahr bringt er Saschas Foto hierher, an den Gedenkstein, und steht lange mit dem Glas Wasser da, schaut in die Gesichter …

Vor kurzem hat Sascha Lajs übrigens einen kleinen Bruder bekommen. Er heißt ebenfalls Alexander. Getauft hat Alexander den Jüngeren der erste Geistliche der Luftlandestreitkräfte, Priester Michail. Und Taufpate war der Hauptmann der Luftlandetruppen Wladimir Schabalin.

Ein Tag wie ein Leben

Es hat sich so ergeben, dass ich viel mit Leuten zu tun habe, die den Krieg in Tschetschenien oder Afghanistan durchgemacht haben. Einen Schluss habe ich aus meinen Begegnungen gezogen: Die Tschetschenien-Veteranen ähneln den Afghanistan-Veteranen in keiner Weise. Die Afghanen, jedenfalls die Mehrzahl von ihnen, haben irgendwie ins Leben zurückgefunden. Sie hatten eine innere Rechtfertigung für diesen Krieg. Sie alle haben immerhin für die Interessen ihres Landes gekämpft – ob man diese Interessen nun geopolitisch, mit der internationalen Solidarität oder der Präsenz in der Region begründen will. Jedenfalls hatten sie Politruks, die ihnen wenigstens das gesagt haben.

Die Rechtfertigung der Todesfälle ist eine ganz wichtige Angelegenheit. Das ist die erste Phase der Rehabilitierung. Eine Bekannte, die früher als Leiterin eines psychologischen KGB-Labors tätig war, sagte mir, ein Mensch, der unmotiviert, also ungerechtfertigt («in wessen Namen?») Grausamkeit hat erkennen lassen, dessen Persönlichkeit verfällt sehr rasch. Tod und Leiden gehen nicht spurlos an einem vorüber.

Was lässt sich an den Tschetschenien-Veteranen beobachten? Eine Rechtfertigung dieses Krieges – «in wessen Namen?» – gibt es bis heute nicht. Die Folge davon ist eine Generation von wütenden jungen Männern, durchdrungen vom Hass auf alles und jeden.

Lecha Nowikow, Träger des Tapferkeitsordens, hat mit ihnen nicht viel gemeinsam. Er ist ein unverbesserlicher Optimist. Sein Leben genießt er mit großen Schlucken, auf dem Teller lässt er keinen Bissen übrig. Das Leben selbst scheint aus ihm herauszusprudeln. Man kommt leicht mit ihm zurecht. Von der Wut und Gehässigkeit des Kriegsgefangenen keine Spur. Er macht niemanden für etwas verantwortlich. Hat Familie, den dreijährigen lebhaften Romek, eine Wohnung, seinen eigenen kleinen Bierhandel.

Man braucht nur ein paar Sätze mit ihm zu wechseln, schon hat man diesen offenherzigen Mann unwillkürlich ins Herz geschlossen. Die Bereitschaft, jedermann eine helfende Hand zu reichen, sieht man ihm auf den ersten Blick an. Und wenn man ihn dann näher kennenlernt, kann man sich kaum vorstellen, dass er all das tatsächlich durchgemacht hat. Dass er in einem Krieg war, wo ihm beinahe ein Bein abgerissen wurde, in einer Gefangenschaft, wo man ihm neunmal den Kopf abschneiden wollte, in einem Hospital, in dem er zwanzig Monate verbracht hat und das er mit einem um neun Zentimeter verkürzten Oberschenkel wieder verließ.

Ein anderer Bekannter von mir, Pascha Andrejew, sagt, wenn man die Gegenwart von der Vergangenheit abzieht, bekommt man die Zukunft. Lecha hat die Vergangenheit von der Gegenwart abgezogen und damit die Zukunft erhalten. Allein. Er hat sie sich uneingeschränkt verdient. Die Last seiner Erinnerungen schleppt er nicht im Rucksack mit sich herum, er hat sie mit den Krücken im Krankenhaus von Reutow nahe Moskau gelassen. «Was dort war, ist dort geblieben. Leben muss man im Hier und Jetzt, in der Gegenwart.»

Aber einzigartig an Lecha ist nicht nur das. Er ist der einzige Soldat, der während des Zweiten Tschetschenienkrieges unmittelbar bei dem Rebellenführer Schamil Bassajew in Gefangenschaft war.

Zwei Wege, die nach Nowolakskoje führten, trafen sich in einer Kreuzung im Dorf, etwa zehn Meter vor den ersten Häusern. Platanen, Betonblocks, sonnenerhitzte verzinkte Dächer – alles, wie man es kennt.

An dieser Kreuzung stand Lechas Flak, dahinter zwei Schützenpanzer. Dreizehn Soldaten.

Der Streifzug hätte ihnen eigentlich erspart bleiben sollen. Ihre Einheit hätte schon ausgetauscht werden sollen, ihre Wohnung hatten sie den Jungs von der Brigade in Zelenokumsk übergeben. Sie selbst saßen auf der Panzerung und bereiteten sich auf die Verlagerung nach Bujnaksk vor. Sogar die Stiefel hatten sie auf Hochglanz gebracht – es sollte schließlich durch die Stadt gehen, da muss man sich schön machen. Aber irgendetwas in Nowolakskoje lief schief, Schüsse fielen. Ein erschöpfter Leutnant kam angerannt und sagte, man müsse da rasch hin, nachsehen, was passiert ist. «Genosse Leutnant, wozu jetzt noch Verluste, verdammt noch mal, das ist nicht mehr unsere Verantwortung, sollen die ihre Suppe selbst auslöffeln!» – «Schon gut, Jungs, Befehl ist Befehl. Wir fahren hin, nicht mal fünfzehn Minuten wird uns das kosten, sogar die Stiefel bleiben sauber.»

So sind sie dann los.

Den richtigen Krieg hatte Lecha noch nicht mitgemacht – geschossen, ja, ein bisschen, aber ernsthaft … das noch nicht. Obwohl, stimmt schon, einen Monat hatte er in den Gräben verbracht, und ehrlich gesagt hatte er es ziemlich satt. Die Schützengräben und diesen ganzen unbegreiflichen, undurchdachten Krieg. Irgendetwas hecken die da oben aus, dachte er, verlegen ständig Truppen, von einem Ort an den anderen. Haben doch gewusst, dass Krieg kommt, warum sind sie dann nicht vorbereitet?

«Zwei Monate zuvor, im Juni 1999, hat man uns auf einem Platz versammelt und uns gesagt: ‹So und so, Jungs. Bereitet euch auf Dagestan vor, der Zweite Tschetschenienkrieg wird erwartet.› Der Krieg hatte noch nicht begonnen, aber dort oben wusste man schon, dass er kommen würde. Mindestens zwei Monate vorher haben sie davon gewusst, denn so lange wurden wir darauf vorbereitet. Und am einundzwanzigsten Juli wurden wir zum Schutz des Staudamms in Kargalinskoje eingesetzt. Es hieß, er könnte gesprengt werden, und dann würden halb Dagestan und halb Tschetschenien unter Wasser stehen. Auf diesem Staudamm saßen wir dann und erwarteten den Angriff der Rebellen.»

Diese fielen ohne jede Vorwarnung über sie her, praktisch aus nächster Nähe. Von einer Stelle aus, an der man sie nicht erwartete. Direkt an dieser kleinen Kreuzung. Als sie aus drei Richtungen und sämtlichen Rohren auf Lecha und seine Leute einballerten, hagelte es nur so Kugeln und Minen. Anfangs hatten sie noch die Hoffnung, sich aus eigener Kraft verteidigen zu können, und als ihnen endlich klarwurde, dass sie am Arsch waren – war es schon zu spät.

Zuerst setzten die Gegner Lechas Flak in Brand, schossen auch sofort den Zugkommandeur an, eine Kugel durchschlug seine Hand, dann fiel Saschka Efimow, Lechas Ladeschütze. Eine «Schachtel» brannte schon am Randstreifen, neben den Rädern lagen zwei Gefallene, wie viele drinnen gerade verbrannten, weiß der Teufel. Die zweite war noch aktiv, aber nicht mehr lange, das war klar.

Dabei hatten sie die Einheit noch erreicht. Aber nur um zu erfahren, dass es keine Einheit mehr gab – so reihenweise, wie die Technik gestanden hatte, stand sie jetzt reihenweise in Brand … Es gab kein Gerät mehr, um die Gruppe zu retten.

«Die Rebellen beharkten uns, machten uns klein und zogen weiter. Wer konnte wissen, dass in diesem Nowolakskoje anderthalbtausend ‹Tschechen› unter der Führung von Schamil Bassajew standen? Und niemand kam uns mehr zu Hilfe …»

Insgesamt dauerte Lechas ganzer Krieg vielleicht dreißig Minuten. Als er zum Zugkommandeur zurücklief, detonierte neben ihm eine Mine, ein mächtiger Splitter traf ihn am Oberschenkel, riss ihm beinahe das Bein ab und schlug ihm den Arm auf.

Der Aufprall warf Lecha im hohen Bogen in einen Graben. Die Knochen des zertrümmerten Beins krümelten regelrecht, und durch den Sturz wurde es völlig verdreht und fand sich plötzlich an seiner Schulter wieder.

«Ich gucke, und da laufen dagestanische Bullen vorbei. Männer, rufe ich ihnen zu, legt mir mein Bein normal an. Einer blieb stehen, nahm mir das Bein von der Schulter, setzte es ordentlich an den Rumpf und lief weiter. Und wie das Blut sprudelte! Eine Abschnürbinde hatte ich nicht mehr, damit hatte ich dem Leutnant den Arm verbunden! Da nahm ich eben einen Gürtel …»

Die Schlacht verlief in Schüben – mehrere Stunden lang Schusswechsel, dann Stille –, und Lecha lebte ebenfalls schubweise: einige Stunden bei Bewusstsein, dann schwarze Ohnmacht.

«Ich komme zu mir, da steht hundert Meter entfernt auf

einer Anhöhe ein Panzer, und Jungs laufen dort rum. Ich drehe den Kopf in die andere Richtung, zwanzig Meter entfernt von mir – Rebellen. Ich beginne zu schreien – sollen sie mich doch hören und mitnehmen. Aber nichts. So lag ich zwei Tage lang da – Tag und Nacht, Tag und Nacht …»

Diese zwei Tage, die er auf dem Feld bei Nowolakskoje mit beinahe abgerissenem Bein verbracht hat, halb im Fieberwahn, halb ohnmächtig, ohne Wasser und Nahrungsmittel, waren so lang, dass sie einen eigenen, gesonderten Teil seines Lebens bildeten. Wenn er so ins Koma gefallen war und wieder auftauchte, konnte Lecha nicht mehr sagen, in welcher Welt er sich befand – noch hier oder schon dort? Und er konnte die für ihn wichtigste Frage nicht beantworten – war das gut oder schlecht?

Einmal, als er zu sich gekommen war, sah er, wie Hubschrauber das Dorf bombardierten, aber er nahm dieses Bombardement irgendwie verfremdet wahr, als würde er einen Zeichentrickfilm betrachten, in dem er selbst nicht mehr vorkam: Ob sie das Dorf beharkten oder nicht, was ging ihn das an?

Als er ein anderes Mal erwachte, sah Lecha, wie es in der Kraterlandschaft, die früher sein Bein gewesen war, von Maden wimmelte – Dutzende, Hunderte weißer Würmer fraßen sein noch lebendes Fleisch. Er sah ihnen lange zu und begriff nicht, was sie wollten – wussten sie etwa nicht, dass er noch lebte? Dann packte ihn die nackte Angst – sie würden ihn hier im Feld bei lebendigem Leibe auffressen. Diese Maden versetzten ihm den nötigen Schock, rissen ihn aus der Welt des Fieberwahns zurück in die Welt der Lebenden, und er wollte plötzlich leben, teuflisch, um jeden Preis leben. Er kratzte die Würmer mit dem Bajonett ab, und es gelang ihm, sich freizumachen und in die Wunde zu pinkeln …

Als er das nächste Mal wach wurde, fanden sie ihn.

«Ich höre was – ein Flüstern. Na endlich, denke ich, die Jungs … Ich wartete ja die ganze Zeit darauf, dass sie die Verwundeten aufsammeln. Und ich redete genauso leise zu ihnen – ‹Jungs, Jungs, hier bin ich!› Fünf Mann kamen an, ich gucke, nein, das sind keine von uns. Unrasierte Männer. ‹Wer bist du?› – ‹Verwundet›, sage ich, ‹ein Loch, Maden, halber Stiefel voll Blut …› – ‹Weißt du denn, wer wir sind?› – ‹Ja›, sage ich, ‹Rebellen.› Sie setzen mir das Messer an die Kehle: ‹Ja, und wir nehmen dich gefangen.› – ‹Macht schon›, sage ich, ‹mir ist alles recht … Nehmt mich mit.› Zwei Tage ohne Wasser, ohne alles, im totalen Koma.»

Sie schleppten ihn in eine Art Schule oder Kindergarten. Dort waren andere Bärtige, wieder saß gleich das Messer an der Kehle – «du Hundesohn, bist Moslem und kämpfst gegen deine eigenen Leute, bringst Moslem-Brüder um!» Wieder wollten sie ihm den Kopf abschneiden.

«‹Ich bin Russe!›, rufe ich. ‹Ich lebe einfach nur in Baschkirien, bei uns sind alle so!› Ich hatte ein Kreuz bei mir, das zeigte ich ihnen – ‹hier, ich bin Russe›. Sie gerieten in Verwirrung. Das spielte eine Rolle. Sie fragten nach: ‹Wer bist du?› Ich antworte: ‹Ich bin Untersergeant Nowikow.› – ‹Bravo, nicht gelogen. Da du nicht gelogen hast, werden wir dich erst mal nicht umbringen.› Ich sagte: ‹Und woher wisst ihr, dass ich nicht gelogen habe?› – ‹Guck mal, da›, zeigten sie mit der Hand, ‹das ist dein Leutnant, Dima Kortikow.› Ich hörte, wie jemand wimmerte, wusste aber nicht, wer. Er war ein oder zwei Jahre älter als ich … Jedenfalls redeten sie mit mir, und dann gingen sie hin und schnitten meinem

Leutnant den Kopf ab. In dem Augenblick verstand ich, dass sie mich umbringen würden.»

Neunmal gingen sie daran, Lecha den Kopf abzuschneiden, aber immer kam er irgendwie davon. Eins hatte er verstanden – er musste sich untypisch verhalten. Sie aus der Fassung bringen, etwas Überraschendes sagen, sie beschäftigen. Nur das konnte ihn retten.

«Sie setzen das Messer an, und ich – ‹warte, warte, lass mich eine rauchen, erst danach!› Dann das Streichholz – ‹vielleicht hebe ich mir das auf?› Wozu braucht jemand, dem gleich der Kopf abgeschnitten wird, ein Streichholz? Kleinigkeiten, aber sie können einen verwirren. Ich hatte Zigaretten der Marke ‹Prima›, die stinken fürchterlich. Schon bringen sie mir zwei Päckchen ‹Parlament› – ‹rauch jetzt mal normale, sonst kriegen wir hier keine Luft …› Und jedes Mal kam ich irgendwie davon. Manche Leute sind zusammengebrochen – ‹mach, was du willst, schneid mir die Kehle durch› – und lagen da wie ein Opferlamm. Mir ist das nicht passiert, ich habe um mein Leben gekämpft. Es war sogar interessant. Die Diskussionen mit denen …»

In dieser Schule behielten sie Lecha nicht lange – nur einen Tag. Am nächsten Tag brachten sie ihn irgendwo ins Hinterland.

Als der Schmerz nach dem Gerüttel der Fahrt nachließ und er wieder so viel sah, dass er Gegenstände unterscheiden konnte, stellte sich heraus, dass Lecha sich in einem Zimmer befand. An der Tür – Männer mit Maschinenpistolen. Darunter ein großer, kräftiger Kerl mit besonders starkem Bart – man sah sofort, dass er der Chef war. Er sah Lecha an: «Schmerzen?» – «Ja.» Er sagte etwas in seiner Sprache und ging weg. Nach einiger Zeit kam ein Arzt und schaute sich die Wunde an. «Weißt du, wer das war?», fragte er. «Nein.» – «Das war Schamil Bassajew, unser Kommandeur.» Und dort, im Stab des Feldkommandeurs Schamil Bassajew, als er sah, wie der Arzt ihm das Bein verband, verstand Lecha endgültig, dass sie ihn nicht umbringen würden. Bassajew hatte das aus irgendeinem Grund so entschieden.

«Bassajew machte den Eindruck auf mich … Nun, ich weiß nicht, wie ein ganz normaler Kerl. Stell dir vor, es kommen irgendwelche fiesen Leute und fangen an, deine Verwandten umzubringen, da greifst du doch auch zur Maschinenpistole und legst sie um, oder? Nichts anderes haben sie getan. Was habt ihr hier in unserem Land zu suchen? Das ist ihre Einstellung zu diesem Krieg. Russland will seine Ordnung durchsetzen, und wir kämpfen. ‹Was zum Teufel hattet ihr in Dagestan zu suchen?›, frage ich. Darauf konnten sie mir nicht antworten. ‹Ihr tut seit dreihundert Jahren nichts anderes als kämpfen, arbeitet nicht, tut nichts anderes.› – ‹Werd nur nicht frech, gleich werden wir's dir zeigen›, und schon greifen sie wieder zum Messer … Ja, es sind Giftnattern, Blödhammel, Schweinehunde. Aber einer brachte mir dann Zigaretten. Ein anderer brachte mir nachts, als ich lag, eine Flasche Cognac – ich hatte Schmerzen, das sah er. ‹Trink›, sagt er, ‹dann wird es besser.› Ich sage: ‹Ich habe drei Tage nichts gegessen, ich kotz gleich, und ihr schneidet mir die Kehle durch.› Er brachte mir ein Fladenbrot und ein paar Würstchen. ‹Pass nur auf und erzähl meinen Leuten nichts.› Die Kämpfer hasse ich – sie haben meine Freunde umgebracht. Aber mich haben sie am Leben gelassen … Ich weiß nicht, ich bin durcheinander, ob ich sie verurteilen soll oder nicht. Ich habe gelernt zu vergeben.»

Aus diesem Stab brachte man Lecha, wiederum auf Bassajews Befehl, nach Grozny ins städtische Krankenhaus, wo verwundete Kämpfer behandelt wurden. Und hier geschah das zweite Wunder – die Tschetschenen operierten Lecha, flickten sein Bein zusammen und ... legten ihm sogar einen Iljazarow-Apparat zur Stabilisierung an!

«Narkose gab es da nicht, sie schnitten einfach so drauflos. Fünf oder zehn Minuten lang habe ich gebrüllt, dann bin ich weggetreten. Als ich aufwachte, hatte ich so einen Iljazarow-Apparat am Bein ...»

Lecha lebte in diesem Krankenhaus in einem Eckchen wie eine Katze. Und man behandelte ihn auch so – einmal am Tag füttern, man legt ihm ein Stück Brot und stellt einen Becher Wasser hin und vergisst ihn wieder. Man brachte ihn nicht um, aber besonders froh war man über seine Anwesenheit auch nicht – immerhin war er ein Feind.

Aber man behandelte ihn. Dreimal am Tag kam die Krankenschwester, gab ihm Spritzen, wechselte den Verband.

Einmal, als sie ihm wieder gleichgültig routiniert die Spritze in den Hintern jagte, sagte sie wie nebenbei, das sei die letzte Injektion. Lecha freute sich sogar: Wer hat schon Spaß daran, sich den Hintern löchern zu lassen? Die Krankenschwester sah ihn seltsam an, sagte, sie hätten so viel gespritzt, wie bezahlt worden sei, und ging. Von ihrem Blick wurde Lecha ganz schlecht – er glaubte verstanden zu haben, was sie sagen wollte: Hier sterben Leute an Tetanus und Gangrän, und wir geben dir Medikamente.

Vielleicht hat sie auch gar nichts dergleichen gedacht, vielleicht hat er sich das nur gedacht, und ihr war es völlig egal, wen sie behandelt – ihre eigenen Leute, Fremde, Schwarzhaarige oder Rothaarige ... Der Arzt hatte doch gesagt, es gebe bei ihnen für ganz Tschetschenien nur drei Iljazarow-Apparate, und einen davon hatten sie Lecha gegeben. Und diese Krankenschwester half ihm, seine Ikone vor den Kämpfern zu verstecken. Jedenfalls verriet sie ihn nicht.

Nach dem Gespräch fühlte sich Lecha schon ein bisschen anders im Krankenhaus – nicht verschreckter, wie es vielleicht richtig gewesen wäre, sondern im Gegenteil verantwortungsvoller. Er begann wohl irgendetwas zu verstehen. Schließlich hatte nicht er diesen Krieg angefangen. Und sie auch nicht.

«Nach meinen Berechnungen habe ich in dieser Schlacht etwa zehn Menschen getötet. Mit der Flak haben wir ein paar Häuser zertrümmert. Ein Haus habe ich selbst zerschossen, da liefen zehn Mann drin herum. Das flog nur so in Fetzen – kein Wunder, wenn hundert Geschosse in vier Sekunden einschlagen, Kaliber dreiundzwanzig Millimeter. Danach lief keiner mehr herum. Alle zehn nehme ich nicht auf meine Kappe, aber fünf bestimmt. Dann noch vier mit der Maschinenpistole. Und die wussten, dass das mein Werk war. ‹Mensch, du hast unsere Brüder umgebracht.› – ‹Und du meine›, sage ich. ‹Das ist Krieg.› – ‹Du bist soundso einer.› – ‹Na, ihr doch auch›, sage ich. ‹Wodurch unterscheiden wir uns – du bist Soldat und ich genauso, wir bekommen einen Befehl und ziehen los …› Bei denen gibt es verschiedene Gruppen. Die ‹Indianer› zum Beispiel. Stell dir mal vor, du gehst in den Garten und in dem Moment fällt eine Bombe auf dein Haus. Du stehst da in der Unterhose und mit dem Spaten in der Hand und siehst mit an, wie das verbrennt, was vor einer Sekunde noch deine Familie war. Diese Leute haben nichts zu verlieren, sie machen auch keine Gefangenen. Mir haben die ‹Tschechen› selbst gesagt – hast Glück gehabt, dass du zu uns gekommen bist, also zu Bassajew, zu einer normalen Bande. Die ‹Indianer› hätten dich an Ort und Stelle umgebracht, erst noch ein bisschen Folter – die Ohren, das Glied – und dann die Gurgel. So wie sie davon erzählten, haben sie sicher selbst manchmal Angst vor diesen Leuten. Vielleicht würde ich heute auch alle durch die Bank hassen, würde durch die Stadt laufen und, wie's gerade kommt, jemandem die Kehle durchschneiden. Aber sie haben sich mir gegenüber so verhalten, dass ich sie nicht hassen konnte. Banditen sind das, Schlangengezücht ... Aber sie haben Mitgefühl gezeigt. Haben mich damit angesteckt. Wozu euch umbringen, sagen sie – ihr seid doch eine Herde Hammel, folgt wie blöd dem Befehl. Wir bringen euch jetzt nicht um. Wir schießen in die Hände, in die Beine, damit man euch zu Hause sieht und sich Gedanken macht. Vielleicht ziehen dann weniger Soldaten in den Krieg. Besser, du wärst überhaupt nicht zur Armee gegangen. ‹Dafür sperrt man uns ein›, sage ich. ‹Na und? Sitz deine Strafe ab! Wozu bist du hierhergekommen! Wir schneiden dir gleich die Gurgel durch, dort hättest du deine Zeit abgesessen und wärst lebend rausgekommen.› Da hatte ich keine Antwort mehr, es stimmt ja auch.»

Am nächsten Tag kam Bassajew wieder ins Krankenhaus. Er schaute nach seinen Leuten und kam auch zu ihm. Diesmal hatte er Ibn al-Chattab dabei – den kannte Lecha schon vom Sehen, nämlich aus dem Fernsehen. Sie brachten Brötchen und Saft. «Na, tut's weh?» – «Ja.» – «Tritt zum Islam über, dann werden wir dich heilen. Bei uns ist ein Fallschirmjäger, der fährt Mercedes, wir bezahlen ihn in Devisen. Dich werden wir auch bezahlen.» Lecha war völlig verblüfft – diese plötzliche Wende hatte er nicht erwartet.

«Und was soll man da antworten, sie verstehen ja das Wort ‹Njet› nicht. Ich spielte also wieder den Dummen. So und so, sage ich, erst mal auf die Beine kommen, dann kann ich was dazu sagen. Und überhaupt – was ist denn eigentlich dieser Islam, womit wird das gegessen? Muss ich erst wissen. Erzählt mal.

Sie erzählen – eine Stunde, zwei. Man dürfe nicht trinken, nicht rauchen. Nicht trinken, aber spritzen tun sich alle was. Und während sie erzählen, vergessen sie selbst, dass sie mich anwerben wollten. Na, verstanden? Jawoll. Dann denk drüber nach. Und weg sind sie. Schirwani wollten sie mich nennen, so hieß mein Arzt.»

Ins Krankenhaus kam auch öfter ein Russe von fünfundvierzig Jahren. Er erzählte, dass er vor längerer Zeit eine Tschetschenin geheiratet habe. Als der Krieg losging, stand er vor der Wahl – für ein Land zu kämpfen, in dem er kein einziges Mal gewesen war, oder für seine Familie. Er sagte, auch andere Soldaten seien versklavt. Sie leisten Zwangsarbeit und werden dafür ernährt. Wo und wie viele, sagte er nicht, aber nach Lechas Gefühl befanden sich damals fünfhundert Mann in Gefangenschaft. Vielleicht auch mehr. Man hielt sie in Grüppchen von zwei bis drei Mann und verkaufte sie sich gegenseitig weiter. Auch vom Ersten Tschetschenienkrieg waren noch welche geblieben, dazu kamen die, die zwischen den Kriegen entführt worden waren, und die aus dem Zweiten Tschetschenienkrieg. Was mit ihnen passiert ist, als die Kämpfer in die Berge vertrieben wurden, hat Lecha nicht mehr erfahren.

Nachdem Bassajew abgefahren war, erhielt Lecha wieder Injektionen. Und sein Bein wurde noch dreimal operiert.

In dem Krankenhaus lag er die letzten anderthalb Monate

seiner Gefangenschaft. Und dann tauchte noch ein Tschetschene in seinem Leben auf. Er fiel Lecha sofort auf – zivil gekleidet, keine Ähnlichkeit mit den Kämpfern, auch benahm er sich anders. Dieser Tschetschene kam von selbst zu ihm und stellte sich vor: Wacha Mutuzov aus Moskau. Wie sich herausstellte, saß ein Bruder von ihm im Gefängnis, und Wacha wollte ihn freikaufen, indem er ihn gegen einen russischen Kriegsgefangenen austauschte.

«Er kam zu Bassajew – hör zu, ich will einen Gefangenen bei dir kaufen, am besten einen Verwundeten, noch besser im Kampf gefangen. Der sagt: Nimm diesen hier, Lecha. Sergeant. Bein zerfetzt, Arm zerfetzt, seine Leute haben ihn im Stich gelassen, wir haben ihn aufgelesen – mit einem Wort ein gutes Exemplar. Und Wacha schlug zu. Er hätte einen anderen kaufen können, aber er kaufte mich ...»

Sie fuhren Lecha im Auto weg. An der Grenze zu Inguschetien war Stau, Massen von Flüchtlingen standen auf der Straße. Die Kämpfer schlichen sich zum Kontrollpunkt, kasperten irgendwas ab, und man schleuste sie mit Lecha an der Kasse vorbei. So erreichten sie unter Umgehung aller Posten und unter bewaffnetem Geleitschutz der Bärtigen Nazran.

«Unsere Leute sollten uns an der Grenze in Empfang nehmen – Wacha hatte sich an die Regierung gewandt, soll heißen, ich will einen Gefangenen kostenlos übergeben, und man erwartet mich dort – Geheimdienste, Korrespondenten, Erste Hilfe. Dabei war ich schon in Nazran. Dort kommt ein FSB-Mann zu mir: Wie bist du denn hergekommen? Wenn ich das wüsste, antworte ich. Da gaben sie per Funk durch, kommt her, der Mann ist längst hier ...»

Die nächsten zwanzig Monate lag Lecha im Krankenhaus

von Reutow herum. In dem zertrümmerten Oberschenkel hatte sich eine Gangrän gebildet, Osteomyelitis lautete die Diagnose, eine Entzündung des Knochenmarks, und die Ärzte schnitten ihm neun Zentimeter Knochen heraus. Unterhalb des Knies sägten sie ihm das Bein erneut auseinander und legten den Iljazarow-Apparat an.

Jeden Tag in diesen Monaten streckte Lecha sein Bein. An den Schrauben drehte er selbst. Er beschaffte sich ein Lineal, einen Notizblock und strich die Millimeter aus. So eine Art Entlassungskalender – nur zählte er nicht die Tage, sondern die Millimeter. Und das Bein wuchs vom Knie ausgehend, Adern, Venen, Muskel dehnten sich. Und es tat weh. Aber um sechseinhalb Zentimeter konnte Lecha sein Bein verlängern.

«Dieser Iljazarow-Apparat, den sie mir in Grozny angelegt hatten … Ich hatte Schirwani versprochen, ihn zurückzugeben, denn er ist teuer – Spezialstahl, all das. Als ich nach Moskau kam, wurde ein paar Wochen später das Krankenhaus in Grozny zerbombt … Zurückschicken ging also nicht mehr. Aber ich hätte das wirklich getan, denn sie hatten mir das Letzte gegeben, obwohl ich für sie ein Niemand war.»

In diesem Krankenhaus erfuhr Lecha auch, dass er gefallen war. Sein Leichnam, gefunden auf dem Feld bei Nowolakskoje, war anhand von Kleidungsresten identifiziert und ins 124. Labor in Rostow geschickt worden.

«Im Reutow traf ich auch Jungs aus der Brigade von Zelenokumsk. Damals in der Nacht hatten sie doch noch versucht, uns zu Hilfe zu kommen. ‹Habt ihr nicht gehört, wer dort gefallen ist?›, frage ich. Sie antworten: ‹Der Leutnant und der Sergeant von der Flak …› Das heißt ich. Mich haben sie an der Hose erkannt: Als ich dort lag, musste ich und konnte nicht. Also habe ich meine Hose aufgeschnitten und weggeworfen, und die sind ja nummeriert. So hat man mich identifiziert. Sie dachten, die Hunde hätten meine Leiche gefressen – dort fressen die Hunde Menschenfleisch. Ich sage: ‹Bist du sicher, dass der Sergeant gefallen ist?› – ‹Ja›, antwortet der, ‹da sind Leute aus deinem Zug hingefahren, und alle zusammen haben die Gefallenen identifiziert.› Und als ich sagte, dass ich dieser Sergeant bin: ‹Ist nicht möglich! Dich hat man doch identifiziert! Du bist sogar in einem Haufen mit den anderen beerdigt worden!› Nach einem Jahr bekam meine Mutter eine Gefallenenmeldung, sie sollte ins Labor nach Rostow kommen und meinen Leichnam abholen … Man hatte mich zu den Verlusten gezählt.»

Lecha ging dann selbst zum Wehrbereichsamt und bat um eine Bescheinigung, dass er, Sergeant der Reserve Aleksej Nowikow, am Leben ist und vor ihnen steht. Die bekam er nicht – lag nicht in ihrer Zuständigkeit. Mit einem Wort, die übliche Soldatenquälerei bei dem Versuch, den Staat zur Preisgabe der Wahrheit zu zwingen.

«Tichomirow sagte, meine Gefangenschaft würde man mir als Kampfzeit anrechnen und bezahlen. Ich schreibe: Zahlt mir was für die Gefangenschaft. Die Antwort: Sie brauchen eine Bescheinigung, dass ich am Leben bin. Einen Beleg dafür, dass ich existiere. Wie kann ich das belegen, wenn ich selbst meine Gefallenenmeldung kriege? Kurz gesagt, ich müsste noch einmal zu Bassajew fahren – stell mir bitte eine Bescheinigung aus, dass ich bei dir in Gefangenschaft war.»

Für den Krieg, die Gefangenschaft, fast zwei Jahre Krankenhaus und neun Zentimeter Bein bekam Lecha nur eine einmalige Verwundetenbeihilfe und materielle Unterstützung. Und eine Kampfzulage … Kampfzulage wurde nur für einen einzigen Tag gezahlt – nämlich den Tag, an dem er verwundet wurde. So als wäre er nicht länger im Krieg gewesen.

Dabei hegt er keinen Groll gegen das Leben, das wäre Sünde. Lechas Krieg hat ihm den Frieden geschenkt. Er hat eine Familie, eine Wohnung, einen Sohn. Er ist der bekannteste «Tschetschene» in ganz Baschkirien. Ehrenamtlich aktiv, Mitglied der baschkirischen Organisation der Teilnehmer des bewaffneten Konflikts in Tschetschenien. Lecha bekam eine Wohnung, eine Rente – fünftausend Rubel, nach den dortigen Verhältnissen unglaublich viel. Mit diesen hundertsiebzig Dollar im Monat kann er es sich leisten, nicht zu arbeiten. Und das alles für neun Zentimeter Bein.

Ich sitze mit ihm im örtlichen Dampfbad seines Vaters, wir trinken das Gebräu der Gegend, Schihan. Lechas Bein ist fürchterlich verkrüppelt.

«Wie konnte das passieren, dass sie mich einfach aufgegeben haben? Drei aus meiner Gruppe sind weggelaufen. Unseren Leuten sagte man, alle drei seien gefallen. Der Leutnant gefallen, Sanka gefallen, ich gefallen. Und wozu Leben riskieren, um Toten hinterherzulaufen? Die kann man später aufsammeln. Wenn sie gewusst hätten, dass ich lebe, hätten sie mich rausgeholt, bestimmt. Aber so … Jeder Offizier hätte diese Entscheidung getroffen, das ist richtig.»

«Hast du nicht versucht, sie zu finden?»

«Was sollte ich sie denn fragen? Warum habt ihr mich liegen lassen, ihr Arschlöcher? Einer von ihnen hat übrigens den Verstand verloren. Und sowieso … Wenn sie mich nicht verwundet in der Scheiße sitzengelassen hätten – wo wäre ich heute? Ein Krüppel, Invalide, völlig unnütz. Im Wohnheim mit Krücken, ohne alles? Alles, was ich heute habe, verdanke ich dem, was ich durchgemacht habe. An meiner Stelle könnte ein anderer Mensch sein, und du würdest heute nicht mit mir, sondern mit jemand anderem sprechen. Es hat einfach so sein sollen, dass ich dort war.»

Hier verdreht Lecha die Tatsachen dann doch ein bisschen. Das Schicksal hat ihn schließlich gerade deshalb ausgewählt, weil er so ist, wie er ist. Eine Seele von Mensch. Fremde gibt es für ihn nicht. Er ist bereit, jedem die Hand zu reichen.

«Mit mir lag ein Junge auf dem Zimmer, dem hatte eine Sprengfalle ein Bein abgerissen. ‹Oi, alles Mist, wer braucht mich noch›, und all das. ‹Hör bloß auf›, sage ich. ‹Beine, Arme, denk doch nach, das Wichtigste ist, dass du Kinder zeugen kannst.› Einmal gingen wir schlafen, und er schiebt was unter sein Kissen … ‹Nacht, Jungs, schlaft gut.› Mir kam das irgendwie zu inbrünstig vor, wie er sich da von allen verabschiedete. Ich humpele auf meinen Krücken zu ihm, hebe das Kissen an, da liegt eine Messerklinge. Da hab ich erst mal ein prophylaktisches Gespräch mit ihm geführt … hab ihm einen Vogel gezeigt, mit anderen Worten (*lacht*). Dann wurden wir entlassen. Nach einer Weile hab ich ihn besucht. Zwei Mädchen, zwei Autos, ein lebensfreudiger Bursche. ‹Hör mal, was sind das für Mädel?›, sage ich zu ihm. ‹Meine Freundinnen›, sagt er. ‹Siehst du, wozu du gut bist, du beinloser Krüppel?›, sage ich zu ihm. ‹Ach, geh doch!› (*lacht*) Im Krankenhaus suchten Psychologen jeden ‹Tschetschenen› auf – Nimm's nicht tragisch, das Leben geht weiter, nicht verzagen, Kinder zeugen. Sie kommen zu mir, und ich: Ja, ja, stimmt alles. Und serviere ihnen meine Lebensanschauung. ‹Du bist ja selbst wie ein Psychologe›, sagen sie, ‹bei dir ist das überflüssig, du wickelst jeden ein.› Tatsächlich bin ich Optimist – ich will einfach leben. Man muss leben, schon wegen der Jungs, die gefallen sind, um ihr Andenken im Herzen zu tragen. Wenn wir alle heute verschwinden, dann wird niemand mehr da sein, um sich an sie zu erinnern. Und Gedanken habe ich viele. Aber sie in Worte zu fassen … (*lacht*) Komm, schenk ein.»

Heimatland, verrat mich nicht

Alexander Tschikunow traf ich an einem Sonntagabend in einer stillen Seitengasse der Moskauer Iljinka. Vogelzwitschern, Sonne, Schläfrigkeit. Niemand da außer uns. Die träge Ruhe eines Krankenhaushofes. Vielleicht fing er deshalb von seiner Verwundung an.

«Das erste Mal im Krieg war ich in Sumgait. Als sie uns dort hinbrachten, fing alles gerade erst an. An der Kreuzung der Freundschafts- und Friedensstraße hatte sich eine riesige Menschenmenge versammelt – fünfzehntausend Mann. Zwischen ihnen Schützenpanzer irgendeiner Infanterieschule. Ich weiß nicht, wer in diesen Panzern saß – Armenier oder Aserbaidschaner. Ihr Anführer war Hauptmann. Und dieser Hauptmann riss plötzlich die Maschinenpistole hoch und begann in die Menge zu schießen. Dreißig Gefechtspatronen in die dichtgedrängte Masse. Die Menge weicht zurück. Verwundete, Tote, Schreie … Und dieser Hauptmann zieht einen der Panzerfahrer aus der Luke, setzt sich an seinen Platz und fährt mit voller Geschwindigkeit in die Menge. Beginnt, einzelne Menschen zu zerdrücken, mal mit der einen Raupe, dann mit der anderen. Kannst du dir vorstellen, was da los war? Was wir da für Leichen gesehen haben! Der Schützenpanzer war vollgespritzt mit Blut. Diese Kreuzung war der Anfang aller Kriege. Danach habe ich angefangen zu schreiben.»

Tschikunow greift nach einer Zigarette. Wir rauchen. Er fährt fort.

«Ich habe zweiunddreißig Jahre in der Armee gedient, und die Armee hat nicht das Gefühl von Kameradschaft in mir hinterlassen, sondern das von Verrat. Von einem furchtbaren Verrat. Wie sie verheizt wurden, unsere Jungs. Mit der Artillerie, mit Grad-Raketen. In Grozny saßen wir einmal in einer Konservenfabrik fest, wie die Sardinen in der Büchse. Ringsum ‹Tschechen›. Zwischen denen und uns vielleicht hundert Meter, nicht mehr. Und der Kommandeur gibt plötzlich Befehl zur Artillerieunterstützung. Zwölf Kilometer hinter Tolstoi-Jurt setzt die schwere Artillerie ein. Auf diese Entfernung ist eine Abweichung von hundert Metern ganz normal. Zwei Stunden lang plätteten sie uns mit den Selbstfahrlafetten. Berge von Leichen gab das, Berge … Ich ging zum Kommandeur und bat, das Feuer einzustellen. Man bezeichnete mich als Panikmacher – hast Angst, ein oder zwei Dutzend Soldaten zu verlieren. Als mich der Querschläger eines Geschosses an der Kugelweste traf, trug ich den riesigen Splitter zum Kommandeur und schleuderte ihm das Teil auf den Tisch …

Einige Tage später verlegte man uns in die Stadtmitte. Ich war mit Soldaten der Schnellen Eingreiftruppe SOBR unterwegs. Wir sitzen auf dem Panzer, da wird plötzlich eine Meute in Uniform herangetrieben – als Abteilung konnte man sie schwer bezeichnen. Ich frage: ‹Was sind das für welche?› Reserve des Verteidigungsministeriums. ‹Sie sind vereidigt?› Nein. ‹Haben sie auch nur einmal mit einer Maschinenpistole geschossen?› Nein. Völlig grüne Jungs, nicht mal ihre Uniform war zerknittert. Ein Granatwerferbeschuss setzte ein. Die Soldaten blieben stehen – alle auf einem Haufen. Nicht einmal hinwerfen konnten sie sich ohne Befehl. Kannst du dir vorstellen, was das ist, ein Granatwerferbeschuss, wenn der ganze Hof voller Leute ist? Eine Granate schlägt ein – vier, fünf, sechs Tote ... In der Menge bildet sich ein Loch, dieses Loch füllt sich sofort mit anderen. Sie drängeln sich aneinander wie die Pinguine. Sie haben Angst, suchen die Nähe der anderen, da kommt schon die nächste Granate. Wieder ein Loch, wieder füllen die anderen es mit ihren Körpern. Ein Offizier der SOBR und ich fingen also an, sie auseinanderzutreiben, packten sie am Rock und schubsten sie in die Spurrillen der Panzer. Ich hatte gerade den Nächsten am Wickel, da detoniert was hinter uns. Wir wurden in eine Grube geschleudert, er als Erster, dann ich, und auf uns fiel noch ein Dritter. Ich kletterte unter ihm heraus, drehte ihn um, die Jacke war aufgerissen, in der Brust ein riesiges Loch, noch rauchend. Er war bei Bewusstsein. Sah mich an: ‹Sagt nur meiner Mama nichts ...› – und starb.»

Er macht eine Pause.

«Die Armee war so demoralisiert, so am Boden», fährt Tschikunow fort. «Die Soldaten saßen einfach da und warteten, bis sie getötet wurden. Sie konnten überhaupt nicht kämpfen. In so einem Zustand waren sie. Ich habe später Psychologen gefragt, woher dieser Stupor, also diese Gefühlsstarre, kommt – da läuft einer rum wie ein Zombie, lässt die Maschinenpistole über den Boden schleifen, tritt auf Leichen, auf Eingeweide, sieht nichts, und seine Augen sind weiß, ganz einfach nur weiß, scheinbar ohne Pupillen. Sie antworteten: Das ist ein völliger Aussetzer.

Verrat. Der totale Verrat. Weißt du, dass vierundzwanzig Stunden vor dem vernichtenden Beschuss einer Kolonne des 245. Regiments bei Jarysch-Mardy drei Sammelbataillone von den umliegenden Höhen abgezogen worden sind? Sie zogen ab, und am nächsten Morgen war Chattab an ihrer Stelle und beschoss die Kolonne den ganzen Tag lang aus unseren Gräben.»

Ein Leben auf der Waagschale

Im Dezember 1986 versuchte Alexander Dunditsch in Afghanistan bis zur letzten Minute, die Steuerung seines angeschossenen Helikopters zu halten. Ihm ist es zu verdanken, dass zwölf Mann gerettet wurden. Seither verbringt Alexander buchstäblich die meiste Zeit in Krankenhäusern. Von den zwanzig Nachkriegsjahren seit Ende des sowjetisch-afghanischen Krieges lag er zehn in einem Krankenbett. In dieser Zeit ist er siebenundvierzigmal operiert worden. Es half alles nichts. Er hat ein gebrochenes Rückgrat, seine Nieren haben versagt, Alexander wird sterben. In den letzten anderthalb Jahren befand er sich ununterbrochen im Wischnewskij-Krankenhaus in Krasnogorsk.

«Es passt gerade nicht», sagt die diensthabende Schwester, als ich Alexander Dunditschs Namen nenne. «Er ist noch nicht richtig aus der Narkose erwacht, er schläft. Er wurde gerade zum achtundvierzigsten Mal operiert. Die Fistel will sich einfach nicht schließen. Schon seit zehn Jahren ...»

Sie führt mich ins Krankenzimmer. Auf dem Flur stehen zwei junge Soldaten und rauchen. Der Schädel des einen ist fast vollständig verbrannt, Haare hat er nur noch an der linken Schläfe, der Rest besteht aus huckligen, roten Geschwüren. Aber das Gesicht ist unversehrt. Die Augen sind in Ordnung. Glück gehabt.

Alexander Dunditsch liegt da, die Decke bis zum Kinn

hochgezogen. Die Narkose wirkt noch nach, er spricht langsam.

«Setz dich. Da ist ein Stuhl. Ich bleibe liegen, wenn du erlaubst.»

«Soll ich vielleicht später noch mal wiederkommen?» Ich habe das Gefühl, ich störe.

«Schon gut, setz dich. Reden können wir. Wann das alles passiert ist, ja? 86. Beim Anflug auf Gardez. Wir waren schon im Landeanflug, die Landebahn wurde sichtbar …»

Die Landebahn wurde sichtbar, und Dunditsch zog den Pitchhebel zu sich heran. Der Hubschrauber stürzte wie üblich für einen Sekundenbruchteil in die Schwerelosigkeit, dann bekam er wieder Luft unter sich und flog gleichmäßiger. Nur noch über die Biegung, dann wären sie da gewesen.

Es war ein gewöhnlicher Einsatz, wie Dunditsch ihn im letzten halben Kriegsjahr zu Dutzenden geflogen ist. Dieses Mal sollte er Fallschirmjäger, zwölf Mann, von Kabul nach Gardez bringen. Keine große Entfernung, fast die ganze Zeit über flacher Ebene, nur beim Anflug Berge, der Flug verhieß keine besonderen Schwierigkeiten. Ein normaler Job.

Gardez ruhte wie ein flacher Pfannkuchen in der Wüste und verdeckte den Horizont. Die Landebahn wuchs bis auf Lakengröße an, und Dunditsch ging in den Sinkflug.

Die zwei Rauchspuren sah er sofort und hatte in dem Moment auch schon begriffen, dass es Raketen waren. Alles Weitere nahm er stoßweise und rasend schnell wahr.

Die erste Rakete flog zu hoch, er konnte noch ihre Rauchspur über der Kabine verfolgen. Die zweite traf die hintere Hälfte des Rumpfes, in Motornähe. Es gab einen Ruck, der Hubschrauber kippte zur Seite und prallte auf einen Felsen. Splitter der Rotorblätter schossen in alle Richtungen. «Nur nicht in die Kabine», dachte er. Der von der Schraube befreite Motor heulte auf, im Laderaum brüllten die Fallschirmjäger, die Landebahn kippte und rutschte himmelwärts, die Erde stellte sich steil auf, und unter ihr, mit den Armen fuchtelnd, liefen Menschen auf den abstürzenden Helikopter zu …

Durch den Aufprall verschwamm alles vor seinen Augen, er war schwach, verlor aber trotz des Schwindels nicht das Bewusstsein. Dunditsch nahm noch wahr, dass der Hubschrauber auf ein kleines Fleckchen Erde am Rande einer Schlucht gestürzt war und jetzt schaukelnd über dem Abgrund hing. Wie im Kino. Der Abgrund war die Mitte der Waage. Auf der einen Waagschale lag das Leben von zwölf jungen Männern, die die Maschine mit ihrem Gesamtgewicht auf den Felsvorsprung drückten. Auf der anderen Waagschale lag sein eigenes Leben. Er wusste: Er wird nur so lange überleben, wie im Schwanz des Helikopters zwölf Fallschirmjäger sitzen. Sie werden so lange überleben, wie er versucht, die Maschine zu halten. So einfach. Ist eben passiert. Niemand ist schuld. Aber jemand muss sterben.

Alexander entschied, dass sein Leben weniger wert war als das Leben der zwölf Jungs, und befahl ihnen abzuspringen.

«An mich selbst habe ich dabei gar nicht gedacht. Das Wichtigste war, die Insassen zu retten. Der Hubschrauber rutschte langsam ab, und ich schrie, sie sollen springen. Ich versuchte, die Maschine irgendwie zu balancieren, sie mit dem Steuer zu beeinflussen, um sie länger auf der Kante der Schlucht zu halten.»

Als der letzte Soldat gesprungen war, wippte der Hubschrauber noch einmal, kippte dann zur Seite und flog mit Alexander Dunditsch in der Kabine in die Tiefe.

«Ich weiß noch, wie ich tief unten die Erde sah und dachte: Das ist das Ende. Dann der Aufschlag und Dunkelheit ...»

Durch den Aufprall geriet der Hubschrauber in Flammen. Als die Fallschirmjäger nach unten gerannt waren und Dunditsch aus dem Feuer zogen, war er fast tot – der Sturz hatte ihm das Rückgrat gebrochen, einen Arm zertrümmert und ein Bein fast abgerissen, es hing nur noch an der Hose und einigen Sehnen.

In einem Zimmer mit weiß gestrichenen Wänden kam er wieder zu sich. Neben ihm eine Frau im Kittel. Sie roch nach Zigaretten.

«Wo bin ich?»

«Im Krankenhaus. In Kabul», antwortete die Frau.

«Warum spüre ich meine Beine nicht? Sind sie noch dran?»

«Ja. Du hattest eine starke Prellung. Das geht vorbei.» Sie sprach zu ihm wie zu einem Kind.

«Ich will meine Beine sehen. Heben Sie mich an.»

Die Frau schlug die Bettdecke zurück und hob seinen Kopf. Die Beine waren noch dran. Das rechte schien in Ordnung zu sein, das linke aber war so verstümmelt, dass schon der Anblick weh tat. Aber den Ärzten war es irgendwie gelungen, die Teile zusammenzuflicken.

«Geben Sie mir eine Zigarette.»

Die Frau steckte eine Zigarette an und schob sie ihm zwischen die Lippen. Nach zwei Zügen wurde Dunditsch erneut ohnmächtig.

Als er endgültig erwachte, war niemand mehr in seinem Zimmer. Dann kamen die Ärzte. Sie sagten, sein Zustand sei stabil und alles werde wieder gut. Ihn quälte nur eine Frage – warum schien sein Körper an der Hüfte aufzuhören, und alles darunter war fremd, als gehörten die Beine nicht ihm?

«Im ersten halben Jahr spürte ich meine Beine überhaupt nicht. Die Ärzte sagten mir nicht, dass mein Rückgrat gebrochen war. Sie sagten, es sei eine Kontusion, und mir wollte das nicht einleuchten, eine Prellung, gut und schön, aber warum spüre ich meine Beine nicht? Dann sagten sie mir, warum ... Es war ein Schlag. Ich wollte nicht mehr leben. Jagte meine Frau weg – leb allein, ich habe jetzt kein Leben mehr, nur noch Kampf. Aber ich hatte kleine Kinder, sie hielten mich. Wie jeder anständige Kerl war ich verpflichtet, sie auf die eigenen Beine zu stellen. Nur deshalb wollte ich wieder leben, wollte kämpfen. Alles musste ich neu lernen ...»

Für den Anfang musste er erst einmal sitzen lernen. Ein Jahr lang hatte er bewegungslos gelegen, und der Körper war die aufrechte Haltung einfach nicht mehr gewohnt. Sobald die Krankenschwestern ihn nur ein bisschen vom Kissen anhoben, verlor er das Bewusstsein. Doch er trainierte hartnäckig. Bald konnte er schon eine Minute sitzen, bevor er ohnmächtig wurde. Dann zwei. Dann fünf, zehn, fünfzehn. Der Rekord war drei Stunden.

Sobald er sitzen konnte, fing er mit den Übungen für die Beine an. Zwei-, dreimal am Tag zog er die Zehen an und ließ wieder locker, zog sie an, ließ locker. Das heißt, er versuchte es, denn die Beine blieben gefühllos. Aber er kämpfte. Und als sich nach einem halben Jahr am rechten

Fuß ein Zeh rührte, lief vor Aufregung das ganze Spital zusammen.

«Das war wie ein Wunder. Damals glaubte ich, ich würde wieder gehen können. Der Rollstuhl würde mir erspart bleiben. Ich fing an, das Stehen zu üben. Auch für je eine Minute. Helfer stellten mich an die Wand – und ich blieb stehen.»

Um aus diesem Abgrund bei Gardez herauszukommen, in den er im Dezember 1986 mit seinem Hubschrauber gestürzt war, benötigte Alexander Dunditsch viele Jahre. Jeder Tag war eine Schlacht für ihn, jeder Tag brachte einen neuen Rekord – erst in Minuten, dann in Schritten, dann in Metern. Anfangs auf Krücken, dann mit zwei Spazierstöcken, dann mit einem. Der nächste Rekord – hundert Schritte ohne fremde Hilfe – bedeutete für ihn, dass eine weitere Stufe auf der Rückkehr zu einem normalen Leben genommen war. Er trainierte jeden Tag, Schritt für Schritt, Stunde für Stunde.

Nur einmal gab es eine Unterbrechung – als er gestürzt war. Die Putzfrau wischte den Boden, Dunditsch wollte an ihr vorbeigehen, rutschte aber auf dem nassen Linoleum aus und drohte mit dem Rücken genau auf den Eimer zu fallen. Wie durch ein Wunder konnte er sich noch umdrehen und fiel auf den Bauch. Danach stand er eine Woche nicht auf – er konnte seine Angst nicht bezwingen. Und verzichtete von nun an nicht mehr auf seinen Stock.

Als die Scharniere – zwei miteinander verschraubte Metallplatten – von der Wirbelsäule abgenommen wurden, begann er, in der Sporthalle zu trainieren. Er bat das Armeekommando, ihn zu dem Spezialisten Valentin Dikulj zu fahren, und der war bereit, ihn aufzunehmen. Das Krankenhaus stellte ein Fahrzeug, und Dunditsch wurde jeden Tag zum Üben dorthin gefahren.

«Er nahm mir die Stöcke ab und brachte mir bei, an der Wand entlangzugehen. Einmal führte er mich in einen schmalen Korridor – so schmal, dass ich mit ausgestreckten Armen beide Wände berühren konnte –, aber das nur zur Sicherheit, er erlaubte mir nicht, die Wände anzufassen. Er stellte mich in den Flur und sagte: ‹Jetzt geh.› Und ich machte zwei Schritte. Das war ein Triumph. Große Freude. Ich konnte wieder gehen.»

Dann verschlechterte sich wieder alles. Der Schmerz kam und ließ keine Sekunde nach. Am Rücken öffnete sich die Wunde, Fisteln bildeten sich. Das zertrümmerte Bein wollte nicht verheilen, durch die Belastung hatten sich die Knochensplitter verschoben und drangen nach außen. Der Knochen fing an zu faulen, es kam zu einer Osteomyelitis, einer Entzündung des Knochenmarks. Die Fisteln heilten ein Jahr lang nicht ab, und wieder wurde eine Amputation erwogen.

Im Jahr 1993 hatten die Jungs aus dem Gebietsverband der Afghanistankrieger es geschafft, Dunditsch eine kostenlose Behandlung in Deutschland zu ermöglichen. Die Hinreise erfolgte mit einem Transportflugzeug – es war das letzte Jahr, dass unsere Truppen in Deutschland stationiert waren.

«In Russland hatte ich sieben Jahre vor mich hin gefault. Sieben Jahre lang hatte ich ein Loch im Rücken, das nicht zuheilen wollte. Die Wirbelsäule schien schon durch. In Deutschland heilte man mich innerhalb von vier Tagen. Man stopfte es einfach zu, und am nächsten Tag hieß es: ‹Alexander, aufstehen.› Und ich stand auf. Ich will nicht sagen, dass sie dort bessere Ärzte haben – unsere sind genauso gut, ich kann bis heute nicht fassen, dass sie mein Bein gerettet haben. Aber eben die Medikamente …»

Die Medikamente erwiesen sich als großes Problem. Als Alexander aus Deutschland zurückkehrte, war in Russland alles eine Frage des Geldes geworden. Trainieren bei Dikulj konnte er nicht mehr – der musste jetzt Miete zahlen, und die Klinik war ebenfalls kostenpflichtig geworden. Auch die Medikamente kosteten Geld. Die Wunden eiterten wieder, und das ließ sich nicht mehr stoppen. Er lebte in Krankenhäusern und kam nach Hause, als wäre er zu Besuch. In dieser Zeit schnitten, säuberten und nähten sie ihn siebenundvierzigmal. All das führte dazu, dass Alexanders Nieren allmählich versagten.

«Zwanzig Jahre lang hatten sie mir Tag für Tag Antibiotika gespritzt. Ich wusste damals nicht, wie schädlich das ist. Und natürlich hielten die Nieren das nicht aus. Seit anderthalb Jahren muss ich jetzt zur Dialyse – alle drei Tage. Sonst sterbe ich. Jetzt brauche ich eine Nierentransplantation. Das ist meine einzige Hoffnung. Die Hoffnung, noch ein Weilchen zu leben …»

Die Hoffnung ist sehr gering. Transplantationen erfolgen in Russland praktisch in einem rechtsfreien Raum. Die Ärzte scheuen davor zurück, weil sie Angst vor Strafverfolgung haben. Man würde Alexander wieder in Deutschland aufnehmen, aber diesmal kostet die Operation etwas. Er braucht Geld. Sehr viel Geld – einige zigtausend Euro. Geld, das der Afghanistan-Veteran, Träger des Roten Sterns, Kommandeur der Besatzung eines Mi-8, nicht besitzt. Seine Rente berechnet sich nach der Dienstzeit. Ein Tag im Spital zählt wie drei, deshalb hat Alexander Dunditsch rein rechnerisch fünfzig Jahre in der Armee gedient. Für dieses halbe Jahrhundert zahlt ihm der Staat eine Rente von monatlich sechseinhalbtausend Rubel. Zweihundertzwanzig Dollar.

«Im Moskauer Gebiet gab es vor einigen Jahren noch hundertzwanzig Invaliden der ersten Gruppe, die in Afghanistan gewesen waren. Heute ist es nur noch die Hälfte, bestimmt sind die anderen gestorben. Ist es denn so schwer, uns zu helfen? Hat die Regierung nicht das Geld, die Medikamente für ein halbes Hundert Veteranen zu bezahlen? Ich habe keine Angst zu sterben. Ich würde nur so gern noch leben ...»

Der Arzt kommt, und Dunditsch wird zur Behandlung abgeholt. Wieder die Fisteln säubern. Wieder Antibiotika spritzen, die seine Nieren kaputt machen, die wiederum seine Fisteln nicht heilen lassen. Ein Teufelskreis, aus dem man sich nur mit Geld herauskaufen kann.

Ich trete auf die Straße. Der kleine Soldat mit den Verbrennungen ist nicht mehr da. Stattdessen ein anderer, mit zerschlagenen Beinen. Ich passiere den Kontrollpunkt und gehe über das Feld zum Bahnhof. Es duftet nach Sommer, nach frischgemähtem Gras. Wolken sammeln sich am Himmel – es wird regnen. Aber ich denke nicht daran.

Ich denke nur daran, dass hinter meinem Rücken im Krankenzimmer ein Mann stirbt, der zwölf Leben gerettet hat und der nun schon seit zwanzig Jahren für diese letzte Sekunde eines Krieges bezahlt, in dem seine Tapferkeit über die Todesangst siegte und er mitsamt dem Hubschrauber in den Abgrund stürzte.

Wenn er kein Geld für die Operation findet, wird er schon sehr bald sterben.

Steh auf und flieg

Es stimmt natürlich, dass heute, im Jahr 2005, nur noch sehr wenige Helden der Sowjetunion übrig sind – insgesamt vielleicht neunhundert Mann. Und dass die Regierung diese neunhundert eigentlich auf Händen tragen müsste. Die Heldenorden haben sie schließlich nicht nachgeschmissen bekommen – sie haben wirklich Heldenhaftes dafür geleistet. Das ist wahr.

Genauso wahr ist, dass diese Männer, die besten des Landes, sich heute in einem Vakuum befinden – sie sind dem Staat zu nichts mehr nütze. Ihre Phantomschmerzen sind nichts im Vergleich zum Schmerz ihrer Seele. Aber wer selbst keine Seele mehr hat und die seelischen Phantomschmerzen nicht nachempfinden kann, der schenkt ihnen kein Gehör. Denn hungernde Helden – das ist das Ende für das Land, schlimmer geht es nicht.

Das alles ist richtig. So ist es. Aber schreiben möchte ich über etwas anderes. Über einen Menschen.

Jeder Journalist weiß: Über ein schmerzliches Thema kann man sich nur eine, anderthalb Stunden unterhalten. Länger lässt sich die emotionale Spannung einfach nicht ertragen, Erzähler und Zuhörer drohen von zu viel Erinnerung durchzuglühen, wie ein zu dünner Draht vom Strom. Das ist das Signal, zum Ende zu kommen. Weiterreden ist zwecklos.

Mit Walerij Burkow, Held der Sowjetunion und Oberst

im Ruhestand, habe ich viel länger gesprochen. Vielleicht weil seine Geschichte so aufwühlend ist und sich einfach nicht in den Rahmen eines einzigen Lebens fügen will.

Oder weil er mit Leichtigkeit erzählt, ohne sich zu quälen. Er neigt zur Ironie und lächelt gern. Seine Lieblingswendung ist: «Ich bereue nichts.» Obwohl wir über den Krieg reden. Darüber, wie er verwundet wurde.

***

Die beherrschende Höhe nahmen sie nach allen Regeln der Kunst. Sie näherten sich von hinten, fielen unerwartet wie Schnee über die afghanischen Aufständischen her. Die ergriffen sofort die Flucht, versuchten gar nicht erst, Widerstand zu leisten.

Manch einer schoss den fliehenden Rebellen schon hinterher, andere richteten die Maschinengewehre neu aus, Hubschrauber bearbeiteten mit ungelenkten Raketen die Steine vor den Stellungen … Alles geschah blitzschnell, wie nach Lehrbuch.

Nachdem der Geschützdonner verhallt war, sahen sie sich um. Burkow bemerkte eine Grotte in der Nähe. Es zog ihn dorthin, er wollte herausfinden, wozu sie diente.

«Ich komme dahin und sehe: ein schweres Maschinengewehr – eine Duschka! Patronengurte lagen herum, Granaten. Ich hatte schon Erfahrung, hab mich umgesehen – nein, nichts vermint, keine Sprengfallen. Wir waren auch so rasch gelaufen, dass sie das gar nicht geschafft hätten. Also kletterte ich da rein. Eine elegante Schießscharte: Von dort aus hatte man sowohl das Tal als auch anfliegende Helikopter im Schussfeld – nett ausgedacht. Alles wie auf dem Präsentierteller. Ich greife mir ein paar Patronengurte,

Granaten und klettere raus. ‹Jungs, hab Trophäen!› Lege sie auf einen Stein, dreh mich nach links, mach einen Schritt und …»

Die Detonation hörte er, als käme sie von der Seite. Erster Gedanke: Scheiße, da ist jemand in die Luft geflogen. Zweiter Gedanke: Verflucht, dieser Jemand bin ich.

Als er die Augen öffnete, galt sein erster Blick den Beinen. Die Knie waren unversehrt. Weiter unten konnte er nichts erkennen. Er versuchte, sich zu bewegen – der rechte Arm tat weh. Sein Unterarm war durchschossen, ein münzgroßes Loch klaffte. Aber das Blut tröpfelte nur. Die Mundhöhle fühlte sich taub an. Er schielte in die Richtung – da hingen Hautfetzen. Ein Splitter hatte Kinn und Nase gestreift und war himmelwärts geflogen.

«Ein junger Soldat kam angelaufen und weinte fast: ‹Genosse Hauptmann, Genosse Hauptmann, was machen wir, wie kann ich helfen?› – ‹Reich mir den Antennendraht›, sage ich, ‹zum Abschnüren.› Er nimmt ihn – so etwas hatte ich noch nicht gesehen, er stand mehr unter Schock als ich –, sagt: ‹Genosse Hauptmann, Genosse Hauptmann, halten Sie durch, ich mach das schon›, und zerteilt vor meinen Augen die Antenne mit den Händen. Legt mir eine Abschnürbinde. Ich frage: ‹Und die Beine? Beide abgerissen?› – ‹Das rechte abgerissen, das linke kaputt … Was machen Sie nur, Genosse Hauptmann …› – ‹Ja, ja, blöd von mir, da reinzugehen.› Und plötzlich wurde ich ärgerlich – eine einzige Mine, verflucht, und ausgerechnet da muss ich drauftreten … Wie wird meine Mutter damit fertigwerden? Vor einem Jahr mein Vater und jetzt ich.»

***

Der Krieg begann für Walerij Burkow im August 1981, als sein Vater nach Afghanistan geschickt wurde.

«Mein Vater rief mich an und sagte: ‹Ich werde in den Süden geschickt. Du weißt, was für ein Süden?› – ‹Natürlich weiß ich das›, antwortete ich. ‹Willst du nachkommen?› – ‹Ja.›»

Doch gemeinsam zu dienen, das war ihnen nicht gegeben. Das Schicksal schien ihnen absichtlich Steine in den Weg legen zu wollen. Erst erkrankte Burkow junior bei einem Dienstaufenthalt bei Irkutsk an Tuberkulose. Diese Diagnose ist ausreichend, um in gemäßigtem Klima für ein Jahr fluguntauglich geschrieben zu werden, vom Süden kann schon gar keine Rede sein. Burkow aber überredete die Ärzte, ihm den Kriegseinsatz zu genehmigen. Sie unterschrieben ihm den Bericht. Doch das nächste Unglück zog schon herauf.

«Ich sollte schon abfliegen. Man bat mich, ein letztes Mal Streife zu gehen. Ich komme von der Streife zurück, will in die Kaserne – da läuft mir eine Frau nach: ‹Sind Sie Burkow?› – ‹Ja.› Sie reicht mir ein Telegramm. ‹Ihr Vater ist gefallen …›»

Sein Vater fiel bei der ersten Operation im Pandschir-Tal. Die Truppen waren in eine Schlucht gegangen, um Ahmed Schah Massud an die Grenze zu drängen. Dass das hochriskant war, war ihnen allen von Anfang an klar. Damals wusste noch niemand, was das für eine Gegend ist – Pandschir. Sie drängelten da rein, als ginge es ans Buffet. Und bei Balandscheri gerieten sie in die Scheiße.

Burkow senior koordinierte die Luftunterstützung – er flog im Kommandohubschrauber über der Schlucht. Als neben ihnen eine andere Maschine abstürzte, befahl er die Landung, um die Jungs aufzunehmen.

«Bei der Landung wurden sie ebenfalls angeschossen: Ein Feuerstoß aus einer Duschka durchschlug den Heckträger. Aber sie kamen normal runter, ohne zu zerschellen. Vater befahl, den Hubschrauber zu verlassen. Die Flieger sprangen durch die Seitentüren, er befand sich noch im Passagierraum. Dort stehen die Treibstofftanks – sechshundert Liter Treibstoff –, und er brauchte eine Weile, um zum Ausgang zu gelangen. Diese Zeit, diese paar Sekunden hatte er nicht. Er war fast draußen, stand schon in der Tür, als der Hubschrauber explodierte. Er stand sofort in einem Feuerball und wurde aus der Maschine geschleudert. Die Jungs haben mir später erzählt: Das Einzige, was unverbrannt an ihm war, war ein weißer Hautstreifen unter der Koppel ...»

Den Vater nahm Burkow auf dem Flughafen Swerdlowsk allein in Empfang. Eine «schwarze Tulpe» landete, die Luke ging auf, er kletterte hinein. Mit rohen Brettern verkleideter Zink, darauf ein Schildchen – Oberst Burkow. Das war alles.

Nach dem Tod des Vaters wurde der Junior nach Swerdlowsk versetzt – näher an zu Hause. Man gab ihm einen schicken Posten: Flugleiter am Flughafen.

«Ein Ruhekissen. Ein Tag Dienst, drei Tage zu Hause. Dienstrang gesichert. Ein Oberstleutnantsposten – und das mir, dem Leutnant, der gerade aus der Ausbildung gekommen war. Das war eine Art Wertschätzung für den Sohn des gefallenen Obersten, damals kümmerte sich der Staat noch um seine Soldaten.»

Aber Burkow wollte kein Ruhekissen. Er schrieb weiter seine Meldungen, die alle mit einem Satz endeten: «Ich will mich der Ehre meines Vaters würdig zeigen.» Die Meldungen kamen zurück: «Afghanistan kommt nicht in Frage, ein gefallener Burkow reicht.» Er schrieb neue. War überzeugt, dass zwei Burkows nicht in einem Krieg sterben könnten.

«Es ging mir nicht um Rache. Rachedurstig war ich, Gott sei Dank, weder damals noch später. Wir sind einfach so erzogen worden: Wenn Krieg ist, hat der Offizier dabei zu sein. Und als man einen Fliegerverbindungsoffizier für Afghanistan suchte, habe ich mich als Erster gemeldet. Sie haben mich angeguckt wie einen Idioten. Alle wussten, was es bedeutet, ein Fliegerverbindungsoffizier zu sein: ständig mit der Infanterie in den Bergen rumlaufen, durchs Gestrüpp, durch die Wüste – bei Hitze und Kälte. Im Rang eines Oberstleutnants ... Da muss man schon verrückt sein.»

***

Ein Jahr nach seiner Ankunft in Afghanistan begann die zweite Operation im Pandschir-Tal. Wieder das Gleiche – Armee in die Schlucht, Kämpfer zur Grenze wegdrücken. Als Fliegerverbindungsoffizier war Burkow ganz vorn mit der Infanterie unterwegs. Er ging durch dieselben Berge, in denen sein Vater bei lebendigem Leibe verbrannt war.

Diesmal war der Angriff besser organisiert. Der Kampf, an dem sein Regiment beteiligt war, war der einzige innerhalb von mehreren Tagen. Und verwundet wurde er als Einziger.

«Der Befehlshaber der Luftstreitkräfte, General Kolodij, verfolgte die Operation. Er saß mit dem Brigadekommandeur zusammen. Sie redeten über Gott und die Welt, und dem Befehlshaber fiel plötzlich ein: ‹Unter meinen Leuten ist dieser Verbindungsoffizier Burkow, sein Vater ist genau hier gefallen, ich habe ihm heute ein letztes Mal erlaubt, ins Feld zu gehen. Wenn er zurück ist, hole ich ihn zu mir in den Stab, ich lasse ihn nicht mehr an Kampfhandlungen teilnehmen.› Und kaum hatte er das gesagt, kam über Funk die Meldung: Burkow verwundet ...»

Als sie ihn zum Hubschrauber trugen, kam der Schmerz. Das linke Bein baumelte an einem Muskel und blieb immer wieder an Steinen hängen. Um es zu schützen, stellte Burkow das rechte Bein vor, aus dem ein Knochen herausragte.

Als sie ihn die Treppe hochtrugen, blieb das Bein an einer Stufe hängen, er konnte es nicht mehr verhindern. Das war dann erst der richtige Schmerz.

Am nächsten lag Bagram, doch dort flog man Burkow nicht hin, sondern ins Sanitätsbataillon bei Kabul. Kolodij ließ extra den besten Traumatologie-Chirurgen in ganz Afghanistan holen.

«Von ihm hieß es: Wenn Kuzmitsch sagt, man muss den Kopf abschneiden und ihn dann wieder annähen – kein Problem, Kuzmitsch kann man vertrauen. Er erinnerte mich an Felix Edmundowitsch Dzierschinski. Und als ich ihn sah, fühlte ich mich irgendwie beruhigt ... und verlor das Bewusstsein.»

***

Am anderen Morgen kam er zu sich und warf die Bettdecke zurück – die Reste seiner Beine in Gips. Der Beine, die er nicht mehr hatte.

«Aber ich bin nicht verzweifelt damals, habe mich ans Leben geklammert. Ich hab mich nicht gefragt, wie konnte das passieren, wie soll ich jetzt weiterleben. Ich hatte nur ein Bild vor Augen – ich bin jetzt wie Maressjew! Ich bin doch auch Flieger, worin sollte ich schlechter sein? Ach, zum Teufel mit denen, dachte ich dann. Ich mache mir neue Vorbilder! Und das hab ich gemacht.»

Er lächelt wieder.

Es war quälend schwer für ihn, wieder auf die Beine zu kommen, auch nur eine halbe Stunde zu sitzen mit den Prothesen. Aber Burkow war hart zu sich selbst. Er wusste, wenn er Selbstmitleid bekommt, wird er nie wieder auf den Beinen stehen. Und er beschloss: Er muss sich in eine Situation bringen, in der er gar nicht anders kann als zu gehen. Er fuhr nach Petersburg, zum Prothesen-Institut – allein, ohne Begleitung –, und war fast vierundzwanzig Stunden lang auf den Beinen.

«Meine Beine waren wie aus Holz. Dann kam der Moment, da ich mitten auf der Straße stand und keinen Schritt mehr tun konnte. Ich musste mich hinsetzen. Aber wo? Keine Bank, nichts in der Nähe. Also ging ich weiter. Und auf diese Weise, Schritt für Schritt, habe ich wieder gehen gelernt.»

Gehen lernte er dann so gut, dass die Prothesen es nicht aushielten; eine nach der anderen ging kaputt. Das Metall war nicht für die Lebensgeschwindigkeit gemacht, die er sich vorgegeben hatte. Auf künstlichen Beinen lief Burkow bald herum, tanzte, spielte Volleyball, fuhr Rad, sprang mit dem Fallschirm und lenkte ein Flugzeug. Ja, ja! Er ist doch noch ein zweiter Maressjew geworden – jedes Jahr kommt Walerij Burkow auf den Flughafen und steigt in die Lüfte.

«Ich bereue nichts. Nur einen Traum habe ich noch. Der ist natürlich unrealistisch, aber was soll's. Wenn ich der Staat wäre, würde ich mich da hochschießen – der erste Beinlose … Außerdem bin ich Flieger, brauche weniger Vorbereitung als die anderen. Wenn sie mir sagen würden:

‹Zum Mars ohne Rückfahrschein!› – Teufel noch mal, ich würde fliegen!»

In den zwanzig Jahren seit der Verwundung hat Walerij Burkow sich bis zum Rang des Obersten hochgedient; er hat ein «Statut über die Gruppen der Luftwaffenkampfführung» geschrieben, das vom Verteidigungsministerium verabschiedet wurde und nach dem eine ganze Generation von Fliegerverbindungsoffizieren ausgebildet worden ist (niemand hatte zuvor etwas Derartiges in der Armee gemacht); er ist Held der Sowjetunion geworden, hat die Stiftung «Helden des Vaterlandes» gegründet, als Vorsitzender des Invalidenverbandes gearbeitet und ist Berater des Präsidenten für den sozialen Schutz behinderter Menschen gewesen. Er beförderte die Ausarbeitung einer «Verfügung über die Invaliden-Rehabilitation», eine «Verfügung über den barrierefreien Raum» und gesetzliche Änderungen an den Baunormen.

«Jelzin hat auf mich den Eindruck eines Menschen gemacht, der nachdenkt. Jedenfalls hat er uns nie eine Bitte abgeschlagen. Wir bekamen alles von ihm, was wir wollten.»

Seine Arbeit musste er mit ehrenamtlichen Tätigkeiten in Einklang bringen. Die Burkows lebten damals in Monino: aufstehen um sechs Uhr, anderthalb Stunden mit der Straßenbahn, und nach dem Dienst die Betreuung der «Schützlinge». Er traf sich mit allen «Afghanen» – den Invaliden der ersten und zweiten Gruppe –, vergaß keinen einzigen.

«Das persönliche Vorbild stärkt den Lebenswillen mehr als jede Psychotherapie. Mir schleppten sie im Krankenhaus immer Bücher an, darüber, wie andere Leute wieder auf die Beine gekommen sind. Viele Jahre später bin ich dann selbst ins Krankenhaus gegangen, zu den Tschetschenien-Jungs. Ich hab so einen Bekannten, der ist Arzt. Der ruft mich an: ‹Komm her, hier ist einer lebensmüde.› Ich fahr abends, damit niemand es sieht, dahin, ziehe mir einen Patientenpyjama an, rolle am Morgen im Rollstuhl auf den Flur, durch die Krankenzimmer, schließe mit den Jungs Bekanntschaft. Damit sie mich in Erinnerung behalten – genauso einer ohne Beine wie sie. Und abends lege ich die Prothesen an, die Paradeuniformjacke, und komme zu ihnen ins Krankenzimmer, als wäre nichts – ‹Ich geh einkaufen, Jungs, wem soll ich was mitbringen?› Da machen die vielleicht große Augen. Mehr braucht es nicht. Die beste Medizin. Später hab ich im Fernsehen gesehen, wie einer von ihnen mit dem Fallschirmspringen anfing, nach dem Motto: Burkow hat mir geholfen, soll ich das schlechter können als er?»

Die von ihm erarbeiteten «Vorschläge zur Chancengleichheit für Invaliden» sind von der UN-Generalversammlung, die Burkow als Ehrengast eingeladen hat, verabschiedet worden.

«Im Westen haben sie meine Arbeit viel früher zu würdigen gewusst. Bei uns dagegen wurde das Amt des Präsidentenberaters abgeschafft. Aber ich bin froh, dass ich nichts mehr mit den Machthabern zu tun habe. Es war unerträglich, diese Willkür mit anzusehen ... Lieber drei Jahre in Afghanistan als ein Jahr in der Regierung. Da siehst du von innen, wie Russland betrogen wird, wie die Leute an der Nase herumgeführt werden. Schon damals hatte ich das allmählich satt, jetzt bekam ich wieder damit zu tun. Nur dass ich damals klein beigegeben habe, während ich heute unerbittlich bleibe.»

Am sechsten Juli dieses Jahres haben die Helden der

Sowjetunion einen Hungerstreik begonnen, der einundzwanzig Tage andauerte. Sie protestieren gegen die Verabschiedung von Änderungen im «Gesetz über den Status der Helden», durch die Vergünstigungen abgeschafft und ihrer Meinung nach der Begriff der «Heldentat» selbst entwertet wurde. All das unter der Begleitmusik offizieller Aufrufe zur Erziehung zum Patriotismus und dazu, dass es endlich Zeit sei, sich von den Knien zu erheben. Der Hungerstreik blieb bislang leider erfolglos – Wladimir Putin hat das Gesetz bereits unterschrieben.

«Die Machthaber sind krank. Sie müssen zum Arzt – zum Volk», glaubt Walerij Anatoljewitsch.

Es geht auf Mitternacht zu. Ich muss gehen, damit ich die letzte U-Bahn kriege. Walerij Anatoljewitsch schüttelt mir die Hand.

«Kommen Sie mal wieder vorbei, Sie kennen ja jetzt den Weg. Hungern werden wir wohl noch eine ganze Weile.»

Ich trete hinaus auf die Straße. Es ist Nacht, die Laternen leuchten. Aus dem Metroeingang dröhnt Musik, die Leute quetschen sich in die Routentaxis. An einer Kreuzung hupt ununterbrochen ein BMW. Moskau geht seinem Alltag nach. Dass ganz in der Nähe die Helden der Sowjetunion hungern, ist den Leuten scheißegal.

Für alles muss man zahlen. Für Gleichgültigkeit doppelt. Jeder bekommt schon mit der Geburt seinen Anteil an Leiden und Glück mitgegeben. Und jeder muss seinen Kredit abbezahlen, bis zum Ende. So ist es abgemacht. Wir beginnen bei null und hören bei null auf. Der Kreis muss sich schließen. Man kann nicht sein ganzes Leben als glücklicher Wiederkäuer verbringen. Wenn du deinen Teil Gleichgültigkeit verbrauchst, ohne deinen Teil Mitleid eingesetzt zu haben, dann gehen deine Leiden auf deine Kinder über. Aber in vielfacher Potenz. Das ist unausweichlich. Deshalb muss am Ende immer eine Null stehen.

Russland und der Krieg

Russland ist ein Land des Krieges. Seit den türkischen Feldzügen hat es bei uns ungefähr alle fünfundzwanzig Jahre einen Krieg gegeben. Einen in jeder Generation.

Das vergangene Jahrhundert bildet eine Ausnahme. Der Bürgerkrieg, der finnische, der Vaterländische, Ungarn, Tschechoslowakei, Vietnam, Kambodscha, Ägypten, Angola. Und ganz zuletzt – Afghanistan, Jugoslawien, Bergkarabach, Tadschikistan, Tschetschenien …

Assoziierte man das Wort «Veteran» früher ausschließlich mit dem Großen Vaterländischen Krieg, so verjüngt sich diese soziale Schicht, im Unterschied zum Rest des Landes. Wer 1995 als Soldat in Tschetschenien war, ist heute keine vierzig. Eine neue Generation, Reinkarnation.

Diese Menschen bilden eine eigene und nicht die kleinste Gruppierung in unserer Gesellschaft. Mit ihren ganz eigenen Traditionen, ihrer Erinnerung, ihren Helden, Problemen und Herausforderungen. Noch ein Volk eines wieder anderen Russlands.

Ich habe einen guten Bekannten, der ist Regisseur bei einem der großen Fernsehsender. Kleidet sich gut, geht ins Casino, Auto, Wohnung, angesehener Beruf. Als ich erfuhr, dass er Soldat in Afghanistan war, habe ich mich gewundert – so wenig passte er zu meiner Vorstellung von dem, was ein Veteran ist.

Bei Paschas Geschichte stehen einem die Haare zu Berge. Er diente in der Aufklärung. Im Februar 1989, als die Armee sich aus dem Gebiet der Demokratischen Republik Afghanistan zurückzog, wurde sein Zug beim Truppenabzug vergessen. Schlichtweg vergessen.

Erinnert ihr euch an den historischen Moment, als General Gromow von einem Schützenpanzer kletterte, die Brücke der Freundschaft überschritt und sagte, jetzt sei kein einziger sowjetischer Soldat mehr auf der anderen Seite? Das stimmt nicht ganz. Hinter ihm waren noch Leute. Mindestens ein verlorener Zug.

Aus Afghanistan mussten sie allein herausfinden, binnen Monaten. Dank ihrem Zugführer gelang es ihnen. Er führte sie bis zur Furt, an den Fluss Pjandsch. Und dort, am Ufer, hat er sich dann erschossen. Noch auf der anderen Seite, der afghanischen. Die Sowjetunion hat er nicht mehr betreten.

Als ich Pascha kennenlernte, war ich schon seit fünf Jahren nicht mehr in der Armee. Ich glaubte, mein Krieg wäre Vergangenheit. Mir schien, ich hätte die Rückkehr geschafft, die Wiedereingliederung in die Gesellschaft. Ich hatte den Krieg nicht vergessen, spürte ihn aber immer weniger in mir. Doch als Pascha seine Geschichte erzählte … Wäre damals jemand die Treppe an der Auffahrt des Ostankino-Geländes hochgekommen, wo wir unser Bier tranken, er hätte einen Schock bekommen. Zwei gutgekleidete Männer, Korrespondent und Fernsehregisseur, brüllten sich um zwei Uhr nachts mit verzerrten Gesichtern an und erzählten sich von ihrem Krieg. Unsere Masken fielen, wir wurden zu denen, die wir wirklich waren.

Mit Pascha habe ich ungefähr ein halbes Jahr lang gearbeitet. Wir sahen uns täglich zehn Stunden. Aber wir unterhielten uns wenig. Meistens nur über die Arbeit: «Das Material muss geschnitten werden … Wir müssen noch mal dahin, zu Ende drehen.» Nicht, dass wir uns aus dem Weg gegangen wären; das Einzige, was uns verband, war eben der Krieg, und darüber konnten wir nicht jeden Tag reden. Und die dienstlichen Gespräche nahmen nicht so viel Zeit in Anspruch, wie man meinen könnte.

Andere Themen interessierten uns wenig, jedenfalls fanden wir wenig gemeinsame. Wir waren einfach gute Kollegen. Ein Außenstehender hätte nie geahnt, dass wir diese Treppe hatten, die wir mehrmals im Monat hochstiegen, um dort aufzuhören, Mensch zu sein, und dass unser ganzes Leben lediglich eine Maske war und wir nur auf dieser Treppe wir selbst waren.

Ich bin Pascha dankbar für diese Gespräche. Er trat zur rechten Zeit in mein Leben und half mir, nicht zu vergessen, wer ich bin. Er ließ mich nicht zu dem werden, den ich hasse. Obwohl er selbst das wahrscheinlich gar nicht ahnt. Wir treffen uns auch heute noch ab und zu. Aber zwischen den Begegnungen rufen wir uns nicht einmal an wie früher.

Seither überkommt mich in einer Menschenansammlung jedes Mal ein seltsames Gefühl. Bis dato kamen alle Veteranen, denen ich im Leben begegnet war, und das sind sehr viele, im Leben schwer zurecht. Pascha zeigte mir einen neuen Aspekt – den erfolgreichen Veteranen. Das war es, was mich am meisten beeindruckte. Das wollte so gar nicht passen.

Die Menschen, die uns umgeben – sind das wirklich Menschen? Oder sind es Schatten, die eine Menschenhülle übergezogen haben und, so wie wir, von Treppe zu Treppe leben? Du schaust in die Menschenmenge, und hier und dort bildet sich im menschlichen Strom ein Vakuum.

Manchmal erkennt es dich und schaut dir direkt in die Augen.

Im Grunde sind wir doch nichts als unsere Vergangenheit.

***

Die soziale Mischung, die Integration aller gesellschaftlichen Schichten, ist eine der wichtigsten Voraussetzungen dafür, dass ein Volk sich als ein Ganzes wahrnimmt.

Heute gibt es das eine Land meiner Meinung nach nicht. Es gibt Dutzende verschiedener Russlands – das bäuerliche, das Rentner-, Lehrer-, Obdachlosen-, Knast-, Armuts-, Wohlstands-, Manager-, Top-Manager-, Oligarchen-Russland. Die Machthaber.

Es gibt keine Schnittmengen. Jeder lebt sein eigenes Leben. Ich habe noch nie gehört, dass ein Bauernsohn Manager bei Gazprom geworden wäre. Auch nicht, dass der Sohn eines Top-Managers von Gazprom in Tschetschenien gekämpft hätte.

Nur ein ganz geringer Teil der «Niemands» hatte die Chance, ein «Jemand» zu werden, und hat dann gleich die Tür hinter sich zugemacht. Wir nähern uns mit Riesenschritten einer Ära der Kastengesellschaft, mit ihren Brahmanen und Schustern. Das ist ein großes Problem für unser Land. Obwohl der Staat so eine Bevölkerung einfacher lenken kann.

Doch für den Staat ist das ebenfalls ein Problem, auch wenn er die Augen davor verschließen mag. Die Armen in den Krieg zu schicken, damit sie die Auseinandersetzungen der Reichen ausfechten, ist gefährlich. «Der Fisch gewinnt taktisch, wenn er den Wurm zu schmecken bekommt, aber er verliert strategisch, weil er am Haken hängt.»

***

Die Veteranen sind wohl eines der isoliertesten Völker dieses zersplitterten Russland, vereint weniger in sozialer Hinsicht als vielmehr durch ihre gemeinsame Vergangenheit.

In zehn Jahren sind 620000 Menschen durch Afghanistan gegangen, heißt es. 15400 davon wurden getötet, 39000 verwundet. Ungefähr zweihundertsiebzig sind spurlos verschollen. Diese Zahlen sind korrekt, mit Ausnahme der Verluststatistik. Aber nicht deshalb, weil man sie verschweigen würde – man hat jene, die in Krankenhäusern in der UdSSR ihren Verwundungen erlagen, nur nicht zu den in der Republik Afghanistan Gefallenen gezählt. Sie wurden berücksichtigt, aber unter einer anderen Rubrik.

Für Tschetschenien gibt es solche Daten nicht, das ist ein Geheimnis mit sieben Siegeln. Bedenkt man jedoch, dass die Gruppe der Streitkräfte auf dem Höhepunkt einhunderttausend Mann stark war, so kann man davon ausgehen, dass in zwölf Jahren achthunderttausend bis zu einer Million Mann durch Tschetschenien gegangen sind. Dazu die Einsätze aller möglichen Sondereinsatzkräfte und Bergungstrupps.

Summa summarum mehr als anderthalb Millionen Veteranen aus diesen beiden Kriegen. Die Bevölkerung einer Großstadt. Die Bürger Russlands, die im letzten Bürgerkrieg gegen die föderalen Kräfte gekämpft haben, noch gar nicht eingerechnet.

***

Man geht im Allgemeinen davon aus, dass die Armee einen Querschnitt der Gesellschaft abbildet. Irgendwann einmal, in einem anderen Land, als die Wehrpflicht tatsächlich noch allgemein verpflichtend war und Bürger (mehr oder weniger) aller Gesellschaftsschichten dienten, war das wohl auch so.

Ein Gefährte von mir, Offizier der Spezialeinsatzkräfte, erzählte mir, dass in seiner Gruppe ein diplomierter Koch, ein Sanitäter, ein Friseur und ein Pädagoge einfache Soldaten gewesen seien.

Ich habe mindestens fünf Bekannte, die als Soldaten in Afghanistan waren. Pascha ist Regisseur bei einem zentralen Fernsehsender. Der zweite leitet eines der größten Programme im selben Sender, als Produzent. Der dritte, der bei einer Detonation beide Beine verloren hat, arbeitet als Analytiker im Erdölbereich. Zwei sind Journalisten und Schriftsteller geworden. Sie alle waren einfache Soldaten, das betone ich. Rekruten. Und sie haben es geschafft.

Von den Offizieren ganz zu schweigen. Erfolgreiche Geschäftsleute (im positiven Sinne des Wortes) gibt es einige unter ihnen. Das prägnanteste Beispiel ist Nikolaj Zwetkow. Er war als Flieger im Krieg, ist während des Zerfalls der Sowjetunion aus der Armee ausgeschieden und hat am Plechanow-Institut studiert. Heute ist er Millionär, Aktionär von Lukoil und Vorstand von Uralsib. Das wohl bekannteste Beispiel ist Sergej Guljajew, der Anführer des «Marsches der Unzufriedenen» in Sankt Petersburg.

Ein klares Ziel ermöglicht klares Denken. Afghanistan haben wir nicht verloren. Dieser Krieg wurde durch eine politische Entscheidung in dem Moment beendet, als er schon fast gewonnen war. Und dieser Krieg hatte – aus Sicht der Geopolitik und des Imperiums – seinen Sinn. Ein

Imperium muss a priori bemüht sein, seinen Einfluss auszudehnen. Und darum ging es. Deshalb halten die «Afghanen» sich nicht für Veteranen einer gescheiterten Armee. Die Heroisierung ist das Los siegreicher Kriege. Sie stimmt den Menschen auf Siege im späteren Leben ein.

Paschas Geschichte ist dafür charakteristisch. Viele der «Afghanen» sind später erfolgreich geworden. Man findet sie heute nicht nur in der ehemaligen UdSSR, sondern auch in Europa (eine der größten Gemeinden ist in Deutschland) und in der Neuen Welt: in den USA und in Kanada. Viele «Afghanen» leben in Israel, wo sie das Spezialbataillon Alija gegründet haben. Leute von uns sind in Afrika und bei den UN-Friedenstruppen vertreten, in Minensucher-Bataillonen in Jugoslawien und sogar in der US-Armee im Irak. Ich persönlich kenne welche von ihnen, einer trägt in der Wüste bis heute vorschriftswidrig das blaue Barett der Luftlandetruppen der UdSSR.

Bei allen Mängeln, die die Armee damals hatte, besaß sie dennoch einen unbestreitbaren Vorteil – sie ließ den Menschen gesellschaftlich nicht völlig verkommen. Im Gegenteil, sie förderte die Gleichheit und vermittelte ein Gefühl von sozialer Gerechtigkeit. Und vielen öffnete sie den Weg nach oben, sei es auch nur durch Erleichterungen bei der Hochschulzulassung. Wer begabt und zielstrebig war, der bekam durch dieses Milieu die Chance, jemand zu werden. Das war gerecht.

Der «Afghane» schlug die Tür zum Leben nicht endgültig zu, er ließ sie einen Spalt weit offen. Obwohl das womöglich täuscht, weil diejenigen, die diesen Spalt nicht gefunden haben, ausgestorben sind. Wie zynisch das auch klingen mag.

Bei den «Tschetschenen» ist die Situation eine ganz andere. Der Tschetschenienkrieg ist bis heute nicht verarbeitet, nicht begriffen worden. Eine Niederlage, besonders eine moralische, macht anfällig für Niederlagen im Zivilleben. Sie bringt den Menschen um die Zukunft. Und das ist ein weiterer Verrat an den Jungs.

***

Eine Wehrpflichtigenarmee basiert auf einem einzigen Gedanken – der Pflicht vor dem Staat, der seinerseits auf dem Gefühl von sozialer Gerechtigkeit aufbaut. Ich lasse mir gern den Schädel kahl scheren und gebe meine Jugend her, wenn ich dafür Ausbildung, Arbeit, medizinische Versorgung, ein Alter unter menschenwürdigen Bedingungen, Unterstützung für meine Familie bekomme.

Während der Staat, der den Soldaten in Dienst nimmt, von diesem fordert, eine Zeitlang zum Schräubchen im System zu werden, verpflichtet er sich, diese gestiefelten siebenhundertdreißig Tage nach dessen Rückkehr zu kompensieren. Ihm zu helfen, sein inneres Ich wiederzufinden. So wie das, sagen wir, in Israel der Fall ist – den Ehemaligen der Zahal, der israelischen Streitkräfte, wird eine Arbeitstherapie angeboten, ein halbes Jahr in einem Kibbuz. Das funktioniert. Schwere körperliche Arbeit ist offenbar bestens geeignet, die vom Krieg beschädigte Seele wieder ins Gleichgewicht zu bringen. Eine in ihrer schlichten Eleganz großartige Lösung. Wie speziell für Russland erdacht – Kolchosen gibt es hier genug.

Oder was die Staaten in Vietnam gemacht haben. 1964 wurden in US-amerikanischen Zeitungen Fotos und Bordnummern von Jagdfliegern veröffentlicht – da war der Sohn des Verteidigungsministers, der Sohn des Vorsitzenden einer großen Parlamentspartei und noch jemand. Das war nicht für den Vietcong oder als PR-Aktion gedacht, sondern hatte ein einziges Ziel: Jeder Sergeant sollte sagen können: «Guckt, ihr Affen, habt ihr gesehen, wer da vorbeigeflogen ist? Er ist hier, er ist einer von uns!» Die sowjetische Flak nahm die Jagd auf diese Flugzeuge auf und schoss zwei davon ab, die Besatzung wurde später gegen Kriegsgefangene ausgetauscht. Doch die Fotos hoben die Stimmung unter den Soldaten gewaltig. Sie wussten: Sie waren nicht allein.

Bei uns gab es Derartiges nie. Hier lässt der Staat den Menschen sofort fallen und macht seine eigene Mobilisierungsleistung zunichte. Der Sohn eines Verteidigungsministers als Jagdflieger in Tschetschenien – was für eine absurde Vorstellung.

***

Im Grunde hat die heutige Regierung die Armee geschaffen, von der die Kommunisten geträumt haben – die Arbeiter-und-Bauern-Armee. Bei aller äußerlichen Ähnlichkeit waren Afghanistan und Tschetschenien inhaltlich völlig unterschiedliche Kriege. Der Wehrdienst ist zur Fron der ärmsten Gesellschaftsschichten für die reichsten geworden, die auch in der Gesellschaft dominieren. Die Personalnummer ist das Brandmal der unteren Kaste, die in den Krieg geschickt wird.

Übertrieben formuliert: Die Armen dienen bei uns den Reichen. Die Frage ist – wofür? Und noch wichtiger – wie beantworten sie selbst diese Frage?

***

Die «Tschetschenen» kommen vorwiegend aus den Regionen. In den Großstädten gab es Möglichkeiten, sich um den Wehrdienst zu drücken. An den Fingern einer Hand kann ich die Tschetschenien-Wehrpflichtigen abzählen, die ich in diesen zwölf Jahren in Moskau gefunden habe.

Der Soldat, der aus dem Nichts in die Armee kam, wird aus ihr heute in eine noch größere soziale Hoffnungslosigkeit entlassen. Man kann sich kaum einen Tschetschenien-Veteranen, der beide Beine verloren hat, als Analytiker einer Erdölgesellschaft vorstellen. Auch einen Jagdpiloten sehe ich nicht als Bankdirektor vor mir. Ich habe nie von ehemaligen Soldaten gehört, die heute ihr Business irgendwo in der Tschechoslowakei haben. Oder Journalisten, Lehrer, Ärzte geworden wären.

Mehr noch, wenn ich im Ersten Tschetschenienkrieg Leute mit Hochschulbildung getroffen habe, dann war es im Zweiten nicht ein Einziger! Allgemein waren sehr wenige Städter und Vertreter der mittleren Schichten dabei. Von all meinen Bekannten würden heute nur fünf zum Mittelstand zählen. Im Internet ist die Gemeinschaft der Tschetschenienkämpfer auch fast gar nicht vertreten. Und wisst ihr, warum? Weil sie einfach keine Computer haben.

Das Milieu bringt keine Lomonossows und Jessenins mehr hervor. Das Milieu zerquetscht sie.

Die Situation ist von vorrevolutionärer Brisanz. Und die Machthaber spüren das. Schirinowski hat dieser Tage geäußert, die Hauptaufgabe derer da oben sei es, eine Revolution zu verhindern. Auch Surkow und Pawlowski haben sich in diesem Sinne geäußert. In der letzten Zeit geistert das Wort «Revolution» generell oft durch die Medien.

Ein Symptom der Posttraumatischen Belastungsstörung

des ehemaligen Kombattanten ist sein geschärftes Gerechtigkeitsgefühl. Ein weiteres das Schuldgefühl, überlebt zu haben, und das Bestreben, diese Schuld wiedergutzumachen. Daher die Gleichgültigkeit gegenüber dem eigenen Leben.

Man sollte meinen, dass die Veteranen jene Schicht bilden, die die Gesellschaft am ehesten in die Luft sprengen könnte. Aber ... In Russland hat es nie eine Veteranenbewegung gegeben. Vielleicht gerade deshalb, weil es bei uns so viele Kriege gab. Die Menschen sind müde. Es bestanden Ansätze einer Bewegung, aber sie haben sich irgendwann alle zerfasert.

Ein verlorener Bürgerkrieg auf dem eigenen Staatsgebiet, gegen die eigenen Staatsbürger und mit unklaren Zielen, multipliziert mit der katastrophalen sozialen Zersplitterung der Gesellschaft – das hat die Jungs auf vorgezeichnete Bahnen gebracht und lässt ihnen einfach keine Wahl. Entweder beim Wachschutz versauern oder auf dem Bau. Von denen, die mit mir im Zweiten Tschetschenienkrieg waren, sind mindestens die Hälfte zu Trinkern geworden. Sehr viele sind im Knast. Der Rest schlägt sich als Wachleute herum.

So leben wir unbemerkt vor uns hin. Aus der Hoffnungslosigkeit des Krieges zurück in der Hoffnungslosigkeit des Lebens. «Schatten im Paradies», diese Beschreibung trifft es ganz gut.

***

Man kann das schwer an einem einzigen Beispiel verdeutlichen. Allein in meiner Erinnerung gibt es Dutzende. Und jedes steht für sich. Da ist Alexander K., der bei einer Detonation beide Beine und einen Arm verloren hat und heute nur von seiner Rente lebt, ohne die Chance auf einen würdigen Platz in der Gesellschaft – nicht einmal das Haus kann er verlassen, es hat keine Rollstuhlrampe. Oder Dima Lachin, die *Nowaja Gazeta* hat über ihn geschrieben. Oder Pascha Pawlin, beide Arme verloren, hat Systemverwaltung studiert, kann aber schon seit einem Jahr keine Arbeit in seiner Stadt finden und kommt nicht aus der Armut heraus. Oder mein Regimentskamerad Oleg, der sich beim Wachschutz still zu Tode trinkt. Oder …

Tschetschenien ist noch nicht gestorben, es lebt, rumort und schmerzt. Und diese Leute hätten eine Chance verdient. Aber der Staat verwehrt sie ihnen beharrlich.

***

In Rjazan, wo ich Material über Denis Zharikow sammeln wollte, den sein eigener Kommandeur im Suff erschossen hatte, holte mich Alexej Frolkow, der Chefredakteur der *Nowaja Gazeta* von Rjazan, am Bahnhof ab. Wir standen vor dem Eingang und warteten auf das Auto, das uns in das Dorf bringen sollte, in dem Denis' Mutter wohnt.

«Onkel, gibst du mir zehn Rubel?»

Ein Junge. Zehn, zwölf Jahre alt, vielleicht auch vierzehn, bei den Obdachlosen ist das Alter immer schwer einzuschätzen. Dreckige Kleidung, er selbst jedoch sauber. Wirkte hungrig, aber auch stolz: «Wenn du mir nichts gibst, zum Teufel mit dir, erniedrigen werde ich mich nicht.» Man konnte schwer definieren, was das für einer war.

Ich fragte: «Und wozu?»

«Onkel, nichts Schlechtes, keine Angst.»

Ich gab ihm zehn Rubel.

Es war noch Zeit, und ich beschloss, mich nach der

Nacht zu waschen. In der Toilette stand derselbe Junge. Er wusch sich.

«Danke, Onkel. Ich hab gegessen.»

So hat er es gesagt.

«Hast du keine Eltern?»

«Ja, schon, aber …»

«Trinken sie?»

Darauf sagte er nichts.

«Und wo wohnst du so?»

«Manchmal zu Hause, und manchmal …»

Seit dem Krieg bin ich leicht aus der Fassung zu bringen. Jede Kleinigkeit erschüttert mich. Und diese verdammte Sentimentalität. Zum Heulen!

Das war doch ein guter Junge, einer jener naturwüchsigen Charaktere, die bei uns trotz allem immer noch auf die Welt kommen. Das Leben hatte ihn nicht gebrochen, es hatte ihn nur reiner gemacht. Die Würde, die Achtung für andere und die Ablehnung von Gewalt sind ihm auf unerklärliche Weise in die Wiege gelegt worden. Warum?

Er hatte verstanden. Wartete noch – ob ich es am Ende gleichwohl sagen würde.

Ich sagte es nicht. Wo soll ich denn hin mit dir, Junge?

Eine neue Generation wächst heran. Für die nächsten Infanteriekompanien, die nächsten Panzerregimenter.

Der überflüssige Mensch aus der Pretschistenka

Der dunkle Treppenabsatz ist derart vollgerümpelt, dass man sich nicht umdrehen kann. Zeitschriften, Schachteln, eine Kommode voller Sachen aus vorrevolutionärer Zeit. Die trübe, verstaubte Glühbirne an der niedrigen Decke. Wäre ich mit fünf Jahren hierhergekommen, hätte mich das begeistert. Geheimnisvoll und schrecklich wie in einer Piratenhöhle. Wäre ich vor fünf Jahren hierhergekommen, hätte ich es nicht ausgehalten – geschlossener Raum ohne Rückzugsmöglichkeit, eine Granate ins Fenster, und alles ist vorbei.

Wohnung 2a. Die mit Kunstleder verkleidete Tür hat Risse und Löcher. Instinktiv suche ich nach dem mit Kreide geschriebenen Hinweis: «Nicht schießen, hier wohnen Menschen.»

Die Tür öffnet sich, und schon an der Schwelle schlägt mir der Krieg entgegen. Wie oft habe ich solche Behausungen in Tschetschenien gesehen – dunkel, vollgestopft mit russischen Flüchtlingen. Da ist so ein bestimmter Geruch … Ich habe lange nicht verstanden, wonach – in all diesen Wohnungen riecht es so. Dann habe ich begriffen: Das ist der Geruch der Überflüssigkeit.

«Kommen Sie rein, bitte. Wir haben zwar eben erst Wasser heiß gemacht, um uns zu waschen … Wir sind Flüchtlinge …»

Die Küche, so klein, dass man mit den Armen alle Wände erreicht, wenn man in der Mitte des Raums steht. Unterwäsche auf den Leinen. Eimer mit Wasser – auf Schemeln, auf der Kochplatte, auf dem Fußboden. Hauptsache, man hat Gas und Strom. Das ist lebenswichtig.

Plötzlich überrollt mich dieses seltsame Gefühl, das mich im Krieg immer verfolgt hat. Als wärst du in einem Animationsfilm. Verstehst vom Kopf her, dass das alles Realität ist, dass dir das alles gerade geschieht – der schwarze Schutzraum der Wohnung, die russischen Flüchtlinge, die Aussichtslosigkeit, das alles ist wahr –, aber du willst es nicht glauben. Ist doch Unsinn. So etwas gibt es nicht. So können Menschen nicht leben zu Beginn des einundzwanzigsten Jahrhunderts. Im Zentrum von Moskau. Am sechzigsten Jahrestag des Sieges.

Ja, wir sind nicht in Grozny, sondern in Moskau. Mitten im Zentrum, Pretschistenka-Straße, Hausnummer 35 Schrägstrich drei. In diesem zum Abbruch bestimmten Gebäude – Wohnung kann man diese Behausung, in der es nicht mal ein Bad gibt, heute kaum nennen – hausen seit nunmehr zwölf Jahren ein Veteran des Großen Vaterländischen Krieges, der bis Berlin gekommen ist, und seine Frau. Russische Flüchtlinge, staatenlos.

Jurij Timofejewitsch liegt auf einem alten, vorrevolutionären Bett. Die Gitterlehnen aus Metall, an den Seiten vom Rost zerfressen, quietschen bei jeder Regung. Auch wenn er sich nur noch wenig bewegt. Der Körper ist schwach geworden, jede kleine Handbewegung kostet ihn Mühe. Das Gesicht ist eingefallen, wächsern geworden, unter dem Haar zeigt sich gelbe Haut. In ihm ist kein Leben mehr. Solche Gesichter habe ich im Krieg bei Verwundeten gesehen.

Ich sitze auf einem Schemel am Bett und schaue ihn an. Jurij Timofejewitsch ist Flüchtling. Er besitzt nichts, überhaupt gar nichts, nicht mal einen Pass. Vor mir auf dem Bett liegt ein kranker, von allen verlassener Russe, und das regt niemanden auf. Es war, als lebte er in einem Ghetto. Moskau mit seinen Lichtern, Jahrestagen, Paraden, Zuschüssen und Vergünstigungen – nicht für ihn. Er bekommt keinerlei Vergünstigungen, kann keine Ansprüche zu Geld machen.

Vor einiger Zeit ist auf diesem Bett sein Frontkamerad, Träger des Alexander-Newskij-Ordens und zweier Rotbanner-Orden, Bataillonskommandeur Oberstleutnant Aparinzew, gestorben.

«Dort ist sein Porträt», deutet Jurij Timofejewitsch.

An der Wand hängen zwei Fotografien. Die eine zeigt einen jungen Burschen in Tarnuniform in den Ruinen eines deutschen Vorwerks. Er lehnt mit dem Ellbogen an einer zerschossenen Wand. Leutnant Jurij Lopatin, Kommandeur einer MG-Kompanie des 177. Garderegiments.

Auf dem anderen Foto ist ein gut aussehender Offizier. Rassiges Gesicht, schwerer Blick. Die Brust mit Orden und Medaillen behängt. Oberstleutnant der Reserve Boris Aparinzew.

«Seinen Tod werde ich ihnen nie verzeihen», sagt Jurij Timofejewitsch.

Und beginnt eine Geschichte zu erzählen, die ich schon mehrmals gehört habe. Aber jedes Mal stehen mir wieder die Haare zu Berge.

Vor der Perestrojka lebten die Lopatins in Tiflis. Jurij Timofejewitsch, Lehrer am Artillerie-Ausbildungsinstitut, hatte alles, was sich ein Mensch nur erträumen kann. Leben. Sieg. Frieden. Zwei Söhne. Eine Frau. Eine Dreizimmerwohnung. Die Artillerie als Wunschberuf.

Ende der achtziger Jahre gab es Ärger für die Russen in Tiflis. Lopatin beschloss, mit seiner Familie nach Russland zu gehen. Zum Glück lebte in Moskau sein Bataillonskommandeur, Oberst Boris Aparinzew.

Jedes Mal, wenn er ihn erwähnt, äußert Jurij Timofejewitsch ein und dieselben Worte: «Als der Regimentskommandeur ihm den Alexander-Newskij-Orden überreichte, war das ganze Regiment im Karree angetreten. Und er rief Aparinzew in die Mitte, damit alle es sahen und hörten, streckte ihm den Orden hin und sagte: ‹Dem Bescheidensten der Tapfersten, dem Tapfersten der Bescheidensten!›» Lopatins Zeigefinger fährt hoch, wie in einem Zeichentrickfilm über Winny Poo. Für ihn ist das sehr wichtig – «dem Bescheidensten der Tapfersten».

Boris Aparinzew nahm die Lopatins bei sich auf. Früher einmal war diese kleine Wohnung eine Gemeinschaftswohnung gewesen, und Aparinzew hatte ein Zimmer darin. Noch früher war hier der Dienstmädchenflügel eines Moskauer Herrensitzes.

Einige Jahre lang lebten sie zusammen; gingen zusammen durch alle Instanzen, putzten Türklinken. Bis auf einen Flüchtlingsausweis hatten die Lopatins keinerlei Dokumente. Mit dem Zerfall der Sowjetunion waren ihre Reisepässe mit einem Mal ungültig geworden, und der frühere Aufklärer und Veteran verwandelte sich in einen Obdachlosen. Ohne Staatsangehörigkeit, ohne Papiere, ohne Anmeldung, ohne medizinische Versorgung, ohne Wohnung und ohne Existenzmittel. Nicht einmal eine Rente wurde ihm gezahlt.

«Ich bin kein Straßenlump, für den das Land sich schämen

müsste! Ich bin Doktor der technischen Wissenschaften. Habe sechsunddreißig wissenschaftliche Veröffentlichungen! Zwei Söhne mit Hochschulbildung, Computerfachleute! Für die Ausbildung von jedem von ihnen hat der Staat fünf Jahre und wer weiß wie viel Geld aufgewendet», schreit Jurij Timofejewitsch, und sein Zeigefinger löchert erneut die Decke. «Und uns braucht hier niemand! Der Staat handelt mit der Staatsbürgerschaft wie mit Keksen. Hier, schauen Sie.» Er streckt mir eine sorgfältig gefaltete Zeitungsnotiz hin. «Hören Sie mal, wie man die Staatsbürgerschaft kriegt. So nämlich: Auf einem Quadratmeter waren – setzen Sie sich, sonst haut es Sie um – fünfhundert Aserbaidschaner gemeldet! Mir sagt man jedes Mal: Opa, was machst du es dir so schwer? Fünfhundert Dollar – und du hast den Pass. Aber woher soll ich fünfhundert Dollar nehmen? Für vier Personen sind das zweitausend, eine unvorstellbare Summe für mich. Und überhaupt, warum muss ich dafür zahlen? Das hier ist mein Land, warum muss ich bezahlen?»

Er schaut mich eindringlich an. Lodernd der Blick.

«Uns Flüchtlinge aus den ehemaligen Republiken hat man einfach auf den Müll geworfen. Mein älterer Sohn hätte schon zehnmal in die USA fahren können – dort wollen sie ihn, dort wird er gebraucht. Hier nicht. Aber warum sollen wir auswandern? Dies ist meine Heimat, hier liegen meine Frontkameraden, für dieses Land habe ich gekämpft, warum soll ich auswandern?»

Jurij Timofejewitsch verstummt plötzlich. Sein Blick wird schwer, er wirkt zerstreut.

«Vor fünf Jahren ist Boris Aparinzew gestorben. Er bekam plötzlich heftige Schmerzen …»

Es fällt Jurij Timofejewitsch sehr schwer, zu erzählen, wie sein Frontkamerad gestorben ist. Er tut das mit langen Pausen. Der Zeigefinger fliegt nicht mehr über seinen Kopf.

«Er war verwundet, hatte vom Krieg einen Splitter im Rücken – in der Wirbelsäule. Jeder Schritt war sehr schmerzhaft für ihn. Und hier hochzusteigen, in die Wohnung, in den ersten Stock, war einfach unerträglich. Verstehen Sie? Brot einkaufen oder die Rente abheben, das war eine Qual. Er bat darum, ihm eine Einzimmerwohnung oder ein Zimmer in einer Gemeinschaftswohnung zu geben, in einem beliebigen Moskauer Bezirk, im Erdgeschoss oder mit Fahrstuhl. Doch das bekam er nicht.»

An jenem Tag waren Lopatin und Aparinzew wieder einmal losgezogen, Klinken putzen in der Verwaltung, eine Wohnung mit Fahrstuhl beantragen. Aparinzew konnte sich schon fast nicht mehr allein fortbewegen.

«Ich führte ihn auf die Amtsstube und blieb selbst auf dem Flur. Zehn Minuten herrschte Stille. Dann begann das Geschrei. Die Frau, zu der wir gekommen waren, schrie. Ich werde sie bis an mein Lebensende nicht vergessen. Sie hat so einen schönen Vornamen – Lilia. Lilia Skworzowa. Und sie schrie so laut, dass man es bis in den Flur hören konnte: ‹Wann seid ihr endlich alle verreckt!!!› Sie schubste ihn geradezu aus ihrem Zimmer …»

Er verstummt wieder.

«Natürlich … Natürlich, es ist meine Schuld. Wenn ich ihn aufgefangen hätte, wenn ich nur eine halbe Sekunde früher aufgestanden wäre …»

Nach diesem Besuch erhob sich Boris Aparinzew nicht mehr vom Bett.

Er starb drei Monate später. In diesem Zimmer, in dieser

Koje hatte der gelähmte Boris Aparinzew gelegen, Kommandeur eines Infanteriebataillons, von niemandem gebraucht, Träger des Alexander-Newskij-Ordens und zweier Rotbannerorden, während die Ratten bei lebendigem Leibe an seinem Gesicht nagten.

«Ich war an dem Tag irgendwo hingegangen ... Komme zurück und sehe, die Ratten laufen auf ihm herum. Ich verscheuchte sie, aber sein Kinn war schon angefressen ... Und mit dem Blut liefen auch die Tränen auf das Kissen.»

Natürlich wäre es übertrieben, der Frau mit dem schönen Namen Lilia die Schuld an dem Tod des Frontsoldaten zu geben. Aber auch Herzlosigkeit und Gemeinheit können töten. Und die Beamten sind unsere Diener, nicht unsere Herren. Einem von Schmerzen geplagten alten Mann mit einem Splitter im Rücken zu helfen ist ihre Pflicht und Schuldigkeit, keine milde Gabe.

Seither sind fünf Jahre vergangen. Vor mir, in derselben Koje, im selben Zimmer, liegt nun ein kranker Veteran, russischer Flüchtling, und erzählt diese Geschichte. Und nichts hat sich seither verändert.

Drei Kilometer von hier – auf dem Roten Platz – feiert man den Tag des Sieges. Die Sprecher rufen schöne Worte von Pflicht und Vaterland ins Megaphon.

Das Symptom des verstärkten Gerechtigkeitsgefühls ist bei Lopatin bis zum Extrem gesteigert. Seine Söhne haben am Ende Arbeit gefunden und verdienen mittlerweile nicht schlecht. Er hätte sich hundertmal die Staatsangehörigkeit kaufen können. Er hat es nicht getan. Und hat es auch seiner Familie verboten.

Ununterbrochen putzt er Türklinken, geht durch die Instanzen, beharrt auf sein Recht, flucht, reicht Klagen ein.

Gegen diejenigen, die vergessen haben, dass sie den Menschen dienen sollen, nicht umgekehrt. Gegen alle, die ihre Arbeit als einen Futtertrog betrachten. Auch nach sechzig Jahren ist der Krieg noch nicht zu Ende. Haufen von Klageschriften, Zeitungsausschnitten, Dokumenten, Gesetzen und Verordnungen stapeln sich auf dem Fußboden, auf Tisch und Stühlen.

Ich schaue Jurij Timofejewitsch an und denke mir, dass wir selbst es sind, die uns so ein Leben bereiten. Nicht die Machthaber, nicht Putin, Zurabow oder Iwanow – die sind irgendwo dort für sich, über den Wolken, verabschieden Gesetze über die Abschaffung von Vergünstigungen oder die Zerschlagung von JUKOS. Sie interessieren sich nicht für uns.

Wir sind es, die Bürger Russlands, die unseren Alten die Hilfe versagen. Nicht Putin hat Aparinzew aus dem Büro geworfen, sondern eine einfache Frau, Mutter vielleicht, Ehefrau. Eine Tochter, Nichte oder Enkelin jener Soldaten, die bei Stalingrad und am Kursker Bogen gefallen sind. Nicht Putin ist es, der Geld von ihm für die Staatsbürgerschaft verlangt – es sind ganz normale Männer, Söhne, Neffen oder Enkel.

Irgendwie haben wir sehr schnell aufgehört, normal zu sein. Fünfzehn Jahre etwa hat es dafür gebraucht. In den Brusttaschen unserer Westen haben wir immer eine gute Ausrede griffbereit: Ich zahle doch Steuern, warum soll ich mir Gedanken darüber machen?

Nach Boris Aparinzews Tod entbrannte ein regelrechter Krieg um diese Wohnung. Man will sie nicht umsiedeln, sondern versucht, die Lopatins mit allen Mitteln hinauszuwerfen. Ruft ständig an, droht damit, Gas, Wasser oder

Strom abzustellen. Jungs mit Schlips und Krawatte kommen zu Besuch und warnen, dass morgen der Abriss des Hauses beginnen würde, und wenn sie es nicht gutwillig räumen, dann seien sie selbst schuld.

Man kann sich vorstellen, was fünfzig Quadratmeter an der Pretschistenka heißen, fünf Kilometer vom Kreml entfernt, in einem einzeln stehenden zweistöckigen Flügel eines ehemaligen Herrensitzes. Das ist mehr wert als eine eigene Erdölquelle.

«Alle drei Monate kriegen die Beamten einen Anfall. Vierzig Quadratmeter – das ist ja nur diese eine Wohnung. In unserem Aufgang gibt es vier davon. Zwei Aufgänge. Rechnen Sie mal nach, wie viel Geld das ist. Wohin sollen wir? Das kümmert niemanden. Eine Ersatzwohnung kriege ich natürlich nicht. Mir bleibt zum Wohnen nur der Bahnhof.»

Sein Blick flammt wieder auf, der Zeigefinger wandert in die Höhe.

«Aber ich bitte sie nicht um eine Wohnung, wenn sie so bettelarm sind! Ich kann mir selbst eine Wohnung kaufen! Gebt mir nur mein Geld zurück! Russland als Rechtsnachfolger der UdSSR schuldet mir zwei Millionen Rubel, in heutigem Geld. Ich habe das Finanzministerium angeschrieben – die wissen nicht, wohin mit dem Geld, haben diesen riesigen Stabilisierungsfonds … Ich sage: Artikel neun des ‹Gesetzes über Auszahlungen und Kompensationen› gestattet es, in Notfällen solche Zahlungen vorzunehmen. Ich bin der Meinung, bei mir liegt so ein Notfall vor – ich werde auf die Straße gesetzt, was könnte schlimmer sein? Gebt mir mein Geld, ich kaufe mir eine Wohnung, das ist ein Klacks für den Staatshaushalt! Sie lehnten ab. Im Haushalt gibt es keinen Posten mit dem Titel Jurij Lopatin.»

Er verstummt wieder. Im Nachbarzimmer hört man den Fernseher. Die gleiche Stimme, die sonst von der kriminellen Unterwelt berichtet, verkündet heute die Heldenleistungen unserer Veteranen.

Ich habe Jurij Timofejewitsch vor drei Jahren kennengelernt. Ich drehte gerade einen Bericht über Flüchtlinge – damals konnte man beim Fernsehen noch etwas über Flüchtlinge bringen –, und Lopatin war die Hauptfigur. Ich ging mit ihm in eine Poliklinik.

«Guten Tag, ich bin Flüchtling. Ich habe keine Papiere, ich brauche Hilfe …»

Man komplimentierte uns aus der Poliklinik hinaus. Um in einer staatlichen Einrichtung zu drehen, braucht es eine Sondergenehmigung. Um einem alten Mann zu helfen, offensichtlich auch.

Dann liefen wir die Präfekturen, die Ämter und weitere Einrichtungen ab. Überall das Gleiche. Leute mit Schlips und Kragen an gediegenen, stoffbezogenen Tischen erzählten mir, warum Lopatin nicht in Moskau leben darf. Auf meine Frage «Aber wo soll er sonst leben?» zuckten sie nur die Schultern und erzählten wieder etwas vom Gesetz und davon, dass sie es beachten müssten. «Sie verstehen.»

Ich hörte nicht mehr zu. Ich dachte darüber nach, dass der Wert eines Menschenlebens relativ ist. Hundert Leben solcher Anzugtypen wiegen ein Leben von Lopatin nicht auf. Dann dachte ich an den BMW, der am Eingang dieser Behörde stand, und daran, dass ein Quadratmeter in der Pretschistenka ab fünftausend Dollar aufwärts kostet.

Im November letzten Jahres hat Jurij Timofejewitsch Lopatin die Staatsangehörigkeit dann doch bekommen. Zwölf Jahre hat er dafür gebraucht. Zwölf! Mit den Deutschen lag er vier Jahre im Kampf. Mit den eigenen Landsleuten – exakt dreimal so lange.

Jetzt fehlt noch die Anmeldung. Die nächste Etappe seines ganz persönlichen Krieges, das nächste Amtszimmer, das nächste Gesicht hinter dem Schreibtisch, der nächste Feind. Nunmehr in Milizuniform.

«Also. Nikolaj Konstantinowitsch Iwankin, Major. Leiter der Pass- und Visa-Abteilung der Innenverwaltung von Moskau für den Rayon Chamowniki. Der Mann ist dazu verpflichtet, mich in dieser Wohnung anzumelden. Verpflichtet, verstehen Sie?» Der Zeigefinger bohrt sich in die Decke. «Ich brauche seine Erlaubnis nicht. Die Anmeldung ist keine Ermessenssache, sondern Pflicht. Wenn ich zu ihm komme und sage: ‹Melde mich am Twerskoj-Boulevard an, Bank Nummer zwei› – dann ist er dazu verpflichtet. Und mir ist piepegal, wie. Vor drei Monaten war ich bei ihm. Natürlich hat er sich geweigert. Ich schickte eine schriftliche Anfrage – aus welchem Grund? Von Gesetzes wegen hätte er mir innerhalb von zehn Tagen antworten müssen, jetzt sind schon drei Monate um, und ich höre nichts ... Jetzt muss ich Klage gegen die Verwaltung des Präsidenten einreichen. Das ist die letzte Instanz. Weiter oben gibt es niemanden mehr, mit dem ich kämpfen kann.»

Wie ich ihn so ansehe, ertappe ich mich bei dem Gedanken, dass meine Zukunft auf diesem Bett liegt, mit wächsernem Gesicht und der gelben Haut am Haaransatz. Genau so werde auch ich in fünfzig Jahren auf einem alten Sofa liegen und zum elften Dezember einen Wecker in Geschenkverpackung und eine Medaille für die Befreiung Groznys bekommen, die dann im Regal verstauben wird, dazu eine Elendsrente. Und die Sprecher im Kreml werden rufen, was für klasse Jungs wir sind, dass wir ihnen die Stirn geboten haben. Ein weiterer überflüssiger Veteran eines völlig überflüssigen Krieges.

Auch ich habe ein übersteigertes Gerechtigkeitsgefühl.

Ich stehe auf, notiere mir Telefonnummer, Namen, Gesetzesartikel. Morgen werde ich anrufen, rumschimpfen, argumentieren …

Ich tue das nicht für ihn, sondern für mich. Der Krieg – seiner und meiner – geht weiter.

Draußen so ein großartiger Blick auf die hell erleuchtete Pretschistenka. So schöne Mercedes parken am Bordstein vor dem Haus, in dem ein völlig überflüssiger Veteran des Großen Vaterländischen Krieges im Sterben liegt, der als Aufklärer des 177. Garderegiments der 60. Gardeschützendivision bis Berlin gekommen ist, Reserveoberst Jurij Timofejewitsch Lopatin.

Der neunte Mai

Jeden Tag auf dem Weg zur Arbeit bietet sich mir ein und dasselbe Bild. In der Unterführung der Metrostation Borowitzkaja zur Station Lenin-Bibliothek, hinter einer Säule aus grauem Marmor, steht eine alte, gebeugte Frau. Ein Daunentuch. Ein Stock, auf dem sie ihre trockene Hand ruhen lässt. Ein dunkelblaues Herbstkleid, das bestimmt dreißig Jahre alt ist. Der Brillenbügel mit schmutzigem Heftpflaster zusammengeklebt.

Ein für unsere Zeit und unser Land normales Bild, sollte man meinen. In jeder Fußgängerunterführung eine alte Frau oder ein alter Mann. Diese Frau aber unterscheidet sich von den anderen.

Als ich sie sah, verstand ich sofort, wodurch. Mir hat das zu denken gegeben.

Sie bittet nicht um eine milde Gabe. Sie fordert nicht. Sie macht ein Angebot.

Sie bietet uns an, für einen Moment in uns hineinzusehen und die Frage zu beantworten: Wer sind wir? Ihre Handfläche ruht exakt so schwer auf dem Stock, dass das nicht als unterwürfige Bitte um ein Almosen gedeutet werden kann, sondern nur als Angebot an die Gesellschaft, ihre Pflicht gegenüber dem Alter zu erfüllen. In dieser Unterführung sucht sie die Antwort auf die Frage: Ist noch etwas übrig geblieben von dem Land, für das sie gekämpft hat, oder ist es endgültig gestorben?

Denn die gesamte linke Seite ihres Mantels ist mit Orden und Medaillen behängt. Ich weiß nicht mehr, wie viele es sind und was für welche – es ist mir peinlich, genauer hinzusehen. Aber viele sind es, das weiß ich sicher, der Mantel ist fast vollständig davon bedeckt.

Ich erinnere mich, wie mein Vater und meine Mutter mit mir als Kind zum Tag des Sieges in den Gorki-Park gingen und ich, ein fünfjähriger Bengel, den Opas und Omas in Uniform meine Kinderzeichnungen vom Krieg schenkte. Wenn sie sich dann zu mir herunterbückten, machte das so ein Geräusch zwischen Klingeln und Rascheln, als würde Gestein rieseln. So viel hing an jeder Uniformjacke. Das Wort «Veteran» weckte bei mir damals vermutlich die gleichen Gefühle wie bei den Jungen der Sechziger das Wort «Gagarin». Ich war stolz auf sie.

Der Krieg lebt genetisch in uns fort. Allzu oft hat Russland Krieg geführt. Allzu viele Menschen sind durch diese Kriege gegangen. Vom letzten großen Krieg, dem fürchterlichsten in der Geschichte der Menschheit, haben wir uns bis heute nicht erholt. Dreißig Millionen Tote. Denkt euch nur einmal in diese Zahl hinein – dreißig Millionen! Die Bevölkerung eines ganzen kleineren Landes. Hinzu kommen noch die Verwundeten.

Aber das Schlimmste ist nicht, dass wir eine so katastrophale Zahl an Menschen verloren haben. Das Schlimmste ist, dass wir sie verraten haben. Sowohl diese dreißig Millionen Gefallenen als auch Gott wissen wie viele Millionen Überlebende.

Es gibt heute kein einheitliches Russland im Sinne eines einheitlichen Landes. Unsere Gesellschaft ist in sozialer Hinsicht katastrophal zersplittert. Es gibt Dutzende verschiedener Parallelwelten, die nie miteinander in Berührung kommen – das Veteranen-Russland ist eines von ihnen. Ein ganzes Volk, das sein eigenes Leben lebt und das wir immer nur am neunten Mai, dem Tag des Sieges, wahrnehmen.

***

Ein Wecker als Präsent und eine Elendsexistenz für die restlichen Monate – das ist das Verlogene.

Wie bei dem Flüchtling Jurij Timofejewitsch Lopatin, jenem Veteranen des Zweiten Weltkriegs, Träger von fünf Orden und unzähligen Medaillen, den man mit allen Mitteln aus seiner Wohnung in der Pretschistenka zu vertreiben versucht hatte. Als ich ihn zum sechzigsten Jahrestag des Sieges dort besuchte, um ihm zum Jubiläum zu gratulieren, ging es ihm sehr schlecht, und ich verstand, dass er sich nicht mehr aufrappeln würde. Er war niemandem mehr zunutze.

Durchs Fenster konnte man damals, am neunten Mai 2005, hören, wie der Präsident des Landes auf dem Roten Platz ganz zutreffend von Pflicht und Vaterland redete und die Sprecher die Glanztaten der Veteranen rühmten. Zur Verschönerung der Hauptstadt waren Millionen rausgeschmissen worden, und in ganz Moskau hingen diese höhnischen Plakate: «Frontsoldaten, legt eure Orden an, das ganze Land ist stolz auf euch!»

***

Aller Privatisierung, Monetarisierung und banaler Ausplünderung durch den Staat zum Trotz sind unsere Alten noch nicht ganz ausgestorben. Wie unbequem das auch sein mag.

Indem wir uns der eigenen Geschichte berauben, berauben wir uns auch der Zukunft. Unsere Vergangenheit ist unsere Zukunft. Ein Land, das seine Alten vergisst, ist seiner Existenz unwürdig. Schon deshalb, weil die Erinnerung eine ebenso praktische Sache ist wie das Geld – es bedeutet langfristige Investitionen in die Zukunft.

Verraten sind nicht nur unsere Alten – verraten sind auch wir selbst und unsere Kinder. Was können wir ihnen heutzutage beibringen, wenn wir sie ins Theater führen, in den Zirkus oder in ein Café, durch die Unterführung, in der mit ausgestreckter Hand unsere Veteranen stehen? Was pflanzen wir ihnen schon als Kindern ein? Warum bringt der Staat meine Kinder dazu, dass sie als Charakterschweine aufwachsen? Nach seinem Ebenbild?

Heute einem alten Menschen zu begegnen ist einfach furchtbar. Denn solch eine Begegnung zerstört die Grundfeste der Weltanschauung, die ich in meinen Kindern zu festigen versuche. Die innere Welt tritt in einen Widerstreit mit der umgebenden Realität, die zwangsläufig siegt – schließlich ist sie die Realität.

Ich weiß nicht, ob ich meine Kinder jemals zum neunten Mai in den Gorki-Park werde führen können. Bis heute habe ich noch keine Worte gefunden, die ich ihnen dann sagen müsste. Jene einfachen und somit einzig wahren Wahrheiten, die man mir in der Kindheit beigebracht hat – Ehre, Pflicht, Gewissen, Mut, Tapferkeit –, sie klingen in unserer Zeit verloren und hohl. Es verbietet sich, bei einem im Elend lebenden Menschen von Würde zu sprechen.

Waren wir erst im Erwachsenenalter gezwungen, unsere Ideale zu verraten und zynisch zu werden, uns an dieses allen Idealen hohnsprechende Leben anzupassen, so lernen unsere Kinder schon von Geburt an, die Alten zu erniedrigen. Und sie sind darin viel gelehriger als wir. Man wird sich nicht wundern dürfen, wenn in dreißig Jahren alte Leute wegen eines Einkaufsnetzes mit Leergut am Zaun totgeprügelt werden. Das sind unsere Investitionen in die Zukunft.

Eine scheinbar banale Wahrheit. Doch um sie zu begreifen, reichten keine fünfzehn Jahre.

***

Man kann viel über die Verantwortung der Herrschenden für das Volk reden. Aber das Volk ist auch für sich selbst verantwortlich. Ein Bekannter von mir, der in Israel lebt, erzählte mir, dass es dort keine Kinderheime und Altenheime gibt – einfach weil es keine verwaisten Kinder und verlassenen Alten gibt. Mich freute das, natürlich, es schien mir aber irgendwie abstrakt – ein fremdes Land, fremde Leute. Bei unserem Staat wäre das unmöglich.

Und dennoch – es ist möglich. Im Kaukasus gibt es keine Kinderheime und keine verlassenen Alten. Derselbe Staat, dieselbe Regierung, dieselbe Zeit.

Lopatin hat am Ende doch gesiegt. Er ist nicht gestorben, sondern wieder gesund geworden. Er hat diesen Staat gezwungen, ihm die Staatsbürgerschaft zu verleihen. Und ihm eine Wohnung zu geben – wenn auch nur ein Zimmer, wenn auch im elften Stock und ohne Ausstattung, nicht im Zentrum, aber er hat sie bekommen. Das ist ein Sieg. Doch um diesen Sieg zu erringen, brauchte Jurij Timofejewitsch zwölf Jahre und die Hilfe eines halben Dutzends Journalisten, darunter der Beobachter der *Trud*.

Was meintet ihr da auf den Plakaten – «Frontsoldaten, legt eure Orden an» –, ist wirklich das ganze Land stolz auf euch?

***

Vor einiger Zeit ist der neunte Mai auch zu meinem Tag geworden. Weil man auch mich, den Tschetschenien-Veteranen, aus diesem Leben gestrichen hat. Diesen abscheulichen, von Anfang bis Ende verkauften Krieg scheint es nie gegeben zu haben. Die Informationsblockade hat sich langsam zu einem Informationsvakuum ausgewachsen, und über Tschetschenien darf man nur berichten, wenn Präsident Kadyrow einen neuen Aquapark in Grozny eröffnet. Oder die neuen Folgen der Krimiserie «Der Tobende» laufen. Die Geschichte wird global umgeschrieben, bis in die heutige Zeit – viel geschieht bei uns im Leben, das es offiziell gar nicht geben darf.

Die Herrschenden haben Angst vor der Vergangenheit, denn in einem Fall war die Messlatte zu hoch für die heutige Zeit und im anderen zu niedrig. Der von der Staatsduma gebilligte Versuch, die Siegesbanner zu vernichten, ist der logische Abschluss der Inszenierung einer globalen Reality-Show im ganzen Land.

Aber wir waren da. Wir sind da. Wir wollen uns in Erinnerung rufen, und wir wollen, dass man sich an die anderen erinnert.

Ich habe nicht mal ein Hundertstel dessen durchgemacht, was die Jungs bei Moskau, im Kursker Bogen und in Berlin erlebt haben. Ich weiß nicht, was es bedeutet, drei Jahre lang nur hundertfünfundzwanzig Gramm Brot am Tag zu bekommen.

Aber ich kann es mir vorstellen. Kann mir vorstellen, was für ein Krieg das war.

Lasst uns am neunten Mai einfach für fünf Sekunden niederknien. Wenn wir allein sind. Für niemanden. Weder für die Lebenden noch für die Gefallenen. Nur für uns.

Sollen sie uns diesen Krieg im Fernsehen zeigen, als Serienschmarren im Stil des «Strafbataillons». Dagegen kann man sich nicht wehren. Aber lassen wir uns unser Innenleben nicht zu einer TV-Serie verflachen. Jeder von uns macht Geschichte.

Und ich erinnere mich noch immer an dieses Geräusch zwischen Klingeln und Rascheln.

Wenn morgen Krieg ist

In den letzten fünfzehn Jahren haben wir unser altes Wertesystem vollständig zerstört, ohne ein neues aufzubauen. Dabei ist der Begriff des «wahrscheinlichen Gegners» geblieben. Die Zeit der Weltkriege ist vorbei, dafür sind wir in die Ära der lokalen, schwelenden, aber dauerhaften Kriege eingetreten. Und das eigene Land muss weiter verteidigt werden. Hier müssen die Interessen von Staat und Gesellschaft übereinstimmen.

Doch in unserer desillusionierten Zeit genießt der Beruf des «Vaterlandsverteidigers» kein besonders hohes Ansehen. Heute macht jeder sein eigenes Ding.

Deshalb haben wir uns gefragt – wenn morgen Krieg ist, findet sich dann noch jemand, der die Waffe in die Hand nimmt? Sind noch Menschen bereit, um der Pflichterfüllung willen auf ihre Rechte zu verzichten, oder lebt heute schon jeder für sich, und wir sind aus der einen Sackgasse geradewegs in die andere gestürmt?

So schlimm wie befürchtet ist es nicht. Auch wenn das Vertrauen der Gesellschaft in den Staat heute stark erschüttert ist – er selbst hat dazu allen Grund gegeben –, wissen die Menschen doch zwischen Kotelett und Fliegen, zwischen Land und Machthaber zu unterscheiden. Und wie sich herausstellt, sind gar nicht so wenige bereit, ihr Land zu verteidigen.

Und noch eine interessante Beobachtung: Der Patriotismus ist nicht mit dem Wohlstand korreliert. Bereitschaft zur Verteidigung ihres Landes zeigen die Menschen unabhängig von ihrer materiellen Lage, ihrem Beruf und ihrem Lebensstil.

Wir haben fünf Typen herausgearbeitet, die uns am repräsentativsten erschienen. Tatsächlich gibt es natürlich noch viel mehr. Unsere Helden sind schon an sich Persönlichkeiten. Jeder von ihnen hat seine eigene Geschichte.

Der Idealist

Solche Menschen sind selten. Ihre Anzahl bleibt in der ganzen Welt immer ungefähr gleich – fünf bis zehn Prozent. Aber sie sind es, die der Menschheit eine Richtung vorgeben.

Ilja Plechanow wurde 1977 in der Akademiesiedlung (Akademgorodok) von Nowosibirsk geboren. Er entstammt einer Intellektuellenfamilie – der Vater war Mathematiker und wurde später KGB-Offizier, die Mutter lehrte an der Universität. Er besuchte in der Moskauer Georgiew-Gasse (gleich hinter der Staatsduma) eine Eliteschule mit der Fachrichtung Fremdenführer und Dolmetscher. Das Lehrprogramm enthielt Fächer wie Architektur, Kunstgeschichte, Religionsgeschichte. Und Sprachen: Englisch, Italienisch, Schwedisch.

Lange Zeit lebte Ilja in Australien, wo er später die Universität von Neusüdwales mit einem Bachelor in Wirtschaft und Informationsverarbeitung abschloss. Seine Familie war ein stabiles Mitglied der Middle-Upper-Class, verdiente im Jahr etwa einhunderttausend Dollar und hätte sich, wenn sie wollte, eine Yacht oder einen Hubschrauber leisten können. 1995 warf er alles hin und ging als Freiwilliger nach Jugoslawien. 2000 kehrte er nach Russland zurück.

«Ich war vierzehn, als wir ausgewandert sind. Das Imperium war zusammengebrochen, im Land herrschte das Chaos, mein Vater konnte es nicht mit sich vereinbaren, weiter im Dienst zu bleiben, und kündigte. Die neunziger Jahre brachen an, und die Gehälter waren lächerlich. Er verdiente sich als Hausmeister oder auf dem Bau etwas dazu. Es gab Zeiten, da haben wir richtig gehungert, bei Grießbrei und Wasser. Mein Vater hatte schon einen Namen in der Wissenschaft, er bewarb sich in mehreren Ländern als Einwanderer. Aus Australien kam sofort eine Einladung.

Nach der Ankunft gab man uns eine provisorische Wohnung im muslimischen Viertel, gegenüber der Moschee. Ich komme ja aus der UdSSR, für mich sind alle Menschen Brüder, Internationalismus ist dort selbstverständlich. Ich hatte Juden, Tataren, Polen als Freunde, kein Problem. Hier fuhr man mich am zweiten Tag in ein Lager für minderjährige Einwanderer. So eine Spezialabteilung hinter Stacheldraht und mit Hunden, wo Bildung und Sprachkenntnisse getestet werden. Ich war der einzige Weiße und der einzige Nicht-Moslem. Mit einem blöden Grinsen im Gesicht spielte ich gleich den Macker, rempelte jemanden an – so zur Selbstbestätigung gewissermaßen. Die erste Frage: Woher kommst du? Ich sage: Aus der Sowjetunion. Sowjetunion? Wir sind aus Afghanistan. Schon kommen zwei, drei, um es mir zu zeigen. Nach dem Studium der Ikonen von Andrej Rubljow, den Fresken und den Filmen von Tarkowskij war das ... Der Internationalismus zeigte schon am zweiten Tag Risse in meinem Bewusstsein.

Sofort ging das Gerücht, ich sei ein Roter, ein Kommunist. Schon nach drei Stunden gab es erste Versuche, mich umzubringen. Aber ernsthaft. Die Afghanen oder irgendwelche anderen Moslems drückten mich in die Ecke, ich verstand nichts. Man erklärte mir, es gebe den großen Satan – die USA – und den kleinen Satan – die UdSSR. Und als Vertreter des kleinen Satans sei ich zu vernichten. Irgendwelche Jungs aus Beirut versuchten, mit Allahu-akbar-Rufen den gemeinen Christen fertigzumachen, obwohl mir damals nicht einmal klar war, dass ich Christ bin. Die ersten Tage waren Prügeleien ohne Ende. Auf meine Seite stellten sich Vietnamesen mit dem Ruf ‹Sie haben uns geholfen›, irgendwelche Partisanen aus Salvador, undefinierbare Araber … In diesem Lager haben sie mich nur deshalb nicht umgebracht, weil dort Serben waren. Die kamen von allein zu mir und sagten: Bruder, Slawe, Orthodoxer, sprichst Russisch. Und sobald ich in dieser slawischen Bande war, hörten die anderen auf, mich zu triezen. Die Welt war von da an für mich polarisiert. Ich verstand, dass ich vor allem Russe bin. Was ich vorher nicht gekannt hatte – Russlands Geschichte, seinen Glauben, seine slawischen Wurzeln –, all das erfuhr ich von den Serben. Sie öffneten mir meine eigene Welt. Eine seltsame Zeit war das. Ich, der keiner Kultur angehörte, fand in diesem harten Lager zu meinen tausendjährigen Wurzeln zurück.»

«Warum bist du nach Jugoslawien gegangen?», frage ich ihn.

«Der Krieg in Jugoslawien war für mich vor allem ein Krieg gegen meine Kultur, gegen die Zivilisation, der ich angehörte. Ein Zusammenstoß der Welten – dorthin machten sich Menschen von beiden Seiten auf. Das war ausschließlich meine Entscheidung. Niemand hat mich angeworben, niemand hat überhaupt nur mit mir darüber geredet. Von Söldnertum kann gar nicht die Rede sein. Wie pathetisch das auch klingen mag, ich wollte für Russland eintreten. Denn alles, was in Russland geschah, vollzog sich auch in Jugoslawien, nur in beschleunigtem Tempo.

Ein Fünkchen Romantik war natürlich dabei, aber es war eine bewusste Entscheidung. Gleich nach dem Abschlussball fuhr ich dorthin. Stell dir vor, teure Schule, Limousinen, Yachten, Salut ... Und wenige Tage später bin ich schon im Krieg.

Der ganze Ärger spielte sich in der Republik Srpska Krajina ab, das sind die serbischen Gebiete, die bei Tito unter kroatische Verwaltung gekommen waren. Wie bei uns die Krim unter ukrainische. Aber diese Feinheiten interessierten mich damals gar nicht. In meiner Vorstellung war das kein Krieg der Ethnien und Religionen, das habe ich erst später verstanden, damals dachte ich globaler. Jugoslawien war für mich ein westlicher Vorposten Russlands, ein Kollisionspunkt der Zivilisationen. Ich kam nicht an die Südfront, nach Tschetschenien, wo meine Klassenkameraden waren, ich kam an die Westfront.

Die Kämpfe vom vierten bis achten August 1995, als sie das Gebiet verloren, als eine Million Flüchtlinge unterwegs waren – das war die eindrucksvollste militärische Operation nach dem Zweiten Weltkrieg. Vier Tage schwerste Kämpfe. Man vertrieb die Serben vollständig aus der Krajina. Manche gerieten in Gefangenschaft, andere starben, wieder andere waren verschollen. Am achten August erklärte Kroatien, es habe diesen Feldzug gewonnen, und machte vor der Grenze zur Republika Srpska halt.

Das alles nahm eine, anderthalb Wochen meines Lebens in Anspruch. Meine Abwesenheit wurde kaum bemerkt. Niemand wusste, dass ich dort war. Meinen Eltern hatte ich gesagt, ich gehe mit Freunden auf eine Wanderung, den Freunden, ich sei in den Bergen, meditieren. Danach nahm ich mich zusammen und immatrikulierte mich an der Universität.

1999 meldete ich mich offiziell als Freiwilliger – für den Fall, dass die NATO Bodentruppen einsetzen würde. Aber als ich die Listen sah, stellte ich fest, dass von fünfzig Freiwilligen nur drei Serben waren. Jungs, fragte ich mich da, das sind doch eure Häuser, die da brennen, und was macht ihr? Das ließ meinen Wunsch, das Leben für die ‹Brüder› zu geben, doch stark abkühlen.»

«Mit einem Wort, du bist nach Russland zurück. Warum?»

«Antworten gibt es viele. Die wichtigste ist nicht rational. Ich liebe Russland einfach. Ich liebe meine Heimat. Ich bin um die halbe Welt gereist. Habe viel gesehen. Hier und da reingerochen. Und die Welt war nicht so, wie ich sie mir vorstellte. Auch nicht so, wie ich sie gern gehabt hätte. Ich sage nicht, dass alle anderen schlecht sind, nein. Aber außerhalb meiner Heimat, das ist eine völlig andere Welt. Eine fremde Umlaufbahn. Es gibt keine allgemeinmenschlichen, verbindenden Werte, das ist alles Unsinn. Wir sind verschieden.

Und hier ist mein Zuhause. Im Ausland habe ich mein materielles Leben gehabt, ja, ich hätte noch zehn Jahre arbeiten können und dann mit dicker Zigarre auf Bali abhängen können. Aber ich will anders leben. Auf ehrliche Art. Ich wollte meine Erfahrung einbringen – wir brauchen uns vor dem Ausland nicht zu schämen. Wir sind so viel tiefgründiger als jene Welt! Es ist geradezu erstaunlich, was für schöne, starke, geistige Menschen wir sind. Das bessere Leben ist nicht dort im Westen. Es ist hier. Und wenn du mich fragst, ob ich bereit bin, dafür zu kämpfen, antworte ich: Ja. Nicht für das jetzige Regime, nicht für die Machthaber, aber für unsere einfachen Menschen, für das Land und unseren Himmel. So wie meine Vorfahren es 1914 und 1941 getan haben.»

Der Wehrpflichtige

Das ist jene Sorte Mensch, die gar nicht daran denken, die Welt zu verändern. Sie wollen einfach ein bequemes Leben haben, ohne über Geopolitik oder dergleichen nachzudenken. Sie bilden die Mehrheit der Bevölkerung, ihre Mittelschicht. Patriotismus, Pflicht, Ehre und Vaterland – das sind keine Begriffe aus ihren Kreisen. Und dennoch ...

Dmitrij Schejnin ist achtzehn. Wehrpflichtiger. Er wird zur Armee gehen. Es wäre falsch zu behaupten, dass er nur geht, weil er es will, weil er es für richtig hält. Er ist mit dem Strom geschwommen, hat die Einschreibung am Institut verpasst und ist am Ende beim Wehrersatzamt hängengeblieben. Jetzt bleibt nur noch der Wehrdienst. Sich irgendwie davor zu drücken, erlaubt ihm der Vater nicht.

Schejnin senior war in Afghanistan, er war in Alichejl bei den Luftlandetruppen. Heute hat er eine sehr hohe Stellung, ist Leiter des Programms «Zeiten» im ersten TV-Programm – de facto der zweite Mann nach dem Fernsehjournalisten Wladimir Pozner. Er hat das allein geschafft, ist ein sogenannter Selfmademan. Wenn Sie am Freitagabend den Fernseher anschalten, dann sehen Sie seine Arbeit.

Ein Journalist dieses Kalibers und mit diesem Einfluss muss seinen Sohn vor der Armee bewahren, sollte man meinen, zumal er selbst ihre Reize am eigenen Leib erfahren hat.

Dennoch wird Schejnin junior dienen. Ganz, ganz ungewöhnlich für unsere Zeiten. Obwohl – aus moralischer Sicht dann doch ganz normal.

Aber Dmitrij hat seine eigene Meinung zu diesem Thema.

«Warum hast du beschlossen, zur Armee zu gehen?», frage ich ihn.

«Beschlossen habe ich's eigentlich gar nicht. Ich hatte keine andere Wahl. Die Uni habe ich verpasst, habe rumgetrödelt, lieber noch einen Monat länger Computer gespielt … Man sieht ja, was der Hauptgewinn war.»

«Und dich zu drücken?»

«Daran habe ich nie gedacht. Es ist auch kaum möglich, ehrlich gesagt. Bei der Musterung vor einem Jahr stellte sich heraus, dass ich kerngesund bin. Also das ist schon mal kein Grund. Und mit Geld wird er niemanden schmieren, hat mein Vater gesagt. Er will, dass ich selbst für mich aufkomme. Hat ja auch recht. Wenn ich selbst verdienen würde, dann vielleicht. Aber selbst dann würde ich mich nicht drücken. Das ist irgendwie nicht … Einerseits will man nicht anderthalb Lebensjahre verlieren, andererseits auch nicht minderwertig sein. Wenn ich ein Studium aufgenommen hätte, dann ja, aber die Frist habe ich verpasst.»

«Dein Vater war selbst im Krieg. Was weißt du von der Armee?»

«Ich habe seine Erzählungen gelesen. Alles, was ich von der Armee und vom Krieg weiß, weiß ich daraus. Ist schrecklich, natürlich. Die Rekrutenschinderei, das Prügeln. Außerdem bin ich jetzt der erste Jahrgang, der anderthalb Jahre dient, uns werden die alten Männer dort noch härter anfassen. Aber ich bin moralisch darauf vorbereitet. Obwohl, ich habe einen Freund, der dient irgendwo in Serpuchow, er sagt, das ist wie Pionierlager – keine Prügel, nichts. Der hat einen sehr positiven Eindruck.»

«Was willst du denn überhaupt einmal werden im Leben?»

«Wenn ich das wüsste, wäre ich heute an der Uni.»

«Wie beurteilst du deine materielle Situation – arm, reich, Mittelklasse?»

«Mittelklasse, würde ich sagen. Ich habe alles, was ich brauche. Mir geht es gut.»

«In deinen Kreisen ist die Armee bestimmt nicht beliebt. Fühlst du dich nicht isoliert, dass du als Einziger zum Wehrdienst gehst?»

«Nein, nein. Ich gehe nicht als Einziger, es gibt noch andere Bekannte. Mehrere.»

«Bist du der Meinung, du erfüllst deine Pflicht gegenüber dem Vaterland?»

«Nein, gar nicht. Ich muss da einfach hin, Wehrdienst, das muss sein. Ich würde ja sogar dienen wollen, aber nicht in so einer Armee wie heute. Die Armee sollte professionell sein, damit diejenigen dort hingehen, denen das gefällt und die das wollen. Statt sich mit allem möglichen Mist zu beschäftigen. Mir gibt die Armee gar nichts, das werden anderthalb verlorene Jahre sein.»

«Hast du keine Angst, nach Tschetschenien zu kommen?»

«Nein. Wehrpflichtige werden ja nicht dorthin geschickt …»

«Das glaubst du … Und wenn doch?»

«Ein bisschen kämpfen würde ich schon gern. Aber nicht in Tschetschenien. Das ist kein Krieg, das ist ein Unding, ein einziges Missverständnis. Wozu schickt man achtzehnjährige Jungs dorthin? In Tschetschenien würde ich nicht kämpfen wollen.»

«Und wenn du dir vorstellst, bei uns würde ein Krieg ausbrechen, einer wie der Zweite Weltkrieg, du studierst am Institut und könntest darum herumkommen – würdest du trotzdem hingehen?»

«Natürlich. Das klingt vielleicht blöd, aber ich bin Patriot, ich liebe mein Land, und wenn es angegriffen werden sollte, gehe ich sofort zur Armee. Und alle, die ich näher kenne, werden das auch tun. Die Mehrheit, neunzig Prozent, würde sich nicht drücken. Ich rede mit meinen Freunden nicht darüber, wir sagen nicht, toll, was für Patrioten wir sind, aber wenn es hart auf hart käme, wären wir dabei. Ich kann für sie sprechen, da bin ich sicher. Du verteidigst dabei ja nicht irgendein abstraktes Vaterland, sondern dich selbst, deine Familie, dein Land.»

«Das heißt, du hast keine Lust auf die Armee, gehst aber hin, weil du noch weniger Lust hast, dich zu drücken. Aber wenn ein richtiger Krieg begänne, dann würdest du auf jeden Fall gehen, stimmt's?»

«Ja. Denn dann wäre das wirklich eine Pflicht der Heimat gegenüber. Ich würde mich und meine Angehörigen verteidigen. Und alle meine Bekannten auch.»

Einen Tag nach diesem Gespräch erschienen zwei Mann mit Miliz bei Dmitrij, um ihn abzuholen, und fuhren ihn zum Sammelpunkt in der Ugreschskaja-Straße. Warum dies unter Zwang geschah, ist unverständlich – der Junge wollte nicht abhauen, er wartete auf den Gestellungsbefehl. Wahrscheinlich die Macht der Gewohnheit. Jedenfalls befindet sich Dmitrij Schejnin jetzt in Moskau. Weine nicht, mein Mädelein, bald wirst wieder heiter sein …

Der Profi

Michail hat ein einmaliges Schicksal. Als Wehrpflichtiger kämpfte er in Afghanistan, in einer Spezialeinheit der Luftlandetruppen. Später kam er nach Tadschikistan. Mit dem Zerfall der Sowjetunion quittierte er den Wehrdienst und arbeitete im Sicherheitsdienst für Lufttransporte und reiste um die halbe Welt – die russischen Unternehmen erschlossen sich damals aktiv den Westen, den Nahen Osten, Afrika. Er diente in der israelischen Armee und war viermal für die amerikanische Armee im Irak im Einsatz. Er ist Staatsbürger der USA. Kürzlich ist er in seine Heimat zurückgekehrt.

Es geht ihm gut. Er hat eine Familie, zwei Söhne, ein Haus bei Moskau, in dem auch alte Kameraden von ihm wohnen. Wie ständiger Stationierungsort. Er ist unternehmerisch tätig und gerade dabei, eine eigene Organisation für Veteranen von Friedensmissionen zu gründen. Er befindet sich im dauerhaften Standby-Betrieb.

Seinen wahren Namen will er nicht genannt wissen. Michail ist ein Pseudonym.

«Wie bist du in den Irak gekommen?»

«In den Neunzigern habe ich den Dienst quittiert und

war als Sicherheitsmann für Lufttransporte tätig. Hab mich in der Welt herumgetrieben. Du weißt doch, damals wollten alle nach Amerika, dort eine Aufenthaltsgenehmigung bekommen. Und wir flogen zum Arbeiten dorthin. Da habe ich mich bei der Marineinfanterie beworben. Offiziell gibt es bei denen keine Fremdenlegion, aber eine Art Anwerbung schon. Die USA haben schon vor dem elften September ziemlich aktiv Drittbürger eingesetzt, auch wenn das nicht groß hinausposaunt wurde. Damals interessierte sie Afghanistan – besonders Kandahar. Uns war es egal, wohin, Hauptsache, wir kriegen eine Green Card. Aber dieser Plan kam ins Stocken, die Staatsangehörigkeit wurde uns verweigert. Einmal hieß es, die Sprachkenntnisse reichen nicht, dann dies, dann jenes. Sie sind dort ganz sanft, sie sagen dir nicht: Verpiss dich, du Trottel. Sie sagen: Wir setzen uns mit Ihnen in Verbindung. Dann vergeht ein halbes Jahr, ein ganzes … Bis du kapierst, dass du durchs Raster gefallen bist.

Wir sind zurück zu den Frachttransportern. Und in Afrika haben wir einen Amerikaner kennengelernt, einen ehemaligen Marineinfanteristen. Dieser Mann warb Leute für Jugoslawien an, für die internationalen Polizeikräfte. Früher hatte er auf dem Flughafen in Domodedowo gesessen. In Moskau sind wir uns dann wieder über den Weg gelaufen, er gab mir seine Telefonnummer und schlug vor, nach Italien zu fliegen, um dort alles konkret zu besprechen. Unser Kollege kam, wir haben unsere Papiere übergeben. In Italien stellte dieser Amerikaner uns die Frage: Wenn man euch sagt, ihr sollt auf eigene Kosten in irgendein Land fliegen und dort ein Interview machen, seid ihr bereit? Wir waren einverstanden. Wer gesagt hat: Nein, ich hab überhaupt kein Geld, der wurde rausgekickt. Nach einiger Zeit kam eine Einladung ins Konsulat.»

«Das heißt, das alles war ganz offiziell?»

«Schwer zu sagen, offiziell, nicht offiziell? Ganz Russland stand doch unter Kuratel: Was die dort gesagt haben, wurde gemacht. Anwerbezentren gab es nicht nur in Moskau, auch in Saratow, in Smolensk. Das wussten alle. Meine Kameraden zum Beispiel wurden in Italien angeworben, in Rimini, unter der Anzeigetafel auf dem Bahnhof. Sie wurden in einen Laster gesetzt und zur Militärbasis gebracht. Am Ende landeten auch sie in Bahrein, dort befinden sich das Hauptrekrutierungslager und das Ausbildungszentrum. Von dort ging es dann weiter nach Kalifornien.

Aber ich dachte nicht, dass etwas daraus wird. Das zog sich über mehrere Jahre hin. Mal kamen irgendwelche E-Mails. Dann wieder Anrufe, um etwas zu klären. Ein Typ rief an – ich sollte Englisch mit ihm sprechen. Er fragte irgendeinen Scheiß, und ich antwortete ihm. Er dachte von mir bestimmt: Was für ein Trottel. Und ich dachte das Gleiche von ihm.

Das erste konkrete Gespräch war in Jacksonville im Staate Florida, dann in den Arabischen Emiraten, in Dubai. Dann in Bahrein. Dort einen Monat körperliche Ausbildung und Prüfung auf Kommunikationstauglichkeit. Die Auslese war ziemlich hart. Heute nehmen sie jeden, auch wenn er fast kein Englisch kann; damals war die Auswahl sehr streng.

Ich kam in eine Einheit, die nach dem ersten Irakkrieg aufgelöst wurde. Aber weil ich nach dem zweiten Monat abreiste, um hier an der Akademie zu studieren, ist mir Afghanistan erspart geblieben, nur die anderen wurden hingeschickt. Nach Kandahar, Schindant und Mazar-i-Scharif.

In Mazar-i-Scharif ist ein Junge von uns gefallen. Ich wurde einer Untereinheit zugeteilt, die nach Irak geschickt wurde. Wir wurden in die Provinz Anbar verlegt. Das war 2003, Bagdad war schon erobert.»

«Du hast also wirklich in der amerikanischen Armee gedient? Nicht bei den UN, nicht bei den Friedenstruppen, sondern in der U.S. Army?»

«In einem Korps der Marineinfanterie. USMC.»

«Hast du mit Amerikanern gedient, oder war das eine gesonderte slawische Einheit?»

«Offiziell galten wir nicht als Fremdenlegion, obwohl man das im Prinzip so hätte nennen können. Das war die fünfzehnte Unit, wiederbelebt von der militarisierten Einwanderungsbehörde, ich habe vergessen, wie sie richtig heißt. Dort landeten im Grunde alle, die irgendwann eine Aufenthaltsgenehmigung beantragt hatten und auf diesen Listen standen. Russen, Juden, Kroaten, Belarussen, Latinos. Viele Balten. Dort bei der Marineinfanterie ist das so üblich – du kannst einen Antrag stellen, und er wird geprüft.»

«Hattest du damals schon die Staatsangehörigkeit?»

«Nein.»

«Als was hast du gedient?»

«Als Kommandeur einer Sicherungseinheit. Bei denen gehen die Sturmtruppen voran, die Spezialeinheit. Wenn sie auf Widerstand stoßen, rufen sie sofort die Luftwaffe. Etwa so wie bei uns in Afghanistan. Und wir sind ihnen gefolgt. Die zweite Staffel. Das Bataillon, dem ich zugeordnet war, ist mit den Briten in Umm-Kasr einmarschiert. Dieses Bataillon hat den Durchbruch gesichert. Bei den Irakern war natürlich alles korrupt, die Gardesoldaten, die dort standen, hätten sich nicht lange gehalten, aber für vierundzwanzig Stunden war dort richtig Krieg.»

«Zurück zu dir.»

«2004 begann der Partisanenkrieg – erobert war das Land, jetzt musste man es nur noch halten. Unruhen in Nadschaf und in Kerbela – bei den Muslimen die zweite Stätte nach Mekka, für die Schiiten ist es die wichtigste Pilgerstätte überhaupt, dort soll sich der Garten Eden befunden haben. Eine riesige Region des Landes war praktisch unkontrollierbar geworden. Die schiitische Mahdi-Armee hatte sich formiert, anfangs unterstützt von den Amis, später von ihnen bekämpft. Sie wollten Garnisonen einrichten, Statthalter in den Städten ernennen und sich in die zweite Linie zurückziehen. Doch diese Statthalter wurden niedergemetzelt, die Städte gerieten außer Kontrolle. Zwei Krisenherde bildeten sich, in denen es steinzeitlich zuging, wo keine Konvois durchkamen, Posten zerstört wurden. Dazu die Politik – Saddam hatte die Islamisten unterdrückt, hatte versucht, die weltliche Macht in dieser Region zu stärken. Mit seinem Sturz bekamen die ‹Glaubenskämpfer› freie Hand, sie brachten die Sunniten um. Von April bis August, bis as-Sadr in einer Moschee eingesperrt wurde, war Krieg. Diese Zeitspanne war die allerhärteste.»

«Du hast ihn gefangen genommen?»

«Ja. Einmal kommen wir mit der Kolonne in einen Kischlak, ein traditionelles Dorf. Von dort: ‹Rattatata!› Eine reaktive Panzerbüchse. Die Granate kratzt den Hammer an und prallt zurück. Oben sitzt der MG-Schütze, plappert irgendwas Unverständliches, Englisch ist auch nicht seine Muttersprache. Aber er reagiert rechtzeitig. Ich erinnere mich genau – aus dem Kischlak wird das Feuer eröffnet, er dreht sein MG, eine Browning vom Typ unseres großkalibrigen Wladimirows, und hält voll darauf. Die Lehmhütten fliegen in Fetzen. Ich sehe noch, wie dort ein Mann herausspringt, zu fliehen versucht, und es ihm einfach ein Bein abreißt. Ich hatte den Eindruck, er will noch auf einem Bein weiterlaufen. Danach spritzen nur noch Sandsäulen hoch …»

«Wie lange warst du insgesamt im Irak?»

«Fünf Monate. Nach meiner Verwundung wurde ich bei den Marineinfanteristen entlassen und arbeitete als Leibwächter für eine britische Personenschutzfirma und bei der russischen Mission. Schade, dass die russischen Unternehmen Leute wie mich so wenig in Anspruch genommen haben. Wir haben die Erfahrung. Im Osten an sich und im Irak ganz besonders kannst du alles kaufen. Auch das Leben selbst. Das klingt vielleicht gekünstelt, aber mit uns hätte man viele Opfer dort vermeiden können.»

«Michail, sag … Du bist amerikanischer Staatsbürger. Soweit ich weiß, unterschreibt man bei der Annahme der Staatsbürgerschaft so eine Art Vereinbarung, dass man im Konfliktfall für die USA kämpft und sein früheres Vaterland vergisst. Stell dir vor, ein dritter Weltkrieg beginnt, wirst du diese Verpflichtung einhalten?»

«Nein, natürlich nicht. Diese Frage habe ich mir nicht einmal gestellt. Ich verstehe dieses Land nicht als meins, obwohl ich sogar ein Haus in Florida habe. Für mich ist das einfach ein Abenteuer. Ich hatte Gelegenheit zu reisen – die habe ich genutzt. Ich wollte sehen, was das ist, die Armee der USA, und habe es gesehen. Ich wollte sehen, was die israelische Armee ist, und habe es gesehen. Mir ist im Leben alles geglückt – ich habe sowohl hier als auch dort gedient.

Das kann man so sehen wie deine journalistischen Reisen, aber auf keinen Fall betrachte ich Amerika als mein Vaterland. Ich habe schon ein Vaterland. Hier in Russland habe ich meine Freunde, Russisch ist meine Muttersprache. Leute wie ich müssen, glaube ich, erst mal dort hineinriechen, um zu begreifen, wo sie hingehören. Ich habe verstanden, dass ich niemals ein vaterlandsloser Geselle sein werde. Manche mögen denken, ich hätte meine Heimat verraten. Sollen sie.»

«Ein Söldner?»

«Je nachdem. Der Begriff ist eher negativ besetzt. Heute wollen alle ‹Patrioten› sein. Vor zwei Jahren war Amerika noch der große Freund, heute ist es unser Hauptfeind! Ich will nicht mehr darüber diskutieren. Manche sind Profis geworden, haben sich zum Dienst entschieden, später wirft der Staat sie weg, obwohl sie für ihn in Afghanistan, in Tschetschenien gekämpft haben. Und? Was soll man tun? Wenn wir nichts anderes können? Wir werden nicht gegen Russland losziehen. Und wie du nun dein Ziel erreichst – schließlich stiehlst du nichts, bist kein Räuber. Jetzt haben unsere Energieunternehmen eine große Ausschreibung in Harta gewonnen. Sie werden die Energieversorgung im ‹sunnitischen Dreieck› wiederaufbauen. Die Dokumente sind unterzeichnet, die Weltbank soll erste Raten überweisen. Sie brauchen doch einen Personenschutz?»

«Wie verstehst du dich selbst – als Söldner, Profi, Abenteurer?»

«Weiß der Teufel. Wenn es hart auf hart kommt, ist das Vaterland ein verschwommener Begriff. Da sagt man dann später: Sie haben fürs Vaterland gekämpft, und das ist wirklich so, aber in dem Moment kämpft jeder für sich selbst und für den, der an seiner Seite steht. Ganz einfach: Dort sind die Feinde, hier die Freunde. Du schlägst dich, weil du siegen musst, weil du in diese Situation geraten bist. Und dich da hineinbegeben hast. Ich würde es das Gespür fürs Leben nennen. Da werden andere Werte eingeschaltet – und nicht die übelsten, muss ich sagen. Die Einstellung deiner Kameraden zu dir und vor allem deiner Feinde. Dieser Kontrast gibt dir Lebenskraft. Das ist wie eine Droge. Ich habe einen Menschen gesehen, der ein Bein verloren hatte – er war in ein fremdes Land gekommen, in einen fremden Krieg, hatte sein Bein dagelassen, aber wenn er sich wieder hätte entscheiden sollen, hätte er nichts anderes gewollt. Wer das selbst mal gespürt hat, wird mich verstehen. Die anderen sollen mich meinetwegen einen Idioten nennen.»

«Wofür hast du im Irak gekämpft?»

«Am Anfang dachte ich, das wäre richtig. Diese finsteren Gesellen, die Kurden, die dort seit vierzig Jahren kämpfen, für die war Saddam ein erbitterter Feind. Du kommst nach Kurdistan, und man achtet dich allein schon dafür, dass du dort bist. Und wenn du dann noch ein paar Worte Kurdisch kannst, bist du sowieso ein Bruderherz. Ich hatte das Gefühl, dass ich dort gebraucht werde. Heute hat sich meine Meinung geändert. Da war zum Beispiel so ein Kampf. Realistisch gesehen waren da vielleicht zwei, drei Kämpfer, aber wir hatten einen Panzer und haben das halbe Dorf in die Luft gejagt. Und dann … Ich weiß nicht, ob ich das erzählen soll … Für mich ist es eine Tragödie. Die Kolonne geriet in einen Hinterhalt, unsere Aufgabe war, sie aus dem Feuer zu holen. Wir steigen aus, rennen an die Lehmmauer. Ein Feuergefecht. Aus einem Fenster kommt MG-Feuer. Der Kamerad gibt mir Deckung, ich renne bis zur Hausmauer.

Da höre ich im Kopfhörer: ‹Abrücken!› Wenn ich jetzt den Rückzug antrete, dachte ich, gerate ich hundertprozentig unter Beschuss. Ich hatte auch keine Kraft mehr. Jeder Soldat an meiner Stelle hätte das getan, was man ihn gelehrt hat. Ich werfe also eine Handgranate hinein. Ergebnis: zwei Tote. Ein Mann und ein Junge, vielleicht dreizehn Jahre alt. Dieser Mudschahed hatte seinen Sohn mitgenommen und ihm ein MG in die Hand gedrückt. Bei ihnen gilt man mit dreizehn, vierzehn schon als Krieger … Es gab viele solcher Fälle. Säuberung eines Kischlak, da steht ein Soldat, zwei Jungs kommen mit Kalaschnikoffs auf ihn zu, er erschießt sie automatisch. Dann stellt sich heraus, das waren Halbwüchsige, die die Gewehre einfach nur gefunden haben.»

«Wirst du nicht verrückt, wenn du daran denkst, dass du in einem fremden Krieg …»

«Kürzlich ist mein Sohn schwer erkrankt, da hab ich mich gefragt: Vielleicht ist das die Strafe? Wenn man älter wird, geht man nicht mehr so gern raus. Aber verbittern darfst du nicht. Der Mensch ist die Gesamtheit seiner Nerven, sein Verhalten wird vor allem von der Psyche gesteuert. Und wenn du sie steuerst, kannst du viel schaffen. Am Anfang muss die Motivation da sein, in eine Situation reinzugehen, danach die Motivation, wieder rauszukommen. Du musst ins Wasser gehen, aber auch wieder rauskommen können. Wenn du nicht schwimmen lernst, gehst du nur einmal rein. Ausrasten tun die Leute, die nicht richtig vorbereitet worden sind.»

«In der Welt gilt heute Amerika als der Aggressor im Irak.»

«Ein Märchen. Was waren wir denn in Afghanistan? Das Gleiche wie in Tschetschenien. Auch dort wurden ganze

Dörfer im Vorbeifahren weggefegt, einfach so. Die Ulman-Gruppe – waren die Opfer friedliche Menschen oder nicht, wer will das noch feststellen? Am einfachsten war es natürlich im Großen Vaterländischen Krieg. Schwarz und Weiß. Heute haben die Balten ihre Version der Geschichte und wir unsere.»

«Hast es dich nicht gereizt, in Tschetschenien zu kämpfen?»

«Ehrlich gesagt habe ich diesen Krieg nicht verstanden. Im Nahen Osten sind mir viele Tschetschenen über den Weg gelaufen. In einem Kommando war ein Junge aus Grozny, Maga. Wir haben uns angefreundet, sein Bruder hatte in Afghanistan gekämpft, in Logar, wir waren zur selben Zeit an denselben Operationen beteiligt. Wir redeten uns mit ‹Batscha› an. Aber nimm einen unserer Soldaten aus der Zeit, und er ist für diesen Tschetschenen ein Feind. Im Irak haben wir es mit tschetschenischen Kämpfern zu tun gehabt und auf sie geschossen. Die haben ihre Wahrheit, wir unsere. Früher oder später kommt es zum Zwist.»

«Der Begriff Kriegsmensch, trifft der auf dich zu?»

«Ja, vielleicht … Ich weiß es nicht. Jetzt bin ich ja ins bürgerliche Leben eingetaucht, betreibe mein Business – das andere ist in den Hintergrund getreten. Gar nicht mal in den Hintergrund, es ist einfach eine Entscheidung – ich würde schon gern noch fahren, aber mein Familienleben aufs Spiel setzen, wieder alles kaputt machen, das möchte ich nicht.»

«Beim Dritten Weltkrieg wird alles klar sein. Und wenn Russland mit seinen Truppen ein Drittland besetzt, sagen wir ein völlig fremdes, wie Bangladesch?»

«Dann fahre ich hin, das ist doch klar. Wenn ein großes Land wirklich den Anspruch hat, ein großes Land zu sein, dann braucht es eine eigene Geopolitik. Es muss seine Interessen in Lateinamerika, in Afrika und erst recht im Nahen Osten verteidigen. Das Potenzial ist da. Und viele Menschen sind bereit, diese Interessen zu sichern. Unser Land muss verteidigt werden, um jeden Preis.»

Der Militär

Es ist nicht einfach, Anatolij Lebedj zum Reden zu bringen. Er äußert sich nur einsilbig. Auf die Frage, wie er in Afghanistan gelebt hat, antwortet er mit zwei Wörtern: «Sind geflogen.» Nicht sehr groß, muskulös, kahlgeschorener Kopf und geschniegelter Bart, schwarzer Mazda-6. Entspannt, nicht hektisch, mit feinem Humor. Man könnte ihn für den Top-Manager einer erfolgreichen Firma halten, wenn man seine Vergangenheit nicht kennen würde.

Dreifach ausgezeichnet mit dem Roten Stern – schon das ist kaum zu glauben. Zweimal mit dem Tapferkeitsorden. Held der Russischen Föderation. Angehöriger der Luftlandetruppen. Dann Hubschrauberpilot in Afghanistan. Dann Freiwilliger in Dagestan. Heute dient er in einem Sondereinsatzkommando. Aus seinen Tschetschenien-Einsätzen kommt er gar nicht mehr raus.

Ich treffe ihn auf dem Flugplatz in Kirzhach, wo Anatolij mit seinen Kämpfern übt. Neunhundert Sprünge hat er auf dem Konto. Das Erstaunlichste aber ist, wie Lebedj in den letzten drei Jahren gesprungen und durch die Berge gegangen ist – nämlich auf einem Bein. 2003 ist er auf eine Mine geraten.

«Wie bist du von den Fliegern zum Sonderkommando gekommen?»

«Hubschrauberpilot bin ich geworden, weil ich alle Ebenen ausprobieren wollte. Der Himmel hat mich gereizt, das Fliegen. 1987 bin ich nach Afghanistan gekommen. Dort blieb ich fast zwei Jahre, erst fünf Tage vor dem offiziellen Abzug ging ich raus. Das waren die besten Jahre in der Armee. Wir hatten alle Hände voll zu tun. Aufdeckung und Vernichtung von Karawanen der Rebellen, der Mudschaheddin. An die siebenhundert Einsätze bin ich geflogen. Mehrmals angeschossen worden. In Hinterhalte geraten, Rumpf und Rotoren unter Beschuss. Im Rayon Barakow kamen wir von einem Einsatz zurück, dort warteten sie schon auf einer Kuppe, mit kaum zwanzig Metern Höhenunterschied zu uns, und beschossen uns aus dem Granatwerfer, dann mit dem schweren MG. Die Bordwand war durchlöchert, aber wir stürzten nicht ab. Damit mussten wir immer rechnen. Munition griffbereit, falls du abstürzt – damit du bis zum Morgen durchhältst. Nachts holt dich keiner raus, findet dich kein Suchtrupp, deshalb Wasser und Munition, immer dabei.

Wir flogen ohne Pause. Karawanen mit zwanzig Lastpferden, dreißig Lastpferden … Die größte – zweihundertdrei Lastpferde. Berge von Waffen, Berge von Medikamenten, die Mudschaheddin häuften so viel davon an. Um vier Uhr morgens hatten wir sie entdeckt, bis ein Uhr nachts beharkten wir sie. Auftanken, anfliegen, Truppen absetzen, danach kommen andere, Kampfhubschrauber Mi-24 ‹Krokodil› fliegen an, wir hielten sie ununterbrochen unter Beschuss. Die ganze Karawane blieb in der Schlucht, mit fast dem gesamten Begleitschutz.»

1994 war für ihn zunächst Schluss, mit einunddreißig Jahren. Eine Wohnung bekam von der Armee niemand, die Zukunftsaussichten waren gleich null, er quittierte den Dienst. Dann begannen die Reisen, die Einsätze. Und 1999 unterschrieb er wieder einen Vertrag.

«Warum? Das war damals die beste Zeit, um was auf die Beine zu stellen, ein eigenes Business ... Ich brauchte eine handfeste Beschäftigung. Erfahrung hatte ich. In Dagestan waren Chattab und Bassajew. Deshalb beschlossen meine Genossen und ich: Vorwärts! Ich fuhr mit meinem Freund Igor Nesterenko dorthin. Sie nahmen uns ohne Umschweife, denn wir waren gut ausgebildet, brachten unsere eigene Ausrüstung mit. Das Volk dort ist willig – nur fehlt es an Möglichkeiten, an Erfahrung, das ist Miliz, Volksaufgebot. Die Banden sind viel erfahrener und besser bewaffnet. Deshalb musste man ihnen helfen. Wir also hin. Zu zweit.»

«Hattet ihr eure eigene Truppe?»

«Igor Nesterenko, ich und die Dagestaner, Freiwillige. Wer eine Waffe halten konnte, zog los, die Grenzen verteidigen. Eine eigene Gruppe entstand, die den Truppen des Innenministeriums zugeordnet wurde. Später, als die Kampfhandlungen auf das Gebiet von Tschetschenien übergingen, sind wir rasch nach Moskau, haben einen Vertrag geschlossen, damit alles rechtens war, und sind zurück. So geht das bis heute. Zu tun haben wir genug. Aufspüren von Basen und illegalen Abteilungen – finden, vernichten, die Artillerie darauf ansetzen, die Luftwaffe. Wie die Spürhunde. Im Rayon Wedenskij, Vorgebirge, Gelajews Bande – da waren wir auch beteiligt. Am ersten Dezember 1999 fiel Igor Nesterenko. Bei Argun. Wir waren nachts auf einen gegnerischen Hinterhalt gestoßen. Der Kampf ging um einen Bahndamm. Wir waren zu fünfzehnt, sie über zwanzig. Zwei Jungs sind dortgeblieben.

Wie viele Diensteinsätze es danach waren, habe ich nicht mal gezählt. Die Gesamtdauer kann man abschätzen, aber so … Alle ziehen ab, aber wir sind von 1999 bis 2005 Ende Dezember dageblieben.»

«Was denkst du über Tschetschenien?»

«Wenn ein Bandit zur Waffe greift, muss man ihn vernichten. Egal, wie viele es sind, einer, zwei, fünfhundert, zweitausend. Das Volk ist erwachsen, selbständig, das ist Demokratie. Wenn man etwas anstellt, muss man auch wie ein Erwachsener dafür einstehen. Damit sie nicht am Ende hier auftauchen, im Zentrum von Moskau. Deshalb muss man sie vor Ort erwischen, solange sie sich noch vorbereiten, formieren, trainieren. Besser dort vernichten, dann haben wir hier weniger davon. Das sind die Aufgaben der Aufklärer.»

«Wie hast du dein Bein verloren?»

«Tja, das hab ich schon fast vergessen, wie das war … Warte, gleich! Wir hatten eine Basis entdeckt, in den Bergen bei Ulus-Kert, die Einnahme gelang uns nicht, wir hatten einen Verwundeten. Einen Monat später gingen wir zum zweiten Mal dorthin. Artilleriebeschuss war vorbereitet. Aber auch die hatten sich vorbereitet. Während wir die Basis säuberten, hin und her, bin ich in die Luft geflogen. Da baumelten irgendwelche Lappen von mir herunter, sie sammelten mich mitsamt dem Stiefel auf und schleppten mich auf dem Buckel zum Hubschrauber. Ab nach Chankala. Dort schauten sie sich das an, säbelten ab, was überflüssig war, egal was, Fleischstücke, Haut, alles weg … Den Rest klebten sie wieder ordentlich dran. Das war's. Nach drei Tagen ging's nach Burdenko, dort lag ich anderthalb Monate, bekam eine Prothese, lief sie ein, und zurück ins Gebirge.»

«Ohne Bein? Auf der Prothese?»

«Das Kommando hat Entgegenkommen gezeigt. Ich von mir aus habe keinen Entlassungsantrag gestellt – wozu, wenn ich normal gehen kann. Die Prothese hält. Ja, stimmt, ein paarmal ist sie angebrochen, da haben sie Klebeband rumgewickelt, und fertig. Arbeit gibt's genug, was soll ich mich da mit irgendwelchem Quatsch abgeben. Heute geht's in den Himmel, morgen vielleicht auf einen Einsatz – wir sind bereit, warten nur auf den Befehl. Durchhalten, bis zum bitteren Ende. Damit man sich später nicht schämt, in Rente zu sitzen und die Nachrichten zu gucken. Man muss seine Sache zu Ende bringen.»

«Bedrückt dich so ein Leben nicht?»

«Weiß nicht.» Er lacht. «Ist in Ordnung so.»

«Hast du eine Wohnung, Familie?»

«Familie ja, Wohnung kriege ich erst mal nicht.»

«Bist du nicht wütend auf den Staat?»

«Hör mir auf mit dem Staat! Schau hin, dort ist der Staat – dort stehen die Jungs. Die müssen wir ausbilden, damit der Feind sich nicht ins Fäustchen lacht. Die jungen Rekruten lassen sich leicht erwischen – in einem Hinterhalt oder im Kampf. Für die kämpfe ich. Für diese Burschen, damit sie nicht brüllen, wenn ihnen die Kehle durchgeschnitten wird. Rechtzeitig ausbilden müssen wir sie. Ja, und natürlich für das Volk. Für die alten Weiblein, für die Obdachlosen, damit niemand sich über sie lustig macht. An dich selbst denkst du da nicht. Du denkst an die Leute neben dir, dann läuft die Arbeit. Jeder hat seinen Kampf im Leben zu kämpfen, manche haben es schon hinter sich, andere noch vor sich. Da oben sollen sie meinetwegen verraten, wen sie wollen – uns, sich selbst, ihre Verwandten, wir haben unsere Aufgabe zu erfüllen und nicht zu schauen, wer wen verkauft oder verrät. Auch wenn da ein Neger Präsident wird, ist egal …»

«Kannst du dir ein Leben in Frieden vorstellen?»

«In Frieden? Weiß nicht, mal sehen. Etwas wird sich finden.»

«Letzte Frage. Sag. Drei Rote Sterne. Held der Russischen Föderation. Afghanistan. Tschetschenien. Mit einem Bein im Sondereinsatz in den Bergen und als Fallschirmjäger. Hast du nicht das Gefühl, dass du etwas Besonderes bist?»

«Ach was. Andere haben es schwerer.» Wieder lacht er. «Es geht doch. Auf das Volk. Auf unsere Jungs. Auf die Luftlandetruppen!»

Stalins Gegenspieler

«Der Überfall auf Kuban misslang. Der Oberst (ich kann seinen Namen nicht nennen, er führt den Partisanenkrieg im Kaukasus bis heute fort) formierte eine neue Einheit. Wir versuchten, über die Berge nach Georgien zu entkommen. Als die Amnestie verkündet wurde, ergab ich mich [...] den Offizieren. Vier Monate verbrachte ich im Gefängnis. Von dort wurde ich nach Grozny verlegt, dann, in einem Spezialwaggon, nach Wladikawkaz. Ich bestritt meine Schuld und lehnte es ab, mich schuldig zu bekennen. Da führte man mich und noch drei weitere Geflohene zur Erschießung. Einer wurde zwei Schritte von mir entfernt erschossen, ein zweiter ebenfalls. Aus irgendeinem Grund haben sie mich am Leben gelassen ...»

Das ist kein Ausschnitt aus einer Reportage von Anna Politkowskaja und kein Bericht der Menschenrechtsorganisation Memorial über die Situation in Tschetschenien. Diese Zeilen wurden vor über achtzig Jahren geschrieben – 1925. Ihr Autor ist Sozerko Mal'sagow. Ein Mensch, dem die erste und einzige Flucht aus dem Konzentrationslager auf den Solowki-Inseln gelang. Sein Buch «Die Hölleninsel» war im Grunde auch das erste Buch über die Verbrechen der Sowjetmacht. Es erschien ein halbes Jahrhundert vor Solschenizyns «Archipel Gulag» und vor den Erinnerungen Schalamows.

Das Bemerkenswerteste an diesem Buch aber ist, dass es –

entfernt man die Jahreszahlen und ersetzt «Bolschewiken» durch «Föderale», «Weißgardisten» durch «Terroristen» – verblüffend an heutige Reportagen aus dem Kaukasus erinnert.

Noch vor fünfzehn Jahren hätte Sozerko Mal'sagows Schicksal wie eine Märchengeschichte wirken können. Ein Zarenoffizier, politischer Häftling, Flüchtling, Offizier der polnischen Armee, Kriegsgefangener, politischer Emigrant. Zu viel für einen einzelnen Menschen, sollte man meinen. Doch das Leben schreibt die besten Drehbücher. Bisweilen wartet es mit Stoffen auf, die sich der größte Phantast nicht ausdenken könnte. Heute könnte man Mal'sagows Schicksal als ein gewöhnliches bezeichnen.

Als Sohn des Kommandeurs einer Artilleriedivision absolvierte Mal'sagow das Kadettenkorps in Woronesch und wurde Offizier der russischen Armee. Im Ersten Weltkrieg kämpfte er im Inguschetischen Kavallerieregiment. Sein Frontaufenthalt war nicht von langer Dauer – nach einem Monat wurde Mal'sagow verwundet und kam ins Lazarett. Für «herausragende Leistungen im Kampf gegen die Deutschen» erhielt er den «St.-Stanislaw-Orden dritten Grades mit Schwertern und Band».

Mit dem Zerfall des Imperiums wurde Mal'sagow aus den Streitkräften entlassen und in die Heimat geschickt – nach Inguschetien, wo gerade der Bürgerkrieg tobte. Die Inguschen bildeten die Grundlage, den harten Kern der Zarenarmee, und Mal'sagow blieb seinem Eid treu. Er trat in die Kaukasische Armee ein und kämpfte gegen die Bolschewiken. Dann zog sich die Denikin-Armee kämpfend zurück; ohne ihre Unterstützung konnten die Gebirgseinheiten keinen angemessenen Widerstand leisten.

«Die Katastrophe der Freiwilligen-Armee zwang uns alle, Zuflucht in den Bergen zu suchen», schreibt Mal'sagow in seinen Erinnerungen. «Trotz unserer geringen Zahl konnten wir auch manche Siege im Gefecht erringen. Schon begannen wir große Operationen zu erwägen, da brach der denkwürdige Aufstand in Georgien aus, und wir verloren die Unterstützung, mit der wir gerechnet hatten.»

Die weißgardistische Bewegung in Georgien stand unter der Führung von Oberst Tschelokajew. Die transkaukasische Tscheka bot ihm wiederholt eine riesige Summe Gold an, den Kauf jeder beliebigen Villa in jedem beliebigen Land Europas, wenn er nur den Kaukasus verlasse, doch Tschelokajew lehnte jedes Mal ab. Da nahmen die Tschekisten seine Familie als Geiseln. Tschelokajew wiederum nahm einige bedeutende Vertreter der Sowjetmacht gefangen und schickte dem Vorsitzenden der georgischen Tscheka einen Brief: «Ich schicke euch je vierzig Kommunistenköpfe in einem Sack für jedes Mitglied meiner Familie, das ihr umgebracht habt. Oberst Tschelokajew.»

1922, zum fünften Jahrestag der Revolution, verkündeten die Bolschewiki eine vollständige Amnestie für alle Kämpfer, die die Waffen niederlegten. Die weißgardistische Bewegung war damals schon endgültig zum Scheitern verurteilt. Mal'sagow entschloss sich zur Aufgabe.

«Bis heute kann ich mir nicht verzeihen, dass ich, der den Wert bolschewistischer Versprechen besser kannte als andere, an den guten Willen dieser Leute geglaubt habe. Im April 1923 stellte ich mich selbst den Tscheka-Offizieren in Batum. Mich verhörte ein bemerkenswert junger Ermittler. Als der Tschekist meine Verbrechen aufzählte (zugegebenermaßen ziemlich detailliert), stellte er mit einem Lächeln fest: ‹Mit Leuten wie dir gehen wir nicht zimperlich um.› Und das taten sie wirklich nicht. Als ich mich auf die Amnestie berief, brüllte der Ermittler vor Lachen: ‹Führt ihn in die Zelle, da sollen sie ihm die Amnestie zeigen!› Und das taten sie auch.

[…] Die Henker liefen immer betrunken herum. Das waren professionelle Fleischer. Die Ähnlichkeit mit letzteren wurde noch durch die Gewohnheit, die Ärmel der Kittel hochzukrempeln, verstärkt. […] Das ununterbrochene Blutvergießen war eine Qual nicht nur für die Untersuchungshäftlinge, sondern auch für die Bewohner der Stadt. Die Bevölkerung verließ allmählich ihre Häuser, weil sie die durchdringenden Schreie und das Stöhnen der Opfer nicht mehr ertragen konnte. Die Straßen rings um Metechi etwa waren lange Zeit unbewohnbar. […] In Metechi selbst wurden wehrlose Menschen systematisch gefoltert – ich sah viele Alte, Frauen und Kinder. Einmal in der Woche stellte eine Sonderkommission eine Opferliste zusammen, ohne besonders nach Schuld oder Unschuld zu fragen. Donnerstagnachts wurden sechzig bis hundert Menschen erschossen. Diese Nächte waren die Hölle. Jeder rechnete mit seinem Tod. Viele hielten es nicht aus und verloren den Verstand oder begingen Selbstmord.»

Sieben Monate nach der Verhaftung wird Mal'sagow aufgrund von Artikel 66 – «konterrevolutionäre Tätigkeit» – verurteilt und auf die Solowki-Inseln verbannt. Zu der Zeit war die dortige Klosteranlage schon ein regelrechtes Konzentrationslager, dessen Hauptziel es war, Menschen zu vernichten. Hier bekam Mal'sagow die versprochene Amnestie bei vollem Licht zu sehen:

«‹Weißes Haus› – so hieß dort ein von seinen Bewohnern

verlassenes Gut. Darin fanden im Laufe von zwei Jahren täglich Erschießungen statt. Die zweitausend Matrosen von Kronstadt wurden innerhalb von drei Tagen erschossen. Der Gestank der verwesenden Leichen verseuchte die Luft im Umkreis von Kilometern. Der schreckliche Ruhm des ‹Weißen Hauses› wurde noch dadurch verstärkt, dass die Leichen der Gehenkten nicht fortgeschafft wurden. Gegen Ende 1922 waren sämtliche Räume des ‹Weißen Hauses› bis zur Decke mit Leichnamen vollgestopft …

Die Praxis der grausamen Repressionen gegen Verwandte der Aufständischen wurde zu einem komplexen Terrorsystem weiterentwickelt. Alte Tschetschenen wurden als Geiseln für ihre Söhne, die sich den Partisanen angeschlossen hatten, in Haft genommen. Die ganze Gruppe wurde dann zum Sekir-Berg geschickt, in einen ‹steinernen Sack› gesteckt und bis zur Bewusstlosigkeit mit ‹Smolensker Knüppeln› geprügelt. Der älteste dieser Tschetschenen war hundertzehn Jahre … Bei den ‹steinernen Säcken› handelte es sich um drei bis vier Fuß lange, von den Mönchen einst zur Aufbewahrung von Lebensmitteln in den Fels gehauene Kellerlöcher. Sie besaßen keine Türen, Verpflegung wurde von oben durch kleine Öffnungen gereicht. Kroch der Verhaftete mit den Beinen zuerst hinein, wurde er auf den Kopf geschlagen. Zwängte er sich mit dem Kopf zuerst hinein, dann prügelte man ihn mit ‹Smolensker Knüppeln› auf Rücken und Beine, so lange, bis der ganze Körper im Sack war. Dieser war zu eng, als dass man darin sitzen konnte, und zu niedrig, als dass man stehen konnte. Daher musste der Gefolterte in kniender Stellung mit nach vorn gestrecktem Kopf dort ausharren. Die Dauer des Aufenthalts in dem Sack betrug zwischen drei Tagen und einer Woche. Nur wenigen gelang es, diese mittelalterliche Peinigung zu ertragen.»

Fluchtversuche von der Insel hatte es natürlich auch vorher gegeben, doch waren sie alle gescheitert. So wie jener der Gruppe Zchirtladse. Die Männer bemächtigten sich eines Bootes, fuhren eine Woche ohne Navigationsmöglichkeit übers Meer, und als sie endlich ans Ufer gespült wurden, waren die Flüchtlinge so erschöpft, dass sie einfach nur an Land stürzten und ein Lagerfeuer machten. Dort wurden sie von einem Konvoi entdeckt. Die Tschekisten warfen zwei Granaten ins Feuer. Vier der sechs Mann waren auf der Stelle tot, zwei, darunter Zchirtladse, wurden mit abgerissener Hand und Splitterwunden an den Beinen ins Lager geschleppt und ein bisschen aufgepäppelt, nur um dann grausam gefoltert und am Ende erschossen zu werden.

Da war zwar auch noch der Student Nikolajew, der im örtlichen Kontor arbeitete. Ihm gelang es, zu einer richtigen Dienstreise aufs Festland geschickt zu werden. Er verließ die Insel ganz offiziell. Von dort schickte er einen Brief ins Lager mit der Mitteilung, dass er nicht an eine Rückkehr denke. Doch diese Dienstreise kann man wohl nur schwerlich als Flucht bezeichnen.

Mal'sagow begriff, dass eine Flucht von der Insel selbst unmöglich war. Aber er hatte Glück. Er wurde zum Vorarbeiter ernannt, der die Häftlinge zur Arbeit einteilte, was ihm die Gelegenheit gab, eine Brigade aus seinen Leuten zusammenzustellen und sie zum Holzeinschlag ans Festlandsufer zu schicken. Das war die einzige Chance.

Am frühen Morgen des achtzehnten Mai 1925 wurden zwei Häftlingspartien zur Arbeit geführt. Die eine, die aufs Festland sollte, bestand aus Bessonow, dem Gruppenkommandeur, Initiator und Organisator der Flucht, Mal'sagow, den Polen Malbrodzki und Sazonow sowie dem Kosaken Pribludin. Die zweite Partie sollte zum Fußbodenscheuern in die Kasernen geschickt werden. Im letzten Moment drohte die Operation noch zu scheitern. Die Führung meinte plötzlich, die Jammergestalten aus Bessonows Gruppe könnten keine Bäume fällen, und wollte die Plätze der Partien tauschen. Mal'sagow stellte sich dumm und schickte die Gruppe auf eigenes Risiko aufs Festland, tat also, als hätte er den Befehl nicht verstanden.

Bis um acht Uhr morgens fällten sie wie vorgesehen Bäume und warteten auf das Signal des Kommandeurs. Als Bessonow seinen Kragen hochstellte, stürzte sich die Gruppe auf die Bewacher und entwaffnete sie. Mal'sagow wollte sie zunächst erschießen, doch Bessonow war damit nicht einverstanden. Der Kosake Pribludin, der nichts von der geplanten Flucht wusste, fiel Bessonow in die Arme. Man stellte ihn vor die Alternative – entweder würde man ihn fesseln und mit den Bewachern zurücklassen, oder er schloss sich den Flüchtenden an. Er entschied sich für Letzteres. Man zog den Bewachern die Schuhe aus und ließ sie im Wald zurück, dann brach die Gruppe nach Norden auf. Die Flucht nahm fünfunddreißig Tage in Anspruch. Mehrere Male stießen sie auf Tschekisten und entkamen nur durch Kampf. Unterwegs führte Bessonow ein Tagebuch auf der Innenseite des Umschlags seines Neuen Testaments:

18. Mai – Haben den Konvoi entwaffnet und sind geflohen.

27. Mai – Die ganze Nacht und den ganzen Tag pausenlos marschiert. Das Essen ist fast alle. Wir kamen auf eine

Milchfarm, gerieten in einen Hinterhalt. Nach Schusswechsel suchten die Roten auf einem Boot das Weite. Wir gingen am Flussufer entlang, besorgten uns Essen bei den Fischern. Wenig zu essen, wir marschieren hungrig. Sind schrecklich erschöpft. Alle haben geschwollene Füße.

29. Mai – Nächtliche Überquerung der «undurchdringlichen» Sümpfe. Ruhepause. Mücken, Gänse. Ein Hase. Malbrodzki kann vor Erschöpfung nicht laufen.

4. Juni – Sind in ein Dorf gegangen, um Nahrung aufzutreiben. Die Karelier versprachen uns etwas zu essen, führten uns damit aber hinters Licht. Überhaupt wenig zu essen. Wir gehen Richtung Westen.

5. Juni – Mal'sagow kann nicht gehen. Wir fanden ein Schnitterhaus. Riesige Vorräte von Getreide, Mehl und Salz. Wir alle fielen auf die Knie und dankten dem Schöpfer. Es ist fast Morgen. Alle schlafen.

14. Juni – Der Fluss. Rückzug. Ein Pfad. Dann ein Hinterhalt. Beschuss aus nächster Nähe. Gott beschützte uns. Er sei gelobt! Flucht. Zurück zum Fluss. Schreckliches Übersetzen.

17. Juni – Haben durch einen glücklichen Treffer ein Rentier erlegt. Fast vollständig gegessen.

21. Juni – Am Morgen zogen wir weiter. Erschöpfung. Keine Lust zu gehen. Eine Lichtung. Wir gehen an den Rand. Verlassen die Lichtung. Holzflöße. Finnland!

Schon ein halbes Jahr später schrieb Mal'sagow seine «Hölleninsel». Das Buch schlug ein wie eine Bombe. Die Führung der UdSSR sah sich des Staatsterrorismus und der unmenschlichen Behandlung von Häftlingen beschuldigt. Die berühmte Reise hundert sowjetischer Schriftsteller zum Belomorkanal war teilweise auch ein Gegenschlag zu Mal'sagows «antisowjetischer Propaganda». Ihr Ergebnis ist bekannt – rühmende Belletristik über die glücklichen Häftlinge und ihre Arbeit, «ein Werk von Ehre und Heldenmut».

Am Zweiten Weltkrieg beteiligte sich Mal'sagow als Offizier der polnischen Armee. Aber es war ihm nicht bestimmt, Soldat zu sein. Mal'sagow blieb der ewige Flüchtling. Im Jahre 1939 geriet er in deutsche Gefangenschaft und kam in ein Kriegsgefangenenlager in Deutschland. Erneute Flucht, erneutes Irren durch die Wälder. Der Widerstand schickt ihn nach Frankreich, wo er bis Kriegsende Partisan blieb.

Nach dem Krieg begann der NKWD eine Hetzjagd auf Mal'sagow. Wieder war er gezwungen, sich zu verstecken, reiste von einem Land ins andere. Mehrere Anschläge wurden auf ihn verübt. Trotzdem stellte er seinen Kampf für die Menschenrechte nicht ein. Nie warf er das Handtuch. Aus seinem Krieg gegen die sowjetische Staatsmaschine ging er als Sieger hervor.

Seine Angehörigen sollte Mal'sagow nicht mehr wiedersehen. Sein Familienleben spielte sich nur noch in Briefen ab: «Lieber Sosi! Jetzt sind wir beide doch schon recht alt geworden im lebenslangen Warten auf eine Begegnung. Sogar unsere Töchter sind alt geworden. Rajetschka ist schon 55, sie ist in Rente, und Madina 51 …» Seine jüngere Tochter Madina, die erst nach seiner Verhaftung geboren wurde, hat er nie zu Gesicht bekommen. Sozerko Artaganowitsch starb 1976 in England.

Man sagt, die Geschichte habe eine Spiralform. Wenn das wirklich stimmt, dann sind wir in einer einzigen Windung gefangen. Gemeinsam mit Europa sind wir ins zwanzigste Jahrhundert eingetreten, aber der Zug ist nun schon ein ganzes Jahrhundert unterwegs, während unser Oberster Weichensteller uns immer wieder auf das Abstellgleis nach Solowki zurückfahren lässt. Milizterror, weisungsabhängige Justiz, Tschernokosowo, Borodzinowskaja und Blagowetschensk, die ungreifbaren «Obersten» im Kaukasus, die totale Nivellierung des menschlichen Lebens und der Menschen überhaupt.

Im Laufe eines Jahrhunderts ist das Mal'sagow-Gen der Freiheit, des freien Denkens und des Stolzes aus der Bevölkerung ausgemerzt worden. Die Mal'sagows dieses Landes wurden massenweise vernichtet oder vertrieben. Von dieser Erbanlage ist nichts mehr übrig. «Wenn achtzig Menschen Frankreich verlassen ...»

Stattdessen hat man uns das Virus der Grausamkeit und Unterwürfigkeit eingeimpft. Nicht einmal eingeimpft – wir selber haben die Ärmel aufgekrempelt, eine Faust gemacht und den Arm zur Impfung hingehalten. Die Zeit dreht sich im Kreis. Die Wende, zu der das Land im Jahre 1991 ansetzte, ist vorüber, und alles geht wieder seinen gesetzmäßigen Gang.

Wenn wir heute den «roten Terror» der zwanziger Jahre haben, dann steht uns unvermeidlich auch das Jahr 1937 noch bevor.

Der Gauner aus dem Strafbataillon

Sie hatten nur eine Chance, ihre Schuld vor dem Vaterland wiedergutzumachen. Im Mannschaftsregister der Strafkompanien hieß es dann auch: «Grund der Entlassung: im Kampf gefallen.»

***

Strafbataillon. Abgekürzt «Strafbat». Schon vom Klang her ein furchtbares Wort. Sie wurden immer mitten in die Hölle geschickt. In panzergefährdete Richtungen, befestigtes oder vermintes Gelände – dorthin, wo die Infanterie nicht durchkam. Ohne Artillerievorbereitung, Feuerunterstützung und Maschinengewehre gingen sie zum Angriff. Oft erhielten sie nicht einmal Gewehre. Weil sie ihre Schuld mit ihrem Blut sühnen sollten. Und das taten sie. Durch ihren Tod bahnten sie der Armee den Weg zum Sieg.

Viele von ihnen sind namenlos geblieben, wurden in anonymen Sammelgräbern bestattet. Wer Glück hatte und überlebte, hatte das Recht, sein Strafbataillon in den Fragebögen nicht zu erwähnen. Und dieses Recht nahmen sie in Anspruch. Sie erzählten niemandem davon. Denn noch ein halbes Jahrhundert nach dem Krieg galt das als Schandmal. Oft wussten nicht einmal die engsten Familienangehörigen, dass ihr Vater, Ehemann oder Großvater durch diese Hölle gegangen war.

Heute sind nur noch sehr wenige von ihnen übrig. Jeder hatte sein eigenes Strafbataillon. Und jeder hat seine eigenen Erinnerungen daran. Dem einen ist ein erbeutetes Bajonett geblieben, dem anderen die Entlassungsbescheinigung, wieder einem anderen eine schreckliche bläuliche Narbe unter dem Schulterblatt. Iwan Petrowitsch Gorin hat einen Offiziersmantel aufbewahrt, den er gegen die Vorschriften bei einem polnischen Schneider in Poznan hat nähen lassen und für den er mehr als einmal in den Arrest gegangen ist. Getauscht gegen einen einfachen Soldatenmantel hat er ihn trotzdem nie, diesen perfekt sitzenden Glücksbringer. Er läuft noch heute ab und zu darin herum, wenn er auf der Datscha ist – im Obstgarten, in den Beeten oder am Vorbau sitzend und rauchend. Manchmal spricht er sogar mit ihm: Mäuschen, sagt er, mein liebes …

Nein, den Namen Gorin – «Pechvogel» – hat er wirklich nicht verdient, der Gauner. Wieso denn Pechvogel? Eher Glückspilz oder Sonntagskind. So oft hätte er schon verrecken können, doch jedes Mal ist er davongekommen. Die obdachlose Diebeskindheit, die Hungersnot der dreißiger Jahre, die Stalin'schen Lager und die Strafkompanie zu überleben – dafür braucht man schon eine besondere Begabung. Die Begabung zum Glück. Und die hat er zweifellos gehabt.

Er besaß übrigens noch eine zweite Begabung. Der Gauner konnte zeichnen. Wenn er sich nicht gerade ums Fressen kümmern musste, setzte er sich mit einem Fetzen Papier in die Ecke und zeichnete stundenlang Porträts von seinen elenden Kameraden im Kinderheim. Oder er wanderte über die Felder und zeichnete Landschaften. In solchen Momenten konnte er alles vergessen und hatte keine Sorgen mehr. Daher auch sein erster Spitzname – der Künstler. Zum Gauner wurde er erst später.

Dieses Talent bemerkte eines Tages ein Lehrer. Er kam auf den Markt, wo der Gauner versuchte, seine Reproduktionen der Schischkin'schen «Bären» zu verscherbeln, die ihm aus irgendeinem Grund besonders gut gelangen, blieb stehen und sah sich das an. Dann nahm er ihn mit in sein Atelier.

Das war der Wendepunkt im Leben des Gauners, sein größtes Glück. Wäre der Lehrer nicht gewesen, hätte er irgendwann auf die Kunst gepfiffen, hätte sich endgültig den Kriminellen angeschlossen und wäre in den Lagern versauert. Der Lehrer holte ihn aus der Herde heraus, nahm ihn wie einen Sohn bei sich auf. Brachte ihm etwas bei. Zeigte ihm, wie man Farben aufträgt, das Spiel von Schatten und Licht unterstreicht, sodass, was flach war, plötzlich Leben und Tiefe auf der Leinwand und einen greifbaren Charakter bekommt. Der Gauner gab sich Mühe. Er arbeitete wie der Teufel. Und wenn es gelang, freute er sich wie ein Kind.

Der Gauner hatte nun fast so etwas wie eine Familie. Mit dem Lehrer war er kein obdachloser Streuner mehr. Eine Zeitlang wohnten sie zusammen. Malten Ikonen, Reproduktionen – immer die «Bären» und «Jäger». Davon lebten sie. Die Leute kauften diese Bilder, und der Gauner glaubte, er hätte endgültig seinen Platz im Leben gefunden. Dann brach der Krieg aus. Der Lehrer musste an die Front. Nach einem halben Jahr kehrte er mit einem Lungendurchschuss und schwindsüchtig geröteten Wangen zurück. Schon vor dem Krieg war seine Gesundheit nicht besonders stabil gewesen, jetzt wurde er richtig gebrechlich. Er begann Blut zu husten, der Hunger tat das seine. Der Mann drohte zu sterben. Da begann der Gauner, Brotkarten zu fälschen und sie einzutauschen. Wenn er am Tag einen halben Laib Brot verdiente, war das gut.

Mit diesen Karten fiel er dann im Winter 1943–44 auf die Nase. Wie man ihm auf die Spur gekommen war, weiß er nicht. Die Weiber auf dem Markt hatten nie Zweifel an der Echtheit seiner Karten, so gut sie sie auch zwischen den Fingern wendeten und beinahe mit den Zähnen prüfen wollten. Da kamen eines Abends plötzlich zwei Männer und klopften ans Fenster: «Du?» – «Ja.» – «Fälschst du Lebensmittelkarten?» – «Ja, schon, was ist dabei …» – «Na, dann komm mal mit.» Und sie gingen. Ganz normal, wie auf einen Spaziergang, zwei NKWD-Leute und er in der Mitte. Wie ein Bengel mit seinen großen Brüdern.

Zusammen mit dem Gauner in der Zelle saß ein Arbeiter, dem man fünfundzwanzig Jahre dafür gegeben hatte, dass er eine Spule Garn aus der Fabrik mitgenommen hatte. Die Spule bezeichneten die Ermittler als «fünfundzwanzig Meter Nähmaterial». Und noch einer war da – er hatte einen Sack frostgeschädigter Kohlblätter vom letzten Jahr vom Feld geschleppt und war damit einer Patrouille direkt in die Arme gelaufen. Das Ärgerlichste war, dass er diese Blätter dann nicht mal essen konnte – im Knast tauten sie und verwandelten sich in einen rotzigen Brei.

Lange blieb der Gauner nicht im Untersuchungstrakt. Rasche Ermittlungen, Verfahren, Urteil. Fünf Jahre Lager brummte man ihm für diese Brotkarten auf, unter Berücksichtigung der Vorstrafen, die ihm von seiner Kinderheimjugend geblieben waren. Wieder hatte er Glück gehabt. Ein Strafurteil, kein politisches; und fünf Jahre waren nach damaligen Maßstäben überhaupt nichts (für die Karten hätte man ihn nach Kriegsrecht sofort an die Wand stellen können). Und vor allem wurde er nicht zum Volksfeind erklärt.

«In Kowrow bat ich darum, meine Strafe durch das Strafbataillon ersetzen zu können», erinnert sich Iwan Petrowitsch. «Den Politischen drückte man keine Waffen in die Hand, denen traute man nicht, aber ich saß wegen Betrugs ein, mir erlaubten sie zu tauschen. Aus Wladimir brachten sie mich in die Wälder vor der Stadt. Dort, hinter dreifachem Stacheldraht, lag das Ersatzbataillon. Ziemlich groß. Von meiner ganzen Strafbiographie sollte nun gerade dieses Strafbataillon bei Wladimir die schrecklichste Etappe werden ...»

Der Verurteilte Gorin hieß von nun an Gefreiter Gorin, doch durch diese Formalie verbesserte sich seine Situation nicht im Geringsten – er war weiter nur graues, rechtloses Vieh, das einen menschlichen Umgang nicht verdiente. Am Tag gab es zweihundert Gramm Brot und eine Schüssel labbriger Suppe. Sie lebten in Baracken, in Zugluft. Trugen irgendwelche Lumpen, schliefen auf strohbedeckten Pritschen. Geprügelt wurde erbarmungslos.

«Es war furchtbar, wenn sie dich am Morgen, wenn du müde und unbekleidet warst, in den Schnee trieben und Gymnastik machen ließen und dir beim Robben über den Boden die Unterwäsche anfror. Manche hielten das nicht aus und stürzten sich in den Stacheldraht, versuchten zu fliehen ... Nicht einer konnte entkommen. Man jagte sie mit speziell ausgebildeten Hunden. Kalbsgroße, starke Wolfshunde, die einen Mann spielend umwerfen konnten und durch Wattejacken bis auf die Knochen bissen. Wer zurückgebracht wurde, den erschoss man vor versammelter Mannschaft.»

Jenes Leben setzte dem Gauner zu. Und er wäre in diesem Konzentrationslager unweigerlich gestorben, wenn das Schicksal ihm nicht erneut wohlgesinnt gewesen wäre. Irgendwann ließ man alle Verurteilten auf dem Platz antreten und fragte, wer zeichnen könne. Gorin trat vor. Man brachte ihm Karton, Leinwand, Farbe, und während die übrigen Sträflinge auf dem vereisten Platz geprügelt wurden, kopierte er im warmen Lagerraum Gemälde von Schischkin und Perow. Besonders populär bei der NKWD-Leitung waren genau die «Bären im Wald» und die «Jäger bei der Rast», die der Gauner nun schon mit geschlossenen Augen in zwei Stunden zustande brachte.

An diesem Öfchen lebte er fünf Monate. Am Ende hatte er es satt. Das Jahr 1944 kam, der Krieg näherte sich seinem Ende, und er musste seine Strafe tilgen. Deshalb bat er darum, an die Front versetzt zu werden.

«Lange wollten sie mich nicht weglassen, doch schließlich bestand ich darauf – sollte ich vielleicht zurück in dieses Lager und meine fünf Jahre absitzen, wenn der Krieg zu Ende wäre?! Aus welchem Grund?, fragte ich. Da ließen sie mich endlich weg. Ich glaubte damals nicht, dass es mich erwischen würde. Und zwar aus einem ganz einfachen Grund – ich war damals noch ein junger Kerl. Hatte, mit Verlaub, noch kein einziges Mädchen ausprobiert. Deswegen konnte ich nicht getötet werden. Höchstens verwundet. Aber verwundet ganz bestimmt.»

Im Frühjahr 1944 wurde der Verurteilte Gorin der 62. eigenständigen Strafkompanie zugeteilt und ging an die Front, um seine Schuld zu sühnen.

Im Zentralarchiv des Verteidigungsministeriums wird bis heute jener Befehl Nr. 227 vom 22. Juli 1942 aufbewahrt, besser bekannt als «Keinen Schritt zurück». Im Original. Denn diesen Befehl hat der Genosse Stalin eigenhändig geschrieben. Dafür gibt es direkte Hinweise im Text – am Anfang ist er in der ersten Person Plural gehalten: «Müssten wir hier nicht von unseren Feinden lernen …», später in der ersten Person Singular: «Ich glaube, das müssen wir …»

Ein gewöhnliches Blatt Papier in DIN-A4-Format, mit anderen Blättern zu einem Stapel geheftet – Befehle aus dem Jahr 1942. Dunkelblauer Umschlag. Kartoneinband. Ein unauffälliges Büchlein. Nur eben ungeheuer schwer. Weil es Millionen Todesfälle enthält. Millionen namenloser Menschenleben.

Unter dem Befehl die schwungvolle Unterschrift: «I. Stalin». Mit einfachem Bleistift. Diese Unterschrift macht fassungslos. In dieser Bleistiftunterschrift wird die ganze Maßlosigkeit, die Absolutheit seiner Macht anschaulich. Stalin kam nicht einmal in den Sinn, dass man seine Unterschrift ausradieren oder fälschen könnte. Ich weiß nicht, ob irgendein anderer Herrscher es sich je erlaubt hat, Befehle mit Bleistift zu unterzeichnen. Ich glaube, er hat sein Vergnügen dabei gehabt – vielleicht musste er sich sogar bezwingen, nicht den Abdruck seiner Pfeife als Unterschrift zu verwenden.

Der Völkervater machte sich nicht einmal die Mühe, zum Füllhalter zu greifen, wenn er Menschen in den Tod schickte.

Bis heute beurteilen sowohl Historiker als auch Militärs diesen Befehl unterschiedlich. Die einen bezeichnen ihn als unmenschlich. Nach manchen Quellen haben allein in einem Jahr die Sperrtrupps 110000 Menschen erschossen und weitere 350000 in die Strafkompanien geschickt. Heute lassen sich diese Angaben nicht mehr überprüfen.

Andere glauben, dass diese Maßnahme gerechtfertigt war – die Deutschen standen schon vor Stalingrad, die Armee ergriff die Flucht, und nur die Sperrtrupps waren noch in der Lage, die demoralisierten Soldaten aufzuhalten. Bekannt ist der Fall, bei dem eine in die Schlacht geworfene Sperreinheit die Deutschen mehr als vierundzwanzig Stunden aufhielt. Die Kämpfer des NKWD schlugen sich in völliger Einsamkeit und fielen bis auf den letzten Mann.

Wie dem auch sei, in den Archiven ist der Bericht des NKWD der Stalingrad-Front an die Verwaltung Sonderangelegenheiten des NKWD der UdSSR über die Tätigkeit der Sperrtrupps an den Fronten von Stalingrad und Don erhalten. «Die Sperrtrupps nahmen vom 2. August bis 15. Oktober 1942 140755 Wehrpflichtige fest, die von der vordersten Frontlinie geflohen waren. Von den Festgehaltenen wurden 3980 Mann verhaftet, 2276 wurden in Strafkompanien und 185 in Strafbataillone geschickt, 131094 Mann wurden in ihre Einheiten und an Verteilungspunkte zurückgeschickt. Die höchste Zahl an Festnahmen und Verhaftungen nahmen die Sperrtrupps an den Fronten von Don und Stalingrad vor. Bei Stalingrad hielten die Sperrtrupps mehr als eine halbe Million Soldaten und Offiziere an. Über 25000 davon wurden erschossen.»

Im selben Zentralarchiv des Verteidigungsministeriums wird bis heute ein Zettel aufbewahrt, der aus einem gewöhnlichen Heft herausgerissen wurde. An einer Ecke ist er leicht verkohlt. Die erhalten gebliebene Mannschaftsliste der einhundertsoundsovielten Strafkompanie. In der Liste: hundertzweiundvierzig Mann. Die Zugangsdaten sind bei allen unterschiedlich. Auch die Gründe: Diebstahl, antisowjetische Propaganda und wer weiß was noch.

Das Datum des Ausscheidens aber ist bei fast allen das gleiche – der 22. Februar 1944. In der Rubrik «Grund für das Ausscheiden» hatte der Befehlshaber der Strafkompanie, ein Leutnant (die sorgfältige, schülerhafte Handschrift deutet darauf hin, dass er noch sehr jung war) neben dem Namen eingetragen: «Im Kampf gefallen. Seine Schuld durch Blut gesühnt.» Um sich nicht zu wiederholen, hatte er neben den übrigen Familiennamen nur einen Strich gesetzt.

Am 22. Februar 1944 überlebten nur wenige Kämpfer der einhundertsoundsovielten Strafkompanie. Dreißig Mann. Sie alle starben zwei Tage später. Beim nächsten Angriff.

Der ganze Strafkrieg beschränkte sich für den Gauner auf eine einzige Attacke, als seine Kompanie in einen Durchbruch hineinstieß, einen Höllensack, mit der Aufgabe, den Korridor zwischen zwei deutschen Abteilungen zu erweitern.

«Man fuhr uns an die vorderste Linie. Es war fünf Uhr morgens. Zuerst gab man uns ordentlich zu futtern. Ersetzte die Lumpen, die wir am Leib trugen, durch Pelzjacken, teilte jedem einen vollen Rucksack Patronen aus. Sogar Wodka schenkte man uns ein. Nur Waffen gab man uns nicht. Artillerie und Flugunterstützung waren nicht erlaubt. Der Befehl: Alles aus eigener Kraft erobern. Man wollte die unterirdischen Fabriken schützen, von denen sich die Deutschen dort viele gebaut hatten.»

Erst unmittelbar vor dem Angriff rüstete man das auf die

Verteidigungsanlagen geworfene «Menschenmaterial» mit Gewehren aus. Keine Maschinengewehre, keine Maschinenpistolen. «Vorwärts!», hieß es. Ohne Feuerunterstützung, ohne Artillerievorbereitung, allein mit großem «Hurra!».

«Wir drangen in diesen Durchbruch ein. Ich kann Ihnen sagen … Du stehst unter vollem Feuer, von rechts und links, von oben und vorn. Und hinter dir die Sperrtrupps, die dich nicht durchlassen. Oft werde ich gefragt – hattet ihr Angst vor denen? Daran haben wir gar nicht gedacht. Überhaupt nicht. Und zwar, weil wir gar nicht vorhatten zurückzuweichen. Und ich habe mich immer gewundert: Das waren Sträflinge, Kriminelle – aber abhauen wollte niemand! Das gab es nicht. Nie. Sie haben sich tapfer geschlagen …»

Nach zwei Stunden hatte die Kompanie eine «ordentliche Entfernung zurückgelegt, so um die hundert, zweihundert Meter». Dann nahm die Feuerstärke unerträglich zu. Die Deutschen verteidigten ihre Befestigungen gemeinsam mit den Wlassow-Soldaten, denen man sich auf keinen Fall ergeben konnte, und so kämpfen sie bis zum Letzten.

«Das Feuer verstärkte sich. Von rechts, von links, von vorn. Wir warfen uns zu Boden. Ich sage: ‹Jungs, wenn wir so liegen bleiben, lassen sie uns sowieso hier allein.› Und rief: ‹Zum Angriff!› Woher das kam, mein Gott, ich war doch nie laut geworden (*lächelt*). Wir sprangen auf. Rannten los. Und da plötzlich: bums! Ich – rums – in die Erde … Lange muss ich so gelegen haben. Als ich zu mir kam und mich umsah, sehe ich: unsere Jungs. Da läuft ein Melder. Ich zu ihm: ‹He, du …› Er hörte das: ‹Bist du das, Gauner? Wir hatten dich schon abgeschrieben!›»

Der Tod, der logische Abschluss dieses verderblichen Angriffs, war ihm erspart geblieben. Er gehörte zu jenen, die überlebten. Die ihre Schuld gesühnt hatten.

Einer von zehn. Zweiunddreißig von dreihundertsechzig. Alle verwundet. Niemand war unverwundet geblieben. Die Kompanie existierte nicht mehr.

In die Etappe musste der Gauner allein zurückfinden. Schließlich erreichte er das einzige unversehrte Haus, das auf freiem Feld stand. Wie sich herausstellte, das Sanitätsbataillon.

«Ich komme da rein, aber in dem Haus ist kein Platz mehr – alles voll mit Körpern. Und durch die Bank tot. Auch mich legten sie zwischen diese Leichen, wo hätten sie sonst mit mir hinsollen.»

Lebende gab es nur wenige in diesem Haus – eine Gruppe Artilleristen, die im Keller Beutespiritus tranken. Sie riefen den verwundeten Burschen zu sich.

«Ich kletterte zu ihnen runter. Wir tranken, und ich schlief ein. Am nächsten Morgen, kaum wurde es hell, das typische Geräusch eines anfliegenden Geschosses. Iiii! Es durchschlug die Hauswand, detonierte auf dem Boden. Alle Verwundeten wurden durcheinandergeschleudert, endgültig getötet oder verstümmelt. Und in der Nacht waren viele Jungs in dieses Haus gekrochen … Ich komme aus dem Keller – und oben im Haus Hackfleisch. Im wahrsten Sinne des Wortes Hackfleisch. Die Artilleristen waren unversehrt geblieben. Und ich war bei ihnen … Wieder mal Glück gehabt.»

Wie er es dann in das Feldlazarett geschafft hat, daran kann sich Iwan Petrowitsch nicht mehr erinnern. Zu der Zeit lag er schon im Sterben. Durch den Blutverlust verlor er immer wieder das Bewusstsein. Der Chirurg zog seine Karte als erste heraus, rief seinen Namen. Er hörte ihn und röchelte: «Hier …» Wenn er auch nur der Zweite in der Schlange gewesen wäre, hätte er wohl nicht überlebt.

Seine Schuld dem Vaterland gegenüber hat Gorin doppelt gesühnt. Buchstäblich Sekunden nachdem ihn ein Splitter unter dem linken Schulterblatt getroffen hatte, zerfetzte eine Kugel seine Hand. Die Hand wuchs wieder zusammen, aber die durchstoßene Lunge kann bis heute nur auf der Datscha frei atmen, fern vom Smog der Stadt.

Wir sitzen auf der Terrasse. Auf Iwan Petrowitschs Knien ein alter, abgewetzter, löchriger Mantel, den er mit Garn in Tarnfarbe flickt. Auf dem Tisch eine Pfeife. Ungeachtet der Verwundung hat er das Rauchen nicht aufgegeben. Auch wenn er gezwungen ist, seine Lunge mehrmals am Tag mit einem speziellen Apparat durchzupusten.

«Schauen Sie nur, was für ein schöner Himmel», sagt Iwan Petrowitsch. Er schweigt eine Weile. Dann fährt er fort: «Mein damaliger Komplize, Kolka Rogosin, der meine Karten auf dem Markt abgab und mit mir reinfiel und ebenfalls ins Strafbataillon kam, starb in den ersten Sekunden des Kampfes. Er hatte nur einen Schritt getan, da traf eine Kugel ihn mitten in der Stirn. Er kam noch nicht einmal dazu, etwas zu spüren. Heute bedaure ich, dass ich weiß, wo er gefallen ist, wie er gefallen ist, und seiner Mutter nichts gesagt habe …» Er verstummt wieder und schaut in den Himmel. Seine Hand streichelt den alten Mantel.

Als ich ging, hielt mich Iwan Petrowitschs Schwiegersohn auf: «Hat er Ihnen nichts von seiner zweiten Verwundung erzählt? Einmal ist ihm das rausgerutscht. Die zweite Kugel, die ihn an der Hand traf, die kam von hinten. Er ist überzeugt, dass die Jungs ihn absichtlich angeschossen haben. Dass sie glaubten, der Gauner müsse unbedingt überleben. Denn er war nicht wie die anderen. Er las ihnen Gedichte vor, Shakespeare. Ein feiner Kerl ist er gewesen, hat ein reines Herz gehabt. Die Jungs wussten, dass er Künstler werden wollte ...»

Er wurde nicht einfach nur Künstler. Er lebte sein Leben ganz so, als müsste er die Schuld seiner Sträflingskameraden für diesen einen Schuss abtragen. Dem verdienten Kunstschaffenden und Doktor der Kunstwissenschaft Iwan Petrowitsch Gorin ist es gelungen, ein einzigartiges Institut zu gründen – das wissenschaftliche Forschungsinstitut für Restauration, dessen Ständiger Leiter er bis 1993 war. Er restaurierte das Borodino-Panorama und Rembrandts berühmte Danaë. Arbeitete in Bulgarien, Tschechien, Belarus, Kambodscha, Vietnam. Seine letzte Arbeit war die Restaurierung des Denkmals für Minin und Pozharskij. Seine Bilder hängen im Russischen Museum, in der Dresdener Galerie, dem Museum für Moderne Kunst in Amsterdam, privaten Sammlungen in Frankreich, Deutschland, England, den USA, Mexiko, Indien ...

Er war ein mittelloser Freigeist. Gewährte dem Solschenizyn-Fonds Unterschlupf. Seine Kontakte zu Dissidenten brachten ihm zwanzig Rügen der Partei ein, abgelöst wurde er dennoch nie – er war einfach unersetzlich.

Am 18. Oktober 2005 wäre Iwan Petrowitsch achtzig Jahre alt geworden. Am 27. August des gleichen Jahres ist sein zweiter Todestag.

***

BEFEHL
des Volkskommissars für Verteidigung der Union der Sozialistischen Sowjetrepubliken Nr. 227

28. Juli 1942
Moskau
Der Feind wirft immer neue Kräfte an die Front und dringt ungeachtet seiner großen Verluste vor, hinein in die Tiefe der Sowjetunion, erobert neue Gebiete, verheert und verwüstet unsere Städte und Dörfer, vergewaltigt, beraubt und tötet die Sowjetbevölkerung. (...)
Deshalb ist das Gerede darüber, dass wir endlos zurückweichen könnten, dass wir genügend Territorium hätten, unser Land groß und reich genug wäre, unsere Bevölkerung zahlreich genug wäre und es immer ausreichend Brot geben würde, schon im Ansatz zu unterbinden. Derartiges Gerede ist verlogen und schädlich, es schwächt uns und stärkt den Feind, denn wenn wir den Rückzug nicht einstellen, werden wir ohne Brot, ohne Heizung, ohne Metall, ohne Rohstoffe, ohne Fabriken und Werke, ohne Bahnlinien dastehen.
Daraus folgt, dass der Rückzug zu beenden ist. Keinen Schritt zurück! Das muss jetzt unser wichtigster Aufruf sein.

DAS OBERKOMMANDO DER ROTEN ARMEE BEFIEHLT:

1. Den Militärsowjets der Fronten und vor allem den Frontbefehlshabern:
a) unbedingt die Rückzugsstimmungen in der Armee zu liquidieren und mit eiserner Faust die Propaganda darüber zu unterbinden, dass wir weiter nach Osten zurückweichen

könnten oder müssten, dass ein solcher Rückzug angeblich schadlos wäre;
b) Armeekommandeure, die einen eigenständigen Rückzug von Soldaten aus ihrer Position, ohne Befehl des Frontbefehlshabers, zulassen, unbedingt abzulösen und ins Hauptquartier zu überstellen, damit sie vor einem Kriegsgericht zur Verantwortung gezogen werden können;
c) im Frontgebiet zwischen 1 und 3 (je nach Lage) Strafbataillons (je 800 Mann) zu bilden, in die die mittleren und höheren Kommandeure und entsprechenden Politarbeiter aller Waffengattungen eingewiesen werden können, die sich eines Verstoßes gegen die Disziplin aus Feigheit oder mangelndem Widerstand haben zuschulden kommen lassen, und sie an schwierigere Frontabschnitte zu werfen, damit sie die Gelegenheit haben, ihre Vergehen gegen das Vaterland mit ihrem Blut zu sühnen.

2. Die Militärsowjets der Armeen und vor allem die Befehlshaber der Armeen haben:
a) im Rahmen der Armee 3–5 gut bewaffnete Sperrtrupps (je 200 Mann) zu bilden, sie im unmittelbaren Hinterland unzuverlässiger Divisionen aufzustellen und sie zu verpflichten, im Falle einer Panik oder eines ungeordneten Rückzugs von Teilen der Division die Panikschürer und Feiglinge auf der Stelle zu erschießen und so den ehrlichen Kämpfern der Divisionen bei der Erfüllung ihrer Pflicht vor dem Vaterland zu helfen;
b) im Rahmen der Armee 5 bis 10 (je nach Situation) Strafkompanien (je 150 bis 200 Mann) zu bilden, in die die Mannschaftsgrade und die unteren Kommandeure einzuweisen sind, die sich des Verstoßes gegen die Disziplin

wegen Feigheit oder mangelndem Widerstand schuldig gemacht haben, und sie an schwierige Armeeabschnitte zu werfen, damit sie die Möglichkeit haben, ihre Schuld vor dem Vaterland durch Blut zu sühnen.

Der Befehl ist in allen Kompanien, Eskadronen, Batterien, Eskadrillen, Kommandos und Stäben zu verlesen.
gez. I. Stalin.

Was kostet ein Soldat?

Der Krieg ist eine spezielle Form der zwischenmenschlichen Beziehung in der Gesellschaft. Die Armee, darauf aus, alles Individuelle im Soldaten zu unterdrücken, ist bestrebt, seine Würde eine Zeitlang auf null zu reduzieren. Die Gesellschaft verlangt von einem Bürger, der Soldat wird, auf die eigene Persönlichkeit zu verzichten. Anders geht es nicht. Dafür lässt sie ihm die Freiheit, für die Verteidigung der kollektiven Interessen zu sterben. Und wenn die Zeit reif ist, trifft der Soldat die Entscheidung.

Der Eid ist eine Art Vertrag zwischen Staat und Soldat. Wenn der Soldat erklärt: «Ich gelobe bis zum letzten Tropfen Blut …», versteht es sich, dass auch der Staat gelobt, bis zum letzten Tropfen seines Bürokratenblutes die Interessen des Soldaten als die eines Individuums zu verteidigen. Und wenn er aus dem Krieg heimkehrt, fordert der Soldat vom Staat die Erfüllung dieses Vertrages. Er will wieder Bürger werden, seine für das Kollektiv zeitweilig aufgegebene Würde zurückgewinnen. Die ursprüngliche und grundlegende Bedeutung des Wortes «Rehabilitierung» ist die Wiederherstellung der Würde. Die Rehabilitierung der Häftlinge aus den Stalin'schen Lagern zum Beispiel.

Und der Staat gibt ihm diese Würde zurück. Mit Lob und Ehren, Anerkennung, Auszeichnungen und – Geld. Vor allem mit Geld. Denn bei bettelarmen Bürgern verbietet es sich, von Würde zu sprechen. Die materiellen Werte schlagen in sittliche um. Die Versorgung des Veteranen ist keine Bezahlung für das Töten von Menschen, sondern die Rückgabe des zeitweilig verlorenen Bürgers an die Gesellschaft. Seine Rehabilitierung.

Soweit das Ideal. In der Praxis sieht es in Russland anders aus. Bei uns waren die Soldaten immer billiges Kanonenfutter.

Der Große Vaterländische Krieg war der furchtbarste Krieg in der Geschichte unseres Landes. Er wurde nicht aus politischen Interessen, sondern um das Überleben des ganzen Volkes, um den Bestand der Nation als solcher geführt. Man sollte meinen, in so einem Fall wäre es unangebracht, von Bezahlung zu sprechen – entweder du siegst und überlebst, oder du gehst unter, du und mit dir dein ganzer Stamm. Aber so seltsam das ist, gerade im Großen Vaterländischen Krieg wurden die bis heute gültigen Grundsätze der finanziellen Abrechnung mit den Wehrpflichtigen entwickelt.

Im Jahre 1941 erhielt ein Gefreiter der Sowjetarmee zwischen sechs und elf Rubel, je nach Dienstzeit. Nach Kriegsbeginn wurde auf den Sold die sogenannte «Feldzulage» aufgeschlagen (sie entspricht der späteren «Präsidentenzulage» in Tschetschenien). «Für den Krieg» bekam der Soldat schon doppelt so viel – bis zu zweiundzwanzig Rubel. Um die Größenordnung zu verstehen, sollte man wissen, dass ein Laib Brot damals zwei- bis dreihundert Rubel kostete, ein Stück Seife bis zu fünfzig Rubel.

Auf die Hand bekamen die Soldaten das Geld nicht. Es wurde auf gezwungen freiwilliger Basis in den Verteidigungsfonds eingezahlt. Auf diese Weise flossen dem Staat 8,4 Millionen Rubel Bargeld zusätzlich zu, und er verkaufte

Obligationen für elf Millionen Rubel. Das waren ungefähr zwanzig Prozent aller Mittel, die für den Sieg aufgenommen wurden.

Bei den Offizieren lag die finanzielle Besoldung deutlich höher, aber auch hier reichte sie nicht aus, um die Familien der Kommandeure zu unterhalten. So bekam ein Zugführer sechshundertfünfundzwanzig Rubel (zwei Laib Brot), ein Kompanieführer siebenhundertfünfzig (zwei Laib Brot plus ein Stück Seife), ein Bataillonskommandeur achthundertfünfzig Rubel. In den Archiven ist ein einzigartiges Dokument erhalten – das Ausgabenverzeichnis der Nordmeerflotte für den November 1943. Unter Nummer eins ist der Kommandeur der Nordmeerflotte, Admiral Golowko, verzeichnet. Sein Gehalt betrug 6755 Rubel. Davon wurden sechshundert Rubel für die Staatsanleihe abgezogen, fünfhundert für das Zeugnis einbehalten und 5555 Rubel ausgezahlt (Gegenwert von etwa achtundzwanzig Laib Brot).

Ihr Geld schickten die Offiziere am liebsten an ihre Familien im Hinterland. Dafür wurden Geldanweisungen für die Verwandten ausgehändigt, die übrigens weniger der materiellen Versorgung als vielmehr der Aufrechterhaltung der Verbindung zwischen Frontsoldaten und ihren Angehörigen dienten. Für das übersandte Geld konnte man sogar im tiefsten Hinterland nur drei bis vier Liter Milch kaufen. Aber mit Hilfe der Finanzverwaltung gelang es der Mehrzahl der Offiziere immerhin, ihre evakuierten Familien wiederzufinden.

Aus dem Brief des Oberleutnants Nikolaj Kalininskij: «Seit dem ersten Januar befinde ich mich in ununterbrochenen Kämpfen um die Befreiung der Lenin-Stadt. Ich schreibe unleserlich, in Eile, die Umstände hier erlauben nichts anderes, ein unaufhörliches Donnern liegt in der Luft, wie man es nur sommers während eines großen Gewitters hört. Das Geld, Irina, siebenhundert Rubel, ist an dich überwiesen, du solltest es bekommen … Ich gratuliere unserer Tochter zum Geburtstag, aber leider konnte ich ihr kein Geschenk schicken. Kauf du ihr dort etwas Schönes … Jetzt habe ich dir, Irotschka, in einem Brief geschrieben, dass dir tausend Rubel überwiesen wurden, doch heute erfuhr ich, dass es nicht tausend, sondern dreihundertfünfzig waren, der Rest war dem Finanzchef nicht angewiesen worden, bestimmt kommt es am Fünfzehnten, und er wird es gleich an dich schicken. Und ich bekomme auch noch etwas und schicke es zusätzlich an dich. Bislang bin ich am Leben und gesund. Aber die Geschosse detonieren schon ganz in der Nähe. Bei mir in der Kompanie ist ein Offiziersschüler gefallen, ein anderer ist gestorben. Man hat sie am Abhang beerdigt und einen kleinen Pfosten aufgestellt.»

Nikolaj Kalininskij sollte seine Tochter nicht mehr wiedersehen. Er starb am 22. März 1943 zwei Kilometer entfernt von dem Dorf Woronowo, in der Schlacht um Leningrad.

***

Mit Beginn des Krieges wurden Ausgleichszahlungen für die Familien der Gefallenen eingeführt. Ein Gefreiter der Infanterie begründete in dieser Situation die geringsten Ansprüche. Für den Verlust des Ernährers bekam eine vierköpfige Familie zweihundert Rubel. Eine zweiköpfige hundert Rubel. Auf dem Land wurden diese Beträge noch einmal um die Hälfte gekürzt.

Offizierswitwen erhielten schon erheblich mehr. Auf

Beschluss des Sowjets der Volkskommissare vom 28. April 1943 wurde Generalswitwen eine einmalige Beihilfe von fünfzig- bis hunderttausend Rubel gezahlt, den Familien von Oberstleutnants oder Majoren zwischen zehn- und zwanzigtausend. Der Beschluss trat rückwirkend in Kraft – Anspruch auf Ausgleichszahlungen hatten die Familien aller gefallenen, verstorbenen oder verschollenen Offiziere seit dem 22. Juni 1941.

Es gab auch Renten für Arbeitsunfähigkeit. Ein Kriegsinvalide der ersten Gruppe erhielt drei Viertel seines Solds (ein Gefreiter der Infanterie vier Rubel fünfzig Kopeken oder zwanzig Gramm Brot), ein Invalide der zweiten Gruppe nur die Hälfte seines Solds (zehn Gramm Brot im Monat).

Dennoch, trotz dieser mickrigen Beträge bildete die finanzielle Versorgung der Soldaten und ihrer Familien den größten Ausgabeposten des Militärhaushalts. Die Unterhaltung der Soldaten machte 50,9 Prozent der Gesamtausgaben aus. Weitere zweiundzwanzig Prozent gingen für Verpflegung und Tierfutter drauf, sechsundzwanzig Prozent für «sonstige Ausgaben».

Diese Zahl erklärt sich hauptsächlich aus dem Prämiensystem, das während des Krieges sehr ausgeprägt entwickelt wurde. Prämien gab es für alles – für die rasche und hochwertige Reparatur von Panzern, für Treibstoffersparnis, das Sammeln von leeren Patronenhülsen, Stahlhelmen, Gummi und Munitionskisten (eine Kiste – ein Rubel). 1942 wurde eine finanzielle Auszeichnung für Kämpfer eingeführt, die einen abgeschossenen Panzer von feindlichem Territorium bergen konnten. Für einen KW-Panzer zahlte man fünftausend Rubel, ein T-34 «kostete» zweitausend (zum Vergleich: Ein neuer T-34 kostete den Staat 135 000 Rubel, die Generalüberholung eines KW 15 000 Rubel). So wurden am 13. September 1943 dem Kommandeur des 33. Einzelbataillons für das Einsammeln von Beutegut zwanzigtausend Rubel Prämien gezahlt, dem Kommandeur des Evakuierungszuges Nr. 3 für die Bergung von Schwerlastfahrzeugen zehntausend Rubel.

Die höchsten Prämien erhielt man bei der Luftwaffe. Für den Abschuss eines feindlichen Flugzeugs bekam der Jagdflieger eintausend Rubel. Für erfolgreiche Jagdbombereinsätze zwischen anderthalb und fünftausend, abhängig von der Anzahl der Flüge. Ebenso viel wurde für die Vernichtung von gegnerischen Flugzeugen auf Flugplätzen berechnet. Bei der Bomber- und Jagdfliegerflotte bekam jedes Besatzungsmitglied eintausend Rubel für fünf Nacht- und zehn Tageseinsätze und je dreitausend für zwanzig und dreißig derartiger Einsätze. Für die Bombardierung Berlins wurden die Beträge vervierfacht. Die höchsten Prämien gab es für ein versenktes Torpedoboot oder ein U-Boot – zehntausend Rubel.

Geld wurde auch bei der Artillerie berechnet. Für einen abgeschossenen Panzer bekamen der Richtschütze und der Geschützkommandeur je fünfhundert Rubel, die übrigen Besatzungsmitglieder je zweihundert. Dieselben Prämien wurden auch der Besatzung eines Panzerabwehrgeschützes gezahlt. Bei der Sprengung eines Panzers durch Granaten standen dem Soldaten tausend Rubel zu. Wurde der Panzer kollektiv zerstört – tausendfünfhundert Rubel zu gleichen Teilen für alle. Insgesamt wurden 1943 an der Nord-West-Front für abgeschossene Panzer 376 000 Rubel Prämien berechnet.

Berechnet wurden sie, ausgezahlt praktisch nie. Nach den Prüfungsergebnissen der Finanzverwaltung des Volkskommissariats für Verteidigung waren bei der 36. Panzerbrigade für April 1945 das Geld für fünfundsiebzig Panzer und fünfundvierzig Jagdpanzer «Ferdinand» nicht ausgezahlt worden. In dem Bericht wird angemerkt, dass dies die Norm war. Die Kommandeure hatten einfach keine Zeit und keine Nerven, die Prämienanträge auszufüllen.

Neben den Fliegern und Artilleristen bekamen auch die Risikoeinheiten Zulagen. Den Luftlandetruppen standen für jede Operation fünfhundert Rubel zu. Der Bedienung von Panzerabwehrkanonen des Kalibers 45 mm und den Gardeeinheiten wurde doppelter Sold gezahlt. Zu Propagandazwecken und zur Entwicklung des Scharfschützenwesens wurden besondere Tarife eingeführt – ein Scharfschützensergeant im dritten Dienstjahr bekam bereits zweihundert Rubel.

Weder Verwundungen noch Kontusionen begründeten finanzielle Ansprüche des Soldaten. Im Lazarett zahlte man verwundeten Kämpfern lediglich weiterhin ihre sechs Rubel.

***

Die einzigen «Nichtkommandeure», die Zahlungen in annähernd der Höhe des Durchschnittslohns im Land erhielten, waren die Kämpfer des Volksaufgebots. Sie behielten während des gesamten Fronteinsatzes Anspruch auf ihren Lohn aus dem vorherigen Arbeitsverhältnis. Dazu kamen die üblichen Feldzulagen.

Nach dem gleichen Grundsatz wurden auch die Befehlshaber der Partisaneneinheiten bezahlt. Der Kommandeur einer Einheit bekam nicht weniger als siebenhundertfünfzig Rubel. Sein Vertreter sechshundert Rubel, die Kommandeure von Zügen, Kompanien und Einzelgruppen je fünfhundert. Versteht sich, dass dieses Geld nicht in Säcken vom Flugzeug abgeworfen wurde – es wurde den Familien angewiesen oder nach der Rückkehr ins «große Land» ausgehändigt. Die einfachen Partisanen bekamen auch hier wieder kein Geld.

***

Begreiflicherweise reichte diese «Kriegsbuchhaltung» nicht aus, um den Soldaten auch nur das Existenzminimum zu sichern. Doch der Gerechtigkeit halber sei angemerkt, dass in einem Krieg wie dem Großen Vaterländischen auch gar kein Geld hätte gezahlt werden können. Damals war der Staat bemüht, seinen Vertrag einzuhalten, auch wenn das nicht obligatorisch war.

Was man über den Krieg heute nicht sagen kann. Vor dem Hintergrund der Erdöl-Superprofite kann die Armut unserer Soldaten nur zynisch wirken. Und die Behandlung der Familien von Gefallenen ist geradezu kriminell.

Wie viel musste der Staat seinen Bürgern für den Krieg in Tschetschenien zahlen? Wir rechnen einmal nach.

Für einen Kriegsmonat sollte der Soldat etwa achthundertfünfzig Rubel Kampfzulage erhalten. Ein Regiment hat circa zweitausend Mann – wir rechnen sie alle als Soldaten, auch wenn den Offizieren vierzig Prozent mehr zusteht. Das macht 850 mal 12 mal 2000 gleich 20 Millionen und 400 000 Rubel pro Kriegsjahr. Das ist nur die Kampfzulage eines einzigen Regiments. In den zwei Kriegen sind siebenundachtzig Regimenter in Tschetschenien gewesen. Für zehn Jahre ergibt sich daraus ein Betrag von 1 Milliarde und 787 Millionen Rubel.

Dies ohne Berücksichtigung von Gebirgs- und Feldzulagen, Dienstreise- und Kinderbeihilfen, Sold und anderes. Ohne Berücksichtigung dessen, dass jedem Wehrpflichtigen – unabhängig davon, ob verwundet oder nicht – ein einmaliger Sanatoriumsaufenthalt zur psychologischen Rehabilitation zusteht. (Mein Regiment zum Beispiel bekam insgesamt nur fünf Überweisungen. Und noch nach drei Jahren suchte mich ein Ermittler auf und befragte mich als Zeugen zur Unterschlagung von vier Millionen Rubel, die dem Regiment für Sanatorien- und Kuraufenthalte zugewiesen worden waren. In der Liste der Empfänger steht auch mein Name. Vielleicht kriege ich es ja noch erstattet?) Reiseschecks – das sind weitere fünfhundert Rubel pro Mann. Insgesamt waren in den zehn Jahren etwa eine Million Wehrpflichtige in Tschetschenien.

Weiter. Glaubt man den Angaben in einer der Verwaltungen des Verteidigungsministeriums, wurden in Tschetschenien mehr als siebentausend Wehrpflichtige getötet. Für den Tod eines Soldaten wird eine einmalige Beihilfe von hundert Monatssolden plus Zulagen gezahlt (mein Sold als Sergeant betrug im Jahr 2000 etwa achthundert Rubel, mit allen Zulagen ergibt das eine Gefallenenbeihilfe in Höhe von 120000). 120000 mal 7000 ergibt 840 Millionen Rubel.

Nach denselben Angaben beliefen sich die Sanitätsverluste auf mehr als 50000 Mann. Für eine Verwundung zahlt der Staat fünfundzwanzig Solde (etwa 25000 Rubel). 50000 Mann mal 25000 Rubel ergibt 1 Milliarde 250 Millionen Rubel.

Summiert und in Dollar umgerechnet erhalten wir:

2 Milliarden 356 Millionen. Die Zahl kann nicht exakt sein, versteht sich, doch die Größenordnung wird stimmen.

Das ist nur das, was der Staat an Kampfzulagen und Kompensationen zu zahlen hatte. Nicht berücksichtigt sind dabei die Behandlung und medizinische Versorgung von Invaliden, Medikamente, Prothesen, Iljazarow-Apparate, Rollstühle, Auffahrtsrampen in Wohnungen, Bussen und U-Bahnen, Nierentransplantationen und die Wohnraumversorgung. Nicht berücksichtigt sind die Grabsteine (die *Nowaja Gazeta* hat darüber berichtet, dass in Nizhnij Nowgorod Plastikgrabsteine für Gefallene aufgestellt werden), Särge, Leichentransporte, militärische Ehrungen und der Salut. Was übrigens auch nicht billig ist – ein Schuss aus der Kalaschnikoff kostet einen Dollar. Eine Salve von sieben Mann einundzwanzig Dollar. Ein Salut würde 147 000 Dollar kosten. Des Weiteren sind nicht berücksichtigt die Suche und Identifizierung von sterblichen Überresten sowie der Freikauf von Kriegsgefangenen. Ebenso wenig Gedenktafeln, Gedenkeinrichtungen, Museen, Straßenumbenennungen und Staatsaufträge für militärpatriotische Filme. Nicht berücksichtigt ist die Entschädigung russischer Staatsbürger für ihre zerstörten Häuser, für verlorenes Eigentum, getötete Menschen, Verwundungen, Traumata, Zwangsumsiedlungen und moralische Schäden.

Summa summarum läppert sich das zu einem supermodernen Flugzeugträger mit allem Zubehör.

Überflüssig zu sagen, wie diese Gelder gezahlt werden. Die Gerichte sind bis heute überhäuft mit Klagen von Soldaten gegen den Staat.

Wenn das Leben der Soldaten, die der Staat in einem weiteren «politischen» Krieg zu opfern bereit ist, tatsächlich einmal so viel wert sein wird wie ein Flugzeugträger, dann dürfte das ein starker hemmender Faktor sein.

Bislang bekommt ein Gefreiter der Infanterie in der Armee dreihundert Rubel. Richtiger gesagt: Der Staat zahlt dreihundert Rubel für siebzig Kilogramm Lebendgewicht. Viereinhalb pro Kilo Kanonenfutter. Dreimal so billig wie die Kartoffeln, mit denen man diesen Soldaten füttert.

Apropos. Der Erste, der seine Soldaten bezahlt hat, war Peter der Große. 1711 wurde eine Tariftabelle verabschiedet, in der die Soldhöhe der Wehrpflichtigen aufgeführt war. Bemerkenswert ist, dass sich die Bezahlung je nach Nationalität unterschied und die Russen schlecht dabei wegkamen. So erhielt ein russischer Fähnrich anderthalbmal weniger als ein ausländischer – fünfzig gegenüber vierundachtzig Rubel. Ein russischer Major erhielt fast dreimal weniger als ein Söldner – hundertvierzig gegenüber dreihundertsechzig Rubel. Die Bezahlung der «Vollgeneräle» unterschied sich weniger stark – je 1800 und 2160 Rubel pro Person. Einzig und allein die Generalfeldmarschälle bekamen siebentausend Rubel im Monat, unabhängig von ihrer Nationalität.

Neben dem Soldsystem führte Peter der Große auch ein Prämiensystem ein. Im russisch-schwedischen Krieg zum Beispiel wurden für einen gefangenen gegnerischen General zweitausend Rubel gezahlt, ein Oberst schlug mit tausend Rubel zu Buche, ein Gefreiter mit fünf Rubel. Für jeden getöteten Gegner bekam der russische Soldat drei Rubel – für damalige Zeiten gar kein schlechtes Geld –, für zwei getötete Feinde konnte man sich eine Kuh kaufen.

Und noch etwas. Die höchste Prämie in der gesamten Kriegsgeschichte der regulären Armee hat Alexander I. im

Krieg gegen Napoleon gezahlt. Neben dem Weltruhm und der Unsterblichkeit erhielt Michail Illiarionowitsch Kutuzow für die Schlacht von Borodino hunderttausend Rubel. Damals eine geradezu kosmische Summe. Übertragen in die Währung des Großen Vaterländischen Krieges – das Brot –, ergäbe das zwanzig Millionen Kilo Mehl. Rechnet man das nach heutigen Preisen und den Getreideexporten aus Kanada, wäre es schon nicht mehr so viel – nur anderthalb Millionen Dollar. Inflation, da kann man nichts machen. Der zweite Held von Borodino, Barclay de Tolly, bekam für die Schlacht fünfzigtausend. Daneben wurden zahlreiche Offiziere und Soldaten mit Brillantorden, namentlich signierten Waffen und Geldprämien ausgezeichnet.

Auch die heutige «Präsidentenzulage» ist keine Neuigkeit. Die Zahlung von Kampfzulagen wurde noch während des Bürgerkriegs eingeführt. So bekam laut Verordnung des Revolutionären Kriegssowjets vom ersten Mai 1918 ein «gewöhnlicher Zugführer und Quartiermeister» dreihundert Rubel, der «Zugführer im Kampfeinsatz» dagegen dreihundertfünfzig. Ein «gewöhnlicher» Kompaniechef ebenfalls dreihundertfünfzig, einer «im Kampfeinsatz» vierhundert. Nur die Soldaten bekamen an der Front das gleiche Geld wie im Hinterland – nämlich fünfzig Rubel plus Verpflegung in Naturalien.

***

Aus den Berichten zweier Veteranen des Großen Vaterländischen Krieges:

Wladimir Wasiljewitsch Karpow, Aufklärer, Held der Sowjetunion:

«Ich machte neunundsiebzig Gefangene und bekam keinen einzigen Rubel dafür. Überhaupt habe ich im ganzen Krieg nichts bekommen, obwohl ich Panzer abgeschossen habe. Das war nicht üblich. Es war eben meine Arbeit. Die Norm war: Für fünfundzwanzig Gefangene gibt es den Helden. Ich wurde dreimal vorgeschlagen, aber nur einmal ausgezeichnet. Die Resolution kam zurück – ‹Was denkt ihr, wer ihr seid?› Vor einem Jahr war ich noch im Strafbataillon, Volksfeind, und jetzt ein Held … Erst beim dritten Mal bekam ich die Auszeichnung. Für den Leninorden und den Stern wurden einem fünfzig Rubel monatlich gezahlt. Für den Rotbanner fünfundzwanzig Rubel. Das war eine monatliche Zulage, sie wurde nach dem Krieg sofort wieder abgeschafft. Im Strafbataillon stand einem überhaupt gar nichts zu, keine müde Kopeke. Für nichts. Überhaupt erhielten die Soldaten kein Geld auf die Hand. Nachdem ich Offizier geworden war, schrieb ich sofort eine Anweisung für meine Mutter und bekam wieder nichts. Mein erstes Geld habe ich erst nach dem Sieg gesehen.»

Michail Borissow, Artillerist, Held der Sowjetunion. In der Schlacht bei Prochorowka schoss er acht deutsche Panzer ab. Eintrag im russischen Guinness-Buch der Rekorde mit der höchsten Anzahl abgeschossener Panzer bei der größten Panzerschlacht:

«Ich bekam alles ausgezahlt – fünfhundert Rubel für jeden von sieben Panzern. Den achten haben sie nicht gerechnet, weil er nicht in Brand geriet, sondern einfach stehen blieb, die Ursache dafür war nicht klar. Deshalb sage ich immer, ich habe siebeneinhalb Panzer abgeschossen. Und für sieben habe ich Geld bekommen. Es wurde zwar ein bisschen verspätet ausgezahlt, erst nach dem Lazarettaufenthalt. Und später war die Regel, persönliches Geld wurde in den Verteidigungsfonds eingezahlt. Panzerprämien wurden bei uns an alle gezahlt – das war etwas Normales. Aber für Flugzeuge gab es nichts. Wir hatten hinter dem Don ein deutsches Flugzeug abgeschossen, bekamen aber nicht eine Kopeke dafür – weil das ganze Regiment geschossen hatte. Und getroffen hatte nur eine einzige Kugel, und das direkt ins Herz des Piloten. Wer also sollte was bekommen? Damals hat aber auch niemand Geld erwartet. Wichtiger war unsere gemeinsame Aufgabe. Das Geld war nichts wert, allenfalls bei der örtlichen Bevölkerung konnte man davon Tabak kaufen, vielleicht Milch. Und die Preise waren horrend. Brot kostete ungefähr fünfhundert Rubel. Eine Flasche Wodka, und das weiß ich noch genau, achthundert Rubel. Geld für den Helden der Sowjetunion und die Orden habe ich erst 1944 bekommen.»

Der staatlich verordnete Preis für eine Flasche Wodka betrug in der Kriegszeit übrigens elf Rubel und vierzig Kopeken.

***

Einem Soldaten in Tschetschenien stehen zu:

1. Das Anderthalbfache des Wehrsolds.
2. Kampfzulagen von 810 bis 950 Rubel pro Tag.
3. Feldzulagen (55 Rubel täglich) in doppelter Höhe.
4. Die Anrechnung eines Dienstmonats als anderthalb sowie dreier Kampfeinsätze als eines Dienstmonats.
5. Zwei Monatssolde bei Entlassung.
6. Kostenloses Begräbnis.

7. 12 000 Rubel für die Errichtung eines Grabmals (das Verteidigungsministerium ist verpflichtet, die «qualitativen Parameter und Anforderungen an das Bestattungsgewerbe und die Hersteller von Grabmälern zu definieren»).
8. Zusätzliche Nahrungsmittel: «Täglich 100 g Fleisch oder Schweinespeck; 10 g Butter aus Kuhmilch; 50 g Fischkonserven; 20 g gezuckerte Dosenmilch; 30 g Zucker; 50 g Gebäck; 1 g Tee; 1 Dragée des Multivitaminpräparats Hexavit. Rauchern darf statt des Zuckers ein Päckchen Zigaretten zugeteilt werden.»
9. Teilnehmer an Kampfhandlungen haben Anspruch auf die Einschreibung an staatlichen und kommunalen Berufsoberschulen und Hochschuleinrichtungen außerhalb der üblichen Bewerbungsverfahren.

Zur tatsächlichen Umsetzung:
1. Wird umgesetzt.
2. Kampfzulagen werden für die «direkte Beteiligung an Kampfhandlungen» gezahlt. In Wirklichkeit gehen beim Stab Zuteilungsschlüssel ein, wie viele Tage in welcher Einheit angerechnet werden dürfen. Werden es mehr, kann man noch so viel kämpfen, eine Zulage gibt es dafür nicht. Und auch für das, was schon «erkämpft» wurde, wird man längst nicht immer bezahlt.
3. Für die Dauer der «direkten Beteiligung an Kampfhandlungen» wird aus irgendeinem Grund keine Feldzulage gezahlt.
4. Wird umgesetzt.
5. Wird umgesetzt.
6. Wird umgesetzt.

7. Siehe Plastikgrabsteine.
8. Hängt von der Redlichkeit des Stellvertretenden Kommandeurs für Etappe und Versorgung, des Kompanieältesten der Versorgungskompanie und ihrer Soldaten ab. Natürlich wird gestohlen. Aber aus eigener Erfahrung kann ich sagen: In der Regel erhielten wir alles, sogar Hexavit.
9. Wird in der Regel umgesetzt.

Doch das ist nur das, was im Gesetz steht. Das Interessanteste passiert bei der Entlassung. Dabei hat der Soldat die ihm zur Nutzung übergebene Panzerweste, den Pionierspaten, seinen Helm und anderes vollständig und unversehrt wieder zurückzugeben. Nachweise, dass alles schon an den Ältesten abgegeben worden ist, nutzen nichts. Helm da? Nein. Unterschreib die Einbehaltung vom Sold, dann kannst du gehen. Ich persönlich wurde auf diese Weise um dreihundert Dollar erleichtert. In Rechnung gestellt wurde mir auch die Amortisierung der Uniform – Jacke und wattierte Hosen werden für zwei Jahre ausgegeben, und ich hatte in Tschetschenien nur anderthalb Jahre gedient. Noch einmal hundert Dollar. Gott sei Dank hat niemand nach dem Schlafsack gefragt.

Editorische Notiz

Die Texte dieses Bandes folgen der russischen Ausgabe, die 2012 unter dem Titel «Операция ‹Жизнь› продолжается» («Operation ‹Leben› geht weiter») beim Alpina Verlag in Moskau erschien. Für die deutsche Ausgabe wurden manche behutsam gekürzt. Einige Texte gehen auf frühere Veröffentlichungen zurück: «Der neunte Mai» erschien in der Zeitschrift *Trud*; in der Zeitung *Nowaja Gazeta* erschienen «Ein Leben auf der Waagschale» (28. Juli 2004), «Steh auf und flieg» (8. August 2005), «Der Gauner aus dem Strafbataillon» (26. September 2005), «Was kostet ein Soldat?» (29. September 2005), «Ein Tag wie ein Leben» (26. Juni 2006), «Stalins Gegenspieler» (18. September 2006), «Russland und der Krieg» (29. März 2007), «Ein kleiner, siegreicher Krieg» (2008, in mehreren Teilen), «Der Ermittler aus Abu-Ghraib» (11. Juli 2008).

Arkadi Babtschenko
EIN GUTER ORT ZUM STERBEN

Januar 2000. Russische Truppen belagern einen kleinen Ort nahe der tschetschenischen Hauptstadt Grosny, in dem sich Rebellen verschanzt haben. Die Soldaten, starr vor Kälte, hungrig, durstig, müde, liegen tagelang in ihren Stellungen und warten. Sie wissen nicht, wofür sie kämpfen. Die brutale Ignoranz der eigenen Kommandeure, die ständige Todesangst und die zermürbende Langeweile setzen sämtliche Kategorien des zivilen Lebens außer Kraft. Als plötzlich Heckenschützen das Feuer eröffnen, verlieren einige Soldaten die Nerven …

Arkadi Babtschenko kennt diese Welt aus eigener Erfahrung. «Aus dem ersten Tschetschenienkrieg bin ich eigentlich nicht zurückgekehrt, ich bin dort verschollen», sagt er über sich. Mit seiner kraftvoll lakonischen, poetischen Sprache gelingt es ihm, den Alltag des Krieges, seine Grausamkeit wie seine grotesken Momente sinnfällig zu machen. Ein ebenso beklemmendes wie packendes Stimmungsbild, das seinesgleichen sucht.

ISBN 978 3 499 25236 5

MIX
Papier aus verantwortungsvollen Quellen
FSC
www.fsc.org
FSC® C083411

Das für dieses Buch verwendete FSC®-zertifizierte Papier
Schleipen Werkdruck liefert Cordier, Deutschland.